新 潮 文 庫

殺 人 者

望 月 諒 子 著

新 潮 社 版

11686

目次

空虚な心がとらえた人間ドラマ　重　里　徹　也

登場人物

木部美智子　フリーのルポライター。雑誌『フロンティア』の看板記者
真鍋竹次郎　フロンティアの編集長
中川　フロンティアの編集部員
原田光男　運送会社の社員
久谷　登　久谷医院の長男
金岡正勝　金岡鍼灸院の院長
横山　明　自動車修理工
高倉美佐江　スナックみさとのママ
森下ゆかり　スナックみさとのアルバイト
名城　フリーのルポライター

岡部聡　兵庫新聞社会部デスク
清水祐介　兵庫新聞の若手記者
阿部忠行　製薬会社の営業
阿部春菜　忠行の娘。私立中学二年
阿部節子　忠行の妻。旧姓は内海
荻野　生活安全課巡査部長
渡辺　捜査一課警部
服部　捜査一課刑事
逢坂雪枝　学習塾講師
鶴野うらら　鶴野旅館の娘。中学二年
佐竹　精神科医
久谷浜一　久谷医院の院長
久谷明久　医師。久谷医院の次男

殺人者

プロローグ——池のほとり

二〇〇〇年六月八日木曜日。

その日、夜勤明けの原田《はらだ》光男《みつお》はいつものように、午前九時半に大山寺《だいさんじ》前の停留所でバスを下りた。

家まで歩いて十五分の距離だ。彼は、二ＤＫで家賃が四万三千円の古い市営住宅に住んでいた。入居時の収入によって家賃が決まる。しかしその後の収入の変化は調べない。おかげで給料が上がったあとも、安い家賃で住んでいた。

妻と、娘が二人いる。妻の圭子《けいこ》とは名古屋のガソリンスタンドで出会った。まだ長距離トラックの運転をしている時だった。光男が満タンにした軽油の料金を払おうとした時、従業員だった彼女が彼の擦《す》りむいたままの右手に絆創膏《ばんそうこう》を貼《は》ってくれたのが縁だった。

「血が出てるやないの。ちょっとまっとって」

中に駆けていったあの後ろ姿を今でも覚えている。

夏の暑い盛りだった。彼女の手は汗と油で汚れていた。それを照れる風もなく、化粧っ気のない顔の汗を袖《そで》でぬぐいながら、絆創膏を貼ってくれた。光男も真夏の道路工事の仕事をしたことがあったので、炎天下の仕事はどんなものだか知っている。エアコンをつけて静岡へとトラックを走らせながら、彼女のことが忘れられなかった。

その日から、名古屋の近くに来ると必ずそこへ給油に寄るようになった。ある休みの日に名古屋まで自分の車で行き、はじめて酒を飲みに誘った。仕事が終わるまで待っていた。そのまま二人でホテルに泊まった。

光男が自分のことを暴走族上がりだと言うと、彼女は笑った。

「あたしもよ」

光男が自分のことを鑑別所帰りだと告げると、彼女は手を叩《たた》いて喜んだ。

「あたしはバツイチの子連れよ」

昔の写真を見せあって、二人はそれぞれの青春を回顧した。

結婚してから、長距離トラックの仕事はやめた。故郷の神戸に戻って三年が経《た》つ。

昔の仲間が優しかったのがありがたかった。昔の悪友は、血を分けた兄弟にも似ていると思った。昔の知り合いの口添えで製紙工場の運送の下請けをしている会社に勤めた。

仕事が終わったあと、車の整備をして帰る。社長は大層感心した。が、車の整備は光男の趣味だった。車をいじっていると心が休まる。好きなことをしていると、頭の中が空っぽになる。子供が生まれた時、社長は彼を正社員にしてくれた。

今、圭子が連れてきた女の子は小学五年生になり、二人の間にできた女の子は七カ月になった。

そして光男も圭子も三十二歳になっていた。

バスを下りた時、光男は一人の女性に呼び止められた。

女は遠慮がちに、あのうと声をかけた。

「原田光男さんですか？」

人通りの少ない道だった。彼女はそこで、人の気配が失《う》せるのを待っていたようだった。

女性は森本《もりもと》と名乗った。

「大山寺小学校の保健室の養護教諭をしています。お嬢さんの睦美《むつみ》さんのことで折り入ってお話ししたいことがありまして」

元不良の子だからといって不良になっていいというものではない。いや、親が元不良だからこそ、子供は不良にしてはならない。圭子は娘に看護師になってほしいと考えていた。光男は、事務員でいいと思っていた。人並みにエアコンの効いた部屋で、人の目に怯《おび》えることなく生きてさえくれれば、あとは身の丈に合った暮らし方をしてくれればいい。

だから光男は驚いて足を止めた。女性は気の毒そうな顔をした。

「学校まで来ていただけますか」

光男は、はあと頼りない声を出していた。

睦美は圭子にはあまり似ていない。目もさほど大きくないし、恰好《かっこう》のよいスタイルでもないが、光男にはかわいい娘だった。毎年父の日には、自分で描いた光男の絵をハンカチと一緒にくれる。その絵が少しずつうまくなる。妻の入れ知恵であることに気付いてはいたが、その懸命さがいとおしい。

「車で来ています。どうぞ」

なにがあったんだろうか。立ち話では言えないことなんだろうか。光男に、担任の教師に悪戯《いたずら》されたのではという疑いが浮かんだ。思い悩んで保健室の先生に相談した。事実を知った学校側が対処に困っている――そんなことが彼の脳裏をよぎった。

養護教諭は黙って車を発進させた。車内の時計が午前九時三十六分を指していた。

「なにがあったんでしょうか」

「校長のほうから説明があります」

光男は足元の砂が崩れてさらわれていくような、言いようのない不安を覚えた。

「娘は今、どこですか」

「ええ。元気です」

変速するたびにギアを変える。今時珍しいマニュアル車だ。俺の会社にはもう、ギアを操れる女の子はいない。光男は答えをはぐらかされたことに対して、ぼんやりとそんな取り止めのないことを考えて、動揺を取り繕っていた。

車は信号を過ぎて、大山寺小学校へと向かっていく。学校の手前から、通学路を外れて細い路地に入り込んだ。

車は学校の裏山を行き止まりまで登って止まった。女性は後部座席に置いてあった大きな鞄《かばん》を肩に掛けて車を下りた。

そこから、人一人がやっと通れるほどの細い道が森の奥へと続いている。女性は無言で、光男に先に行くようにと促した。彼女が指し示しているのは、森の奥の方向だと思われた。光男は虚《うつ》ろにその奥をのぞき込んだ。

この裏山は、子供のころ遊んだ記憶がある。

光男は女性を後ろに従えるようにして、道を先へと歩き始めた。

記憶通りだとすれば、森の奥には地下水がわき出てできた大きな池があった。回りを倒木や草に覆《おお》われていて浅く見えるが、実際は岸の近くがえぐり取られたように深くなっている。大人でも足が立たない。養護教諭は娘は元気だと言ったが、それは自分を動揺させないための嘘《うそ》だったのかもしれないと思い始めていた。本当はそこに落ちたんじゃないだろうか。だとすれば消防団員などが捜索を始めているのだろうか。

圭子はもう来ているのだろうか。

光男は、妻から電話がないことを不審がりながら歩き、なおその先をのぞき込み、耳を澄ませた。それにしても人の気配がしない。現場がもっと奥だからだろうか。

不意に背中に痛みを感じた。

すらりとなにか冷たいものが抜き取られる感じがした。背中の中心が堅くこわばって、しびれたような気がする。シャツの脇《わき》が赤く染まり、その色は後ろから、まるで光男にかぶさるように前へ前へと広がっていく。

光男はゆっくりと後ろを向いた。

女の右手には長い包丁のようなものが握られていた。刺身包丁のように細くて、平べったい。光男の目には二十五センチはあるように思われた。それが血に濡《ぬ》れていた。あれを背中に差し込まれたのだ。

「奥へ向かって歩きなさい。そうしないと、もう一度刺すわよ」

女の手の中で、刃が血に濡れたまま午前の明るい光を反射していた。この女はだれなんだろう——。光男のどんよりとした思考に続いて痛みが彼を襲った。痛みというより熱さに近い。背中の奥にどくどくと火種を抱えて、焼けつくようだった。やがてそれが切り裂かれるような痛みへと変わっていく。

「声をあげても——」

その女は眉《まゆ》一つ動かさず、じっと光男を見据えていた。

「刺しますから」

光男はかまわず声をあげようとした。本能的な恐怖だった。しかし女はその気配を見逃さなかった。瞬間、ナイフが閃《ひらめ》いた。刃渡り二十五センチの刃先が光男にまっすぐに向かってくる。反射的に顔をかばおうとして前に出した右の腕が、十センチほどばっくりと開き、血が溢《あふ》れ出した。

「命まで取ろうとは言わないのに。それは自殺行為ですよ」

返り血の一滴も浴びてはいない。そう言った女の声はわずかに冷笑を含んでいた。

「あなたが思うほど深手ではありません。聞きたいことがあるだけです。奥へと歩きなさい」

記憶にない女だった。そしてその声色は、教師に違いないのだった。光男たちが子供のころ、ほのかに憧《あこが》れを感じたような、凛《りん》とした女教師の声だ。

光男は森の奥を見た。森は六月の新緑に葉を輝かせている。

「さあ」と女は軽やかに光男に呼びかけた。

「ほかに選択の余地がありますか?」

戻る道には、あのナイフを手に、女が立っているのだ。

光男はあえぎながら道を進んだ。歩を進めるごとに、背中に激痛が走った。しかし光男は後ろの女の持つナイフが怖かった。光男は懸命に声をこらえた。背中の痛みが喉《のど》の奥まで突き上げて、出口を失って再び奥へと戻っていく。光男は涙を流しながら歩いていた。

辛うじて踏み固めたあとがわかるだけの細い道で、子供のころは両側からかぶさってくる木の枝を払いながら歩いたものだ。あのころは五分で行き止まりの沼に着いた。その道を今、光男は血を滴《したた》らせながら進んでいた。

足元にまとわりつく枯れ落ち葉でさえ、前進を妨げるようだった。それでも立ち止まればあの刃先に刺される。恐怖が背中を押していた。彼は沈みこみそうになる膝《ひざ》を懸命にもちあげ、前に進んだ。命まで取ろうとは言わない。光男の頭の中にはただその言葉が回っていた。

森の奥、行き止まりの池の水際《みずぎわ》で光男は膝をついた。前のめりになると背中が伸びて、激痛が走ったが、もう歩かなくてもいいと思うだけで全《すべ》てが終わったような気さえした。背中が焼けつくように痛む。眩暈《めまい》がした。血が流れている。

それでも光男は知っていた。これくらいの出血では人は死なない。彼は十九の時に傷害で少年鑑別所に入ったことがある。だれもいないと思って仲間と一緒に盗みに入った雑貨屋に、店番の男がいた。いつもは人がいたとしても老女だけだったのだ。その日に限っていないはずの息子が奥から出てきたのだ。息子はレジの前に立つ光男とその仲間を見て、憤怒の表情を浮かべた。彼は体格がよかった。時々万引きにあうことを母親から聞いていたのでカッとなったと、あとで警察の事情聴取で答えていた。もちろん光男たちがやっていたのだ。光男と仲間たちはあちこちで万引きや窃盗《せっとう》を繰り返していた。

光男は逃げるつもりでいた。仲間の二人も出口へと走っていた。しかし光男は二人より奥にいた分、逃げ遅れた。そこへ男の母親である老女が奥から出てきた。彼女が大きな声をあげた。光男はその声に動転した。

光男の目の前の棚に、フライパンが並べてあったらそうはならなかった。そこに組《くみ》紐《ひも》が並べてあっても、灯油用のポリ容器が並んでいてもそうはならなかった。そこに並んでいたのは、果物ナイフだった。サックをかぶっていた。光男はとっさにそれを摑《つか》んでいたのだ。男が怒号をあげ、もぎ取ろうとした。光男はそれを抜いた。

抜いたことはある。喧嘩《けんか》では抜いて相手を威嚇《いかく》したことくらいはある。そのサックを抜くと大変なことになるかもしれないことを、光男は知っていた。しかしサックをしたままの小刀など、なんの意味があるだろうか。

光男は抜いて見せればそれで済むと思っていた。実際に振り回すつもりなどなかったのだ。しかし男は光男のそんなささやかな威嚇などに、動じる気配はなかった。一層の怒りをもって向かってきた。なにかを叫んでいたような気がする。あとはよく覚えていなかった。ただ、摑みかかってくる男の開いた脇に、光男は握ったナイフを差し込んでいた。

刺したくはなかった。しかしこのままでは取り押さえられると思った。ただ、逃げたかったのだ。

その時どれほどの血が流れたかを光男は知っている。血溜《ちだ》まりができた。それでも男は死ななかった。彼は怒号をあげ、彼を取り押さえようとしたのだ。

だから光男は知っていた。まだ生きて帰れる。

今、この時間を乗り越えれば。

はじめて鑑別所の門を潜《くぐ》った日、素っ裸にされて身体検査をされた。あの屈辱と恐ろしさに比べると、今の状況とさして変わらぬと光男の記憶は知っていた。だから光男は希望を捨ててはいなかった。

膝をついたままの、屈《かが》んだ恰好の光男の視野に、女の足だけが見える。

光男は息を整えた。右手が棒切れのように無感覚になっていた。出血がひどくて足に力が入らない。相手は小柄な女であることはわかっているのに、どうにもならない。

「聞きたいことがあるのよ」

光男はうつむいたまま、うなずいた。ほんの少し首を縦に動かすだけで精一杯だった。涙がポロリと流れた。

乗り越えるのだ。突然裸にされて、尻《しり》の穴に指を突っ込まれたではないか。突然バリカンを取り出され、頭を刈られたではないか。

乗り越えるのだ。

女は光男の忍耐を見据えているようだった。

「あなたの交渉次第。あたしの喜ぶことを教えてくれたら、逃がしてあげる。病院の前で下ろしてあげてもいいわ」

女の右手に握られたナイフについた血の赤が、新緑を照らす六月の光に照り輝いている。女は、光男の目の前に、時計を一つ差し出した。

それはショパールの腕時計だった。古いスイス製の高級腕時計。光男が自分の机の奥に密《ひそ》かにしまっていたものだ。なぜここに、この女が持っているのかわからなかった。

「思い出せないのね」と女は言った。静かな、ほぼ事務的な声だったが、その容赦のない響きが恐怖をかき立てた。

「大切に持っていたんでしょ」女はそう語りかけたが、光男には、女が名乗った森本という名にも、そのショパールの腕時計にも、こんな目にあう謂《い》われは記憶にない。そのショパールの腕時計はそもそも久谷《くたに》が持っていたものだ。彼が金を巻き上げた男の腕からもぎ取ったものだ。あの男は死んだ。久谷が殴り殺したのだ。

殴り殺した――。

光男の十五年前の記憶の扉が開いた。

あのショパールの腕時計は、久谷が車を当てたカップルの、男のほうから奪い取ったものだ。十七歳、高校二年の夏だった。

男は女連れだった。あとから、女は腰の骨を折っていたと聞いた。男がどれほどの怪我《けが》だったのかは知らない。ただ、あのとき男は倒れながらも立ち上がろうと動いた。久谷は金属バットを持って車から下りた。ただの威嚇のはずだった。それを振り回したのだ。

そして久谷はその腕から。

あの時計を。

時計をもぎ取った。

翌日、久谷はそれを俺にくれた。だから俺は、それを十五年間人目につかないように引出しの奥深くに隠し続けてきた。

ショパールの腕時計。

美しい、殺人の記憶。

「思い出したようね」と女は楽しげに言った。

光男は思い出していた。

男は司法試験に合格したばかりの司法修習生だった。女のほうは小学校の教師だったとあとから聞いた。

「卑劣な強盗殺人犯逮捕に協力してください」と町中に立て看板が立った。事故の現場にはその後十年、看板が立っていた。時々その看板が新しくなった。雨晒《あまざら》し、日晒しのままにならないように。

男がアルバイトをしていた法律事務所のやつらだった。事務所の弁護士や修習生時代の友人たちが、十年の間、看板を取り替え続けた。光男はその前を通る時、後ろめたさは感じたが、罪の意識はなかった。彼はただ、車の中にいただけだったから。運転していたのも、実際に殴ったのも、動けなくなった男の肩を蹴《け》ってその瀕死《ひんし》の男のポケットから財布を取ったのも、そしてあのショパールの腕時計をもぎ取ったのも、光男ではなかった。

彼はあの日ただ、暇つぶしにいつものように金岡《かなおか》の家にたむろしていただけだ。それから久谷の知り合いの女の家に行っただけだ。そしていつものように、なんの考えもなく、誘われるまま車に乗り込んだだけだ。

車は久谷の父親が処分した。皆が口をつぐんだ。あとは知らない。

あとは知らない。

「あの事件にかかわった人のこと、なんでも知りたいのよ」

女は静かにそう言った。そこに血のついたナイフを持っているということが、光男の錯覚であるかのように。

「俺――」なぜこの女は時計を持っているのだろう。自分があの強盗殺人の仲間だと、なぜばれたのだろう。――そう。時計一つじゃなんの証拠にもならない。しらを切るのだ。あの事件にかかわりがあることを隠すのだ。

「知らん」

女はにっこりと笑ったように見えた。そして光男の左上腕の内側にその刃先を当てた。

「言う！」そう叫んで光男は身を引こうとした。が、当てられた刃先はその柔らかな部分に食い込みながら、肌を十センチほど切り裂いていた。光男は新たな痛みに呻《うめ》いた。

「何人いたの」

ショパールの腕時計――妻に何度も聞かれた。どうしてずっと箱に入れてしまっているのかと。いとこの結婚式には、妻からそれをしていけと勧められた。それでもあの時計を出す気にはなれなかった。

裏にネームがあったのだ。

それを見た時、歩く男の姿が蘇《よみがえ》った。背の高い、恰好のいい男だった。晴彦《はるひこ》という名前だったと新聞で知った。

ネームはアルファベットではなく、珍しく漢字で彫ってあった。名字は削られて読めなくなっていた。「彦」——それだけが辛うじて読み取れた。名前がそこにしがみつこうとしているようで、光男は恐ろしかった。光男は貰《もら》ったあと、さらにヤスリで何度も何度も削った。

美しいショパールの腕時計は、今、六月の光にそのガラスを燦然《さんぜん》と輝かせている。

——生きて帰らねばならない。だれかに貰ったと言えばいいのだ。そう、実際に、光男は久谷から貰ったのだから。そしてしらを切ればいいのだ。

光男は、長い虐《しいた》げられた時代にその身に覚えた。どんなに絶望的な状況でも、結局は生きて帰れるということを。耐えることを覚えれば。ただおとなしくしている忍耐を持ちさえすれば。

「——四人」

思いとは裏腹に、光男は口走っていた。

左腕の静脈が切り裂かれ、多量の血が流れている。生きるための本能が、話すことを選んでいるのだ。

「あの時参加したのは四人。間違いないですね」

スピード違反を取り締まる警官のようだった。速度十五キロオーバー、間違いないですね。

「俺、関係ない！」

「命と交換する情報を持っていないというのなら、仕方がないわね」

光男はおずおずと女を見上げた。女は座りこんだ。女と同じ高さで視線が合った。聡明《そうめい》な目をしている。それは迷子の子供から事情を聞き出そうとする親切な女性に似ていた。しかしその手には、あのナイフがしっかりと握られていた。

光男は他の三人の名をあげた。久谷登《くたにのぼる》、金岡正勝《かなおかまさかつ》、横山明《よこやまあきら》、そして、——そして
「俺、関係ないんや」と悲鳴をあげた。

小学校のチャイムの音が遠くに聞こえた。それはあまりにも日常的な音だった。今、ここで、こんなことが起きているなどとだれが思うだろう。だれも助けには来ないと、光男はチャイムを聞きながら思った。女の声がする。

「助けてあげるわよ。ほんとうに。二人の娘さんのところに戻りたいんでしょ？　睦美ちゃんと、奈穂子《なほこ》ちゃんだったかしらね。女の子」

女の子——やっと這《は》い始めた、七カ月の娘。静かな女の最後の言葉と、光男の悲鳴

のような言葉が重なった。

「俺やないんやぁ！」

女は黙って光男を見据えていた。

交渉次第と女は言った。ショパールの時計を握った女が求める情報とはなんだろう。命と引き換えにできる情報。

あの立て看板が十年求め続けた、弁護士たちが待ち続けた、情報。

「横山はまだこの町におるはずや。俺は長い間町を離れとったからよくは知らんけど、あいつはおる」そう言いながら、光男は嗚咽《おえつ》し始めた。

横山は逃げ足の速い、ネズミのような男だった。あいつを見張り番にたてる人間はいなかった。大切な話は彼の耳にだけ入っていなかった。信用はなかった。ただ、小間使いのように仲間の役に立っていただけだった。それでも、仲間なのだ。

女は横山の所在地を問うた。光男は横山の住所は知らない。電話番号も知らない。向こうはまだなれなれしくしてくるが、光男から彼に声をかけることはなかった。光男は横山が入り浸っているスナックの名前を教えた。

女は静かに指摘した。「まだ朝の十時ですが。そのママのフルネームは？」

光男は懸命に思い出し、つっかえながら答えた。それを聞くと、女は光男に、携帯電話を出すように要求した。光男は痛む体を持ち上げると、ズボンの後ろポケットから携帯電話を取り出した。女はそれを黙って取り上げた。

「嘘なら、どういうことになるか、わかっているでしょうね」

女は光男の携帯電話で、NTTの電話番号案内からスナック「みさと」のママ、高倉《たかくら》美佐江《みさえ》の自宅の番号を確認し、電話をかけた。

横山明さんて、お宅のスナックによくお見えになりますか。

光男は心臓が高鳴って、失神しそうだった。縁を切ったつもりでいたから、横山がいまでもそこによく行っているのか、確信がなかった。光男は思った。店に行ってなくても、ママの美佐江は横山から小金をもらって苦しい台所の足しにしている。そして横山は店の外で、多くは美佐江のアパートでその見返りをうけている。美佐江が横山を知らないと言うはずがない。そんなことがあってはならない。

電話の向こうで美佐江はなんと答えたのか、女はすぐに電話を切った。いいえ、それならいいんです。

そして光男に言った。

「一つはクリアしました。では金岡と久谷という男の居場所に移りましょうか」

光男はぼんやりと女を見上げた。

「金岡は、京都で鍼《はり》や灸《きゅう》の診療所を出したて聞いてる。でもどこかは知らん——」

女がキラリとナイフを動かしてみせた。光男は叫んだ。

「知らんのや！」

女は待った。

光男は泣き出した。

警察はあの時、犯人は荒れていた高校の暴走族グループのだれかだと、はじめから決めてかかっていた。小さなグループにさえ無視された雑魚《ざこ》のような自分たちになど、見向きもしなかったのだ。事件には車が使われた。あのころ車を持っていたのは、就職している連中をアタマに抱えるグループだけだった。高校生には自動車免許がない。

「あの日バットを振ったのは？」

少し痛みが治まりかけていた。腕の出血も先刻ほどひどくはない。女はヒタと原田光男の顔を見据えていた。この女が、あの事件に関する情報が欲しいだけだというのは事実にちがいないと、光男は思う。だから話したあとは解放してくれるにちがいない。光男はぼんやりとした頭でそう考えた。当時のことが昨日のように蘇る。意識の密度が薄れる中で、思い出すまいとする記憶へのガードが薄くなり、その向こう側の十五年前が鮮明に蘇る。

妻の圭子にも話さなかったこと——。

光男はじっと耐えるように黙っていた。そしてやがて、絞り出すような声で言った。

「久谷や」

女は身じろぎもしなかった。

「あいつがバットを片手に下りていったんや。殴り殺すとは思わんかった。殴り殺してるとは、思わんかった!」

「でも殴り殺したのよ」

光男も横山も金岡も車の中にいた。光男はいまや、その位置さえはっきりと思い出せる。いや、本当は忘れたことなどなかった。あの日から自分の人生は狂い始めたのだ。

あの日、横山が助手席に乗っていた。光男は左の後部座席に座っていた。前の右側のタイヤのすぐ横に倒れている二人は、ボンネットの陰になり、横山と光男の位置からは見えなかった。立っている久谷の姿は見えた。真夏の車の中で、クーラーをかけて窓は閉め切っていた。横山は外の様子を気にしながらも、カセットの音楽を聞いていた。それは一瞬のことだった。はじめはその出来事の重大さを車の中のだれもがわかっていなかったのだ。金岡だけは、金属バットを持って下りた久谷を目で追った。

そして顔色を失っていた。

それでも金岡は黙って、ただ身を固くしていた。その金岡の様子に一番はじめに気付いたのは光男だった。車をわざと当てて金を取る。手向かってきたら暴力を振るう──育ちのいい優等生には刺激が強かったかと、金岡を連れてきたことに密かに居心地の悪さを感じ、わざわざ金岡を呼び出した久谷の底意地の悪さを思った。そして光男は金岡の視線の先を見た。

久谷は本気で殴っていた。まるでぬいぐるみの人形を相手にしているようだった。逃げようとする相手を追いかけて殴るのと、動かなくなった人間を殴るのでは動きが違う。久谷は薪割《まきわ》りでもするように、打ち続けていた。無抵抗の人間を殴っている──そう思ってはじめて、光男は久谷の形相の異様さに気がついた。

久谷はやめようとはしなかった。金を取るならもう十分だ。そう、光男が思う間にも彼は二回はバットを振るった。光男が座席からのぞき込んだ時には、女は男のすぐそばに倒れ込んでいて、意識はないように見えた。久谷は動かなくなった男の肩を軽く蹴り、横向けにして、ポケットから財布を取り出し、現金を抜き取って財布をその場に捨てた。それから男の手に目をやり、時計を外したのだ。

その男性が死んだと聞いたのは、翌日、学校の噂《うわさ》でだった。その日の午後、久谷は光男を校舎の裏に呼びつけ、あの時計を差し出した。戦利品だと車の中で見せびらかしていた、あのショパールの腕時計だった。

スイス、ショパール社のオートマチックモデル。伝統的な丸形ボディーだった。ガラスは透明度の高いサファイアグラス。地は青みがかった白。文字盤には数字の代わりに金の楔《くさび》が使われていて、中央やや上部にシンプルな金のロゴがうってある。丸い枠も金だった。光男は金といえば、ただ黄色いものだと思っていた。が、その時計の金は、夕焼けの最後の一瞬にあるような、荘厳《そうごん》な金色だった。バンドは黒の革。それも、鰐皮《わにがわ》のような皺《しわ》のはいったものではない。わずかに厚みと弾力の残った、艶消《つやけ》しの黒だった。

光男はその時まで、時計を美しいと思ったことはなかった。ショパールという社名も知らない。文字盤の下に小さくswiss madeとあるのを見ても、なんのことだかわからなかった。ただその貴族的な美しさに魅せられた。

それから光男は密かに時計に興味を持つようになった。時計屋の前を通ると立ち止まりウィンドーに見入ってしまう。本屋では時計のカタログの載っている雑誌を立ち読みする。質流れを見にいくこともあった。時計の数は少しずつ増えていった。しかし光男の買えるものなどたかが知れている。いまでもあのショパールに勝るものはない。

それを、あのとき久谷が差し出したのだ。「わかってんな」わかっていた。口止めだ。横山には、自首するだけの根性がない。そして金岡は自分の将来がかわいい。しかし光男は、いままで何回か警察に引っ張られたことがある。だから警察には慣れている。罪悪感が勝ったならば、自首するかもしれないと考えたにちがいない。そうしたって、光男自身にはそれほどの咎《とが》めはなかっただろう。言い出したのから、相手を決めて、実際に車をぶつけ、殴り殺したのまで、全てこの久谷がやったのだから。

――でも殴り殺したのよ。

この女は一体だれだろう。

十五年も経って、なぜなんだろう。

女は電話番号案内に、京都の金岡鍼灸院《しんきゅういん》の番号をたずねていた。その声を聞きながら、そんなことはあとにしてくれと光男は思った。確認するのはあとにしてくれ。知りたいことを全て聞いたら、早く病院へ連れて行ってくれ。

女はメモをとっていた。どうやら一軒しかないようだった。女はそれから、その場でそこへ電話を入れた。

女は確実な情報が欲しいのだ。俺の話の裏を取ることで、俺を威嚇しているのだ。もし嘘ならばなにが起こるか自覚できるように。

「院長先生のお名前は金岡正勝先生ですね」

電話の向こうから、怪訝《けげん》な返事が洩《も》れ聞こえる。はい。そうですが。

「失礼ですが、おいくつくらいの先生ですか？」

綺麗《きれい》な発音で、優しげな声だった。携帯電話の向こうから相手が答える声がする。なんと言ったのかは光男にはわからなかった。しかしそれを聞き届けた女が満足そうににっこりと笑うのがはっきりとわかった。携帯電話を当てたその口許《くちもと》が、ほどけるように微笑《ほほえ》んだのだ。女はありがとうございましたと丁寧に電話を切る。そして女の視線が再び光男に向けられた。

光男は思考が散漫になり始めていた。しかし女は容赦はしなかった。

「久谷のことを話して」

女は上品な形に膝を折って座り、光男を見つめた。その眼光は鋭いというより、澄みきって冷たかった。

「……親でええんやったら。あいつの父親は開業医や。そこやったらわかる。久谷医院。この大山寺町で開業してる。登はそこの息子や」

女はしばらく黙っていた。なにかに思いあたったかのように。

女は池の水面にナイフを浸《つ》け、ゆらゆらと血を洗った。うつむいて、水の光を楽しむように。しかしその、水面を見ているはずの瞳《ひとみ》は、どこか遠い別のところを眺めているようだった。

光男の出血は減ったが止まったわけではない。目は垂れ下がり、意識は朦朧《もうろう》として、上半身は揺らめいていた。

「久谷の父親は事件を知っていた？」

光男の頰にまた、涙がこぼれ落ちた。

「知らんかったら――車を処分なんかせんやろ」

涙がはらはらと流れ落ちる。

「久谷の父親が処分した車ってどんな車？」

「――白のスカイライン」

女がぼんやりと水の中でナイフを動かす。しかし本当にぼんやりしているのではないことはその気配でわかる。気が立ち、それでも魂をどこか遠いところに持っていかれて、動く水の中に遠い世界の画像でも見ているようだった。

久谷を殺す気かもしれないと、光男は思った。それになんの異論もない。ただ、自分を家へ帰してさえくれれば。

緊張の糸が切れていく。光男は朦朧とした意識の中で独り言でもいうように記憶を話し始めていた。

「久谷の親父《おやじ》の車やない。親父の女の車やったんや。あの親父は自分の医院の受付の女にてぇだして、車買うてやっとった。その車やったんや。登は女から合鍵《あいかぎ》もろうて、好きな時に乗っとった。登の親父は見て見んふりしとった。親父は自分にやましいところがあるから、俺に説教なんかできるかいうて、登はたかくくっとった。おふくろにばらすぞいうたらおしまいやて。親父から小遣いせびっとった」

幸せそうなやつ見たらむかつくんじゃ——光男はそう言った登を思い出していた。かと家の中では偉そうにできても、外では通用しない。学校では落ちこぼれていた。かといって不良になりきることもできず、真面目《まじめ》な級友には白い目で見られていた。弟は念願の中学に進学。事件はその年に起こった——あいつの中学進学、ぶっ潰《つぶ》したる。

女の、湖面を動かす手がとまった。

光男はあの時の被害者の女のことを一生懸命に思い出そうとした。元小学校の教員。腰の骨を折って、三カ月入院したと聞いたが、はっきりした記憶がなかった。ただ、学校をやめると決まった時、同僚や児童たちがそれを惜しんだと聞いたことがある。

多分、友達の妹かなにかがその小学校に行っていたのだ。

——彼氏が司法試験に合格するのを待って、結婚するつもりやったらしい。難しい試験やから、合格する前は勉強で忙しいし、合格してみたら前にも増して忙しい。それでお互い帰りの時間を合わせて、家に帰るまでがデートの時間やったらしい。そうやって五年も付き合って、そいで結婚直前やったて。

知っている。ほんとはたくさんのことを知っている。思い出したくないだけだ。思い出したくないから荒れた。思い出したくないから名古屋に行った。

ショパールの腕時計。

美しい、殺人の記憶。

女はその記憶を取り戻したのだ。

「最後に聞きたいの。この時計のネーム、漢字で入っていたはずなんだけど、あれを削り取ったのは、だれ？」

俺が手にした時はネームはあらかた削り取られていた。そこには彦という一文字だけが辛うじて残っていた。改めてすかしてみれば「晴彦」と読めた。あの時のあの男が自分の名を名乗ったような気がした。

「久谷や」

女は立ち上がった。

終わったと、光男は思った。解放感で体がばらばらになりそうだった。

これで家に帰れる。光男は女を見上げた。

しかし彼の朦朧とした視界に入ってきたのは、見下ろす女の冷たい視線だった。真空のような瞳。

ありがとうと女は言った。

これでいろいろな事情がわかったわ。あなたの話はとても正確だったし、わかりやすかった。どうもありがとう。

そう言うと女の、真空のような瞳に、ちょうど稲妻が走るように、なにかの光が走った。女は微笑んではいなかった。こわばってもいなかった。

綺麗に洗われたナイフがまっすぐ自分の胸につきたってくる。

「本当に助かったわ」

女の囁《ささや》く声が耳に残った。光男の体は池へと倒れ込んだ。足の届かぬ深い淵《ふち》だった。

彼は懸命に岸にしがみつこうと、草を摑んだ。女はにぎったその指の一本一本を、鋭いナイフの刃先でこじ開けた。光男は悲鳴をあげたが、口の中に水が入ってきて、声にはならなかった。

第一章 事件

1

いつごろからだったろうか。木部美智子《きべみちこ》はルポライターであることに嫌気がさすようになっていた。薬剤で興奮させられたねずみが透明な箱の中をぐるぐると駆け回っている。自分にそんな姿が重なって、むなしさを覚えるのだ。

人間心理の追究などと言ってみても、所詮《しょせん》は大衆の好奇心を満足させるために走り回っているだけじゃないのか。退屈している主人のために懸命に芸を披露する犬かもしれない。

美智子は小説を書いてみようと思うようになっていた。その町に行ったのは、友人

だ。遠い親戚《しんせき》がやっている流行《はや》らない旅館が、長期なら安く泊めてくれると聞いたから

「週刊フロンティア」の編集長、真鍋《まなべ》は言った。

「小説？　やめときなさい、あんなヤクザなもの。俺はなにが怖いっていっても、狂犬の次に作家が怖い。君、人間すてる気？」

ライターの知り合いには、作家としてデビューしていった者も、ざっと考えただけでも片手に余るほどはいる。あれくらいなら自分にも書ける。しかし古びた安宿に一人座り込んでノートパソコンに向かってみると、はてと思い当たった。

書くことがない。

書くことには慣れていた。いや、慣れきっていた。かれこれ二十年、この道一筋にやってきたのだ。新聞記者を皮切りに、通信社などを経て、フリーの記者になった。

新聞記者時代に、高校時代の友人の結婚式の披露宴に呼ばれて、履いていく靴を探して下駄箱《げたばこ》をかき回したが、ハイヒールと呼べるものがないことに愕然《がくぜん》とした記憶がある。改めてみまわせば、玄関に並んでいるのはスニーカー、ウォーキングシューズの類《たぐい》ばかりだった。たったひとつ、かかとの高さが三センチの黒のパンプスを見つけると、思わずそれを抱きしめていた。まだ二十八歳だった。

いくら男と同等に仕事をするとか、男と同じように編集部の長椅子《ながいす》で仮眠することが日常的だとはいえ、ここまで男と同化していいものだろうか。しかしかえりみれば鏡台にあるのはリップクリームだけだった。これではまずいと焦《あせ》りを感じて、引出しをまたかき回し、やっとブランドものの口紅を一本発見すると、恐る恐る塗ってみたが、顔の中で赤い口だけが浮き立って、気恥ずかしいというより恐ろしい気がした。

翌日仕事帰りに流行の靴を買い、デパートの化粧品売り場で販売員に最新式のメイクをしてもらって化粧品を一式買い込んだが、慣れないかかとの高い靴にすっかり足は痛むし、最新式の化粧も、その顔に掛ける眼鏡が古い黒縁なものだからまるでちぐはぐだ。化粧品も靴も、その披露宴にしか使われることなく、どこにいったのかわからなくなってしまった。

三十二歳でフリーのライターになったあと、医療過誤を取り上げた記事が世間の目を引いて、業界では一躍有名になった。口の固い医療関係者から真実の一端を聞き出すために、連日病院の前で看護師を待ち伏せて、警察を呼ばれたこともある。おでん屋の片隅で、逃げ出そうとする駆け出しの医師の袖《そで》を摑《つか》んだまま、二時間説得したこともある。

しかしかたくなな医師の心を解くことより、被害者家族との距離の取り方のほうがずっと大変だった。彼らは、常に自分たちの味方であることを求め、そうでないと見ると「あんたたちにだまされた」と言い始めた。——どうして向こうが悪者だということをはっきりさせてくれないんだ。結局権力にすり寄るのか。ジャーナリストなんて偉そうなことを言っても所詮は週刊誌の記者なんだな。

しかし美智子はどんな糾弾にも真摯《しんし》に対応した。それが新聞記者時代に学んだことだった。どんなに陳腐に聞こえても、彼ら一人一人は必死に訴えているんだ。ペンを持つ者は絶対的優位なんだ。与えられたペンの力に驕《おご》るな。声をあげている人の心を傷つけるな。

やがて業界内での知名度は上がり、仕事は広がって、共著で本も出したしテレビ画面にも顔を出した。テレビ局では番組制作にも立ち会った。叱《しか》られてばかりのADがかわいそうで、こっそり構成原稿に手を入れてやったこともある。彼はそれを喜んで、田舎から送ってきた蜜柑《みかん》を一箱くれた。

そうやって美智子は二十年、ジャーナリズムの活字文化に埋没してきたのだ。だから美智子は思う。NHKのドキュメンタリーの語りくらいの原稿なら、片手間で書けると。盛り上げ方も落とし方も、次へつなぐ伏線から、ラストの、ほんのりと余韻を残す締めくくりまで、テレビを見ながらでさえ書き上げることができる。それがいざ小説となったとき、使い込んで文字のかすれたノートパソコンのキーボードを眺めながら、突然、一つの事実に突き当たったのだ。

書くことがない。

美智子は頭を抱えた。苦悩した。そして二週間目には、ぼんやりと座り込んでしまった。そして彼女は、友人たちが作家になったあと、耳をそばだて、目を皿のようにして、見えないなにかに過剰にアンテナを張っている、その訳を知った。

彼らは「書くこと」を探しているのだ。

屋台のおでん屋で、皿の上に無造作に載せられたキャベツ巻の崩れ方がなにか自分にインスピレーションを与えてくれないか。となりで後輩を相手にクダをまく中年男の言葉のどこかに、永遠不滅のテーマや文学的悲哀は隠されていないものか——。

作家たちの浅ましいまでの過剰さ。ミクロの戦士になって、人の頭髪の根元にまで分け入って、その脂分《あぶら》と毛根の状態までもを分析してみようとするかのような、やり切れないような飢餓感。

ああと美智子は思い当たった。

そしてなす術《すべ》もなく障子を眺めていた。

白い障子。陽に透けて、まどろむように発光している白い障子。

ロビーを見わたせばそれなりに色々なものがある。ほこりをかぶらないように透明なシートをかけたままになっているみやげもの売り場。百円入れて選曲すると鳴りだすミュージックボックス。古びた卓球台の横にはやはり百円硬貨を入れると動くマッサージ機が二台並んでいて、一台にはその硬貨の投入口に「故障中」と書かれた手書きの紙が貼られている。

「中」とはただいまは使えない状態ではあるが、使える状態へと移行するという前提がある場合に使われる言葉であり、直す気がないのならただの「故障」だ。ああ、こんなこと一つ膨らませても小説にはならんと絶望的な悪態をつく。

カーペットは長年の客の足で擦《す》り切れ、ところどころ下の地が見えて、その部分が湿地帯のように黒々としている。取り替える機会を逸したあと、見てみぬふりをされ続けているそのカーペットを踏みしめ、昔懐《なつ》かしい「スーパーボール」の三十円の自動販売機の横を過ぎると、玄関口から温泉街の裏通りに出る。

バス通りまで歩いて二分、そこからバスの停留所まで歩いて一分。歩く時間は短いが、待つ時間が長い。バスの時刻表にはただ「6」の数字が縦に並んでいるだけだ。十三時六分、十四時六分、十五時六分、十六時六分。一時間に一本の時刻表に、いつもなら取材費編集部持ちでタクシーを乗り回している美智子には、待つ時間の風が冷たい。そしてその間でさえ、その気になれば小説ネタなどどこにだって転がっているはずだ、と観察を怠らない自分がわびしい。

大山寺温泉の停留所からバスで十五分も下ると市街地に着く。なんといって特記するところのない町だ。高校が二つ、中学も二つ、小学校が三つ。総合病院と個人病院と歯医者と眼医者とスーパーとコンビニと写真屋と不動産屋と。取り立てることがないことが凡庸であり、凡庸であるということこそが現代文学のなによりの下地であると、美智子を色めき立たせたそのなにもなさ加減も、ここに至ってはただ、持て余すような「退屈」に過ぎない。

バスの道すがら、車中から、ガソリンスタンドに色あせた宣伝旗が十年一日のごとく立っているのが見える。

「水曜日レディスデイ。女性ドライバーにもれなくプレゼント」

原田光男の妻、圭子はその旗の下で、今日も仕事に精を出していた。

もうすぐ暑くなる。日中、外で給油や洗車に走り回っていると、夏の暑さというのは、突然頭を、直径一メートルほどの大きなハンマーで殴られたような、強烈な衝撃を感じさせることがある。もうすぐそんな季節がやってくると思いながら、給油中の軽自動車のフロントガラスを拭《ふ》く。

水曜日はレディスデイなのだ。そして今日は水曜日なのだ。

一通り拭き終わると圭子は運転席に声をかける。

「今日はレディスデイとなっております。粗品にはトイレットペーパーと台所用洗剤と洗濯用洗剤がございますが、どれがよろしいですか」

運転席の女性はパーマをあてた洗いっぱなしの髪に、綿のジャケットを着込んでいる。そのうえ化粧は朝三分でしたようなものが一日の中盤に差しかかり全体に薄くは げ落ちているのだから、まず近所の主婦にちがいない。こういう客に洗車だ点検だとすすめると、面倒がられて次から足が遠のく。だから圭子は要らぬことは言わない。にこやかに、片手で台所用洗剤と洗濯用洗剤とトイレットペーパーの写真の載ったメニューを客の方に向けて支えながら、片手はそっと洗濯用洗剤に伸びている。

「じゃ、洗濯用の洗剤」

当たり——家族持ちの家では四ロール入りのトイレットペーパーはすぐに使い切ってしまい、台所用洗剤はスーパーで買っても百円足らずで済む。だからまず、三百円前後はして、日持ちする、この箱入り洗濯用洗剤を指名するのだ。結婚前からガソリンスタンドで働いていた圭子は客の習性をよく知っていた。

今は七カ月の娘に手が掛かり、一日三時間のパートしかできないが、そのうちだんだんと時間を延ばし、いずれは正社員になりたい。夫の光男は無理をしなくてもいいと言ってくれるが、光男と再婚するまでは長女を女手一つで育ててきたのだ。あのころを思えば無理でもなんでもない。わずかな金額だが、少しでも家計の足しにし、今度こそ温かい当たり前の家庭を作るのだ。光男とならそれができる。

洗車場から洗車の終わった車が押し出される。車体には水滴が一杯ついている。

圭子は腕まくりすると、力をこめて丁寧に車の水滴を拭き取り始めた。

まず乾いたタオルを濡《ぬ》れた車体に押し当てて、力一杯に押しながら横へと移動させる。それからまたスタート部分に戻り、今拭いた下の位置にタオルを当てて同じように横へ動かすのだ。タオルが濡れると、折り直して乾いた部分を表にして、再び車体に押し当てる。力一杯にしないと水分が残るのだ。きれいに仕上げた時は輝きが違う。

圭子は後ろに立つ女が、自分をじっと見つめていることに気づかなかった。

彼女が圭子のその手を、手首を、じっと見つめていることに気づかなかった。

動き、止まる――その圭子の腕を、女の目はじっと見据えていた。

凸レンズが光を集めるように、じりじりと焼けつくような視線だった。女の視線は圭子のその腕の一点から無限の彼方《かなた》に連なって、彷徨《さまよ》うことなく突き進み、時間を遡《さかのぼ》り、瞬間——そう、落雷が瞬間のことであるように——女の瞳《ひとみ》に憎悪《ぞうお》が宿ったのだ。

六月七日水曜日、よく晴れた昼下がりのことだった。

2

八月二日。

「茶休憩」と称して、横山明はまた工場を抜け出した。たばこ屋の横の自動販売機で缶コーヒーを買い、真夏の太陽が照りつける町をのらりくらりと歩きながら、横山は取り止めもなく考えている。みっちゃん、どうしたんやろうと。

原田光男がいなくなってからかれこれ二カ月が経過する。

親友というわけではなかった。むしろ向こうは自分のことを避けている節があった。その理由も知っている。それでも古い友人が姿を消したとなると、心のどこかにひっかかる。

不思議なものだ。決していい記憶ではないのに、その記憶の共有者を失うことをどこかで恐れている。町で、道で、彼の姿を見つける時、もしくは何気なく人の口に彼の名前がのぼるたび、横山明は思う。他のだれが俺の名前を忘れても、あの男だけは俺を忘れることはないだろう。皆が「横山ってだれだっけ」とその一言で済ませて、興味も持たず、思い出そうともしないとしても、原田光男だけは俺がだれだか覚えている。それが仲間だ。彼がいて自分を覚えている限り、自分が社会から抹殺《まっさつ》されることはないと思うのだ。だから横山はいつも心のどこかで原田を追っている。

横山はなんの取り柄もない、貧相な男だった。昔のあだ名はネズミだった。ネズミ、ネズミとあごでこき使われたものだ。昔身につけた唯一《ゆいいつ》の技術を生かして、車の修理工をしている。

いや、もう一つ、彼には「特技」がある。夜だけは滅法強かったのだ。一度モノにすると、女は横山に、夜だけは付き合うのだった。

妻はいたが、夫婦関係は冷えきっていた。冷えきっていてもセックスはセックスだ。妻が自分を受け入れるのは、妻も他に捌《は》け口《ぐち》になる男がいないというだけのこと。月に一回、十分に満たない行為だった。

横山には別に女がいる。スナック「みさと」のママ、美佐江は、彼が暴走族の傘下《さんか》にいたころ、レディースを名乗る女性暴走族のメンバーだった。二人とも落ちこぼれで、走ってついていかないと、仲間は待っていてはくれない。そんな時代からの顔見知りだった。高校卒業後、職につけない美佐江が安っぽい飲み屋を開いてから、パチンコ代ほどの金で美佐江は横山の要求に応じた。だから横山は、特に妻を相手にする必要はない。それでも一人より二人の方が気分が変わるというものだ。

十分では妻が欲求不満に陥ることはわかっている。それでもそんなことは知ったことじゃない。美佐江は不美人だったが、肉付きのいい体が魅力的な女だった。彼女が金次第だということは仲間内では知れ渡っていた。かといって売春というほど職業的なものでもない。長い付き合いの男は横山だけのはずだ。時々一万、二万の金の無心をしてくる。横山は渋々だが、それでも出してやる。美佐江に邪険にされると居場所がなくなるから。

族上がりで付き合いがあるのは、この町ではもう原田光男と美佐江だけだ。その原田光男が町から姿を消した。横山はなにかしら落ち着かない。

夜、「みさと」へ行く。

路地からもう一つ路地へと入った先の、古い、空き室のほうが多い、幽霊ビルのようなビルの地下に「みさと」はある。地下通路の突き当たりにあるこの店には、新しい客など来ない。だから昔なじみの常連——横山のように、どこに行っても相手にされないような男たちが集まってくるのだ。一日ほんの四人か五人が、黙って安酒を飲んでいく。

奇妙な女がいた。

カウンターの中に立っている。ドアを開けると、慣れた様子で「いらっしゃいませ」と声をあげた。だがどぎまぎしているのがわかる。横山が来るまで店は空だった。客が一人に店の女が二人。新顔はいかにもまめまめしくおしぼりとコースターを横山の前に置くと、ちらちらと様子をうかがっている。

「アルバイトの子ぉなんよ」美佐江は横山の隣に座ると、そう言った。

「へぇ」と横山が言う。

「ママ、ボトル、どれかなぁ」とカウンターから新顔が言った。

「あんた、ママかいな」と横山が笑った。どう笑っても彼の笑みは卑屈にみえる。

「いつからそんなええ店になったんや」

「それがなぁ」美佐江は顔を寄せた。

「ただでええからアルバイトさせてくれっていうて、来たんよ。カウンターの中に立ってみたかったたって」それから美佐江は、新顔に対して奥の焼酎《しょうちゅう》を指さした。「あれが横さんのボトルや」
横山は美佐江に声をひそめる。
「知ってる子かいな」
「いいや。知るかいな。突然来て、一回飲んでいって、それからまた来て。その時に
そういうんや。まあ、ただやったら」
美佐江は、ただならなんでもいいと言わんばかりだった。
陰気で、気の利《き》かない店だった。七年ほど前に奮起して女の子を雇ったこともあっ
たが、出費だけがかさんで、女のほうもなげやりで、すぐに美佐江一人にもどった。
だから、この店に新顔の女がいるなど、奇妙な風景だった。
横山は女を盗み見た。
女はコースターを置いて、横山に焼酎の入れ方の好みを聞き、彼の前にグラスを置
く。全くの素人《しろうと》にもみえないが、さりとて水商売にもみえない。
「横さんて、横山さんですか」
最後の「か」が半音上がって伸びる。鼻にかかった話し方だった。横山がコップを
引き寄せる間に、美佐江が答えた。
「横山さんいうて、うちの一番の常連さん」

「はあ。ゆかりといいます。よろしくぅ」

不美人ではないが、決して美人の部類には入らない。口が、馬を思わせるのだ。目は大きくてくっきりとしているのだが、その目は客に媚《こ》びている。

「一杯ごちそうになります」そう言うが早いか、女は奥からビールを一本持ってきた。そのビールで焼酎を割った。そして一気に半分ほど飲み干した。四十度の焼酎だ。横山はヘッと笑った。女もまた、媚びるように笑う。

その後客が二人来た。

女はその二人の相手もしたが、なぜだか横山にご執心だった。カウンターから出て隣につき、横山の酒を飲む。いや、酒は、あとから入ってきた二人の分も飲んだ。客が来るとビールを持ち歩き、客のウイスキーをビールで割って飲むのだ。二人の客はそれを見て、おおと歓声をあげた。ゆかりはその歓声を聞いてまんざらでもないらしい。そのまましばらく客の相手をしていた。そして横山の隣に戻ってきて焼酎のお湯割りを飲んでいる。

「横山さんていうの？　下はなんていうの」

そこで横山は品のない冗談で答えた。女は手を叩《たた》いて笑った。本当に嬉《うれ》しそうだった。

「違う、下の名前や」

それは不思議な気分だった。横山はいまだかつて女に興味を示されたことがなかった。だからその時も、女が自分に気があるとは思わなかった。

「明や」

「あきらさんかぁ」

それにしてもそれは、傍目からも浮き立った光景だった。

その店では会話が弾むということはない。美佐江はたばこ屋の店番のようにカウンターの中に座り、煙草《たばこ》をふかしている。男たちはいつものペースでチビチビと酒を飲んでいる。狭い店内の、カウンターの奥からだけ、奇妙に浮いた笑い声が聞こえてくるのだ。

横山はそのあと二日間、店に顔を出さなかった。三日目に行った時も、ドアを開けるとちょっと鼻にかかった声が響いた。

「いらっしゃぁい」

横山はいつものように奥のテーブルの角に座る。女がビールをぶら下げてやってくる。その日は横山だけに構っていたわけではなかったが、——思えば少し店の客が増えていた。横山が来た時、すでに一人客がいたのだ。それは珍しいことだった——それでも大体は横山にうるさく付きまとった。横山はからかわれているようで気味が悪く、時に不快だった。

女は素人臭いと思われるのがいやなのか、話が切れそうになると思いついたことを手当たり次第話題にして、客商売は慣れているといわんばかり、手は休むことなくコップに持っていく。そして時々、思い出したように甲高く笑う。美佐江はいい顔も悪い顔もしていなかった。彼女が騒がしいからいい顔をしないのだろう。そして、一人で客の酒をがぶ飲みし、売り上げを伸ばしているから悪い顔もしないのだ。

「あんな底無し、見たことないわ」と、次の日、ゆかりが休んでいるのをいいことに美佐江は言った。酔うと、人の機嫌を窺うようなその目が、赤く充血して、なんとも物欲しそうになる。「あたしと今晩して」と体中で訴えているように見える。

「あんたにご執心やな」

横山は無表情に答えた。

「アホか」

しかしまんざらでもない気もした。変わった好みなのかもしれない。いや、もしかしたら本能的に俺の夜の強さを嗅《か》ぎつけているのかもしれないではないか。

美佐江は煙草をふかす。

よく見れば、ぽっちゃりしていると思っていた美佐江の体も、ただの中年太りなのだ。ゆかりは実際には三十二歳の横山よりは少しは上だろうが、三十前後に見える。胸は小さいようだが、とにかく、使い古した感がないのがいい。

そして不意に、美佐江が奇妙なことを言っていたのを横山は思い出した。

もう二カ月も前だろうか、女の声で「みさと」に横山明という男が出入りしているかという、問い合わせがあったと言ったのだ。横山は美佐江にたずねた。

「——電話、あの女か?」

美佐江はなんのことだかわからぬようだった。

「二カ月前の。ほれ。昼前にかかってきた電話や。わざわざ自宅にかけてくるというのはどういうことやろうって、いうてたやないか。横さん、どっかに借金してないか、借金取りがうちの店まで来るつもりやないかて」

美佐江はああと言って思い出したようだった。それからはっきりと答えた。

「違う。声も言葉つきも全然違う。あの子やない」

美佐江は、横山がその電話の主を妻の初子《はつこ》ではないかと聞いた時も、同じことを言ったのだ。声も言葉つきも全然違うと。

他に心当たりもない。横山は言った。

「店のもん、取られてないか」

美佐江はキョトンとした顔をした。

「金庫もレジもないのに、アホかいな。あるのは電話帳だけや。ツケ払いの客に催促の電話をするためのな」

そやけどほんま、店の客にあんたのことえらい聞き回ってるみたいやでと、美佐江は言った。それは横山に御注進するというより、ゆかりの物好きさ加減に呆《あき》れているようだった。

その三日後、ゆかりは突然姿を見せなくなった。そしてその数日後、横山はゆかりから電話を受けた。それは、もう店はやめたから外で会わないかという誘いだった。

携帯電話の番号はカウンターの中の電話帳に書いてある。ゆかりはそれを見たのだ。横山は約束の場所に出かけていった。

彼女が呼び出したのは、大阪のホテルの喫茶室だった。ラブホテルではない。そこが一番待ち合わせにわかりやすいからだろう。しかしそれも交通の便利な都心ではなく、地下鉄を乗り継がなくてはならない場所だった。横山の家から二時間はかかる。わざわざそんなところまでと思わないでもなかったが、本当は期待に胸がざわめいていた。

　ゆかりはどこか落ち着きがなかった。

「なんや。ここ、お前の住んでるあたりか」横山は不思議に思ってたずねた。ゆかりは作り笑いを浮かべた。「まあ、そう」

　横山はゆかりの体を眺め回していた。どんな下着を着てきたんだろうなと思うと、知らず舐《な》めるように見てしまう。

「えらい遠い所から店に来てたんやな」

　ゆかりはちょっとあわてたようで、そんなことどうでもええやんとごまかした。そんなこと、どうでもいい。横山もそう思っていた。どこでこんな意味のない会話を切り上げ、ホテル街にもぐり込むかだ。横山がそう考えていた時だった。ゆかりは突然言った。

「横山さん、さんぴーて興味ないか」

　横山は無言で女の顔を見返した。それは三人でセックスをすることだ。自分がなにか聞き間違えをしたのではないかと思ったのだ。しかし聞き違いであるはずもない、ゆかりは顔を紅潮させ、はち切れんばかりに笑っているのだ。横山はええでぇと答えた。そして、来てよかったと心から思った。

ゆかりは車で来ていた。白い大型のセダンだった。けっこう金持ちの子なんやと横山は思った。

ゆかりは横山を車にのせると、迷いなく発進させた。車は二十分も走って、ホテル街へと入った。

「もう一人の子はどこやねん」

「来るから」

「どんな子や」

「別嬪《べっぴん》さんや」

車はホテルの一つに滑り込む。部屋に入ると、ゆかりは横山に、先にシャワーを浴びるようにと言った。横山の頭はめくるめく遊びの中に埋もれていた。こんな幸運がそんなに簡単に転がってくるなどと、世の中にはなにがあるかわからんものだなと、一人ほくそえんでいた。

シャワールームから半透明のガラス越しにベッドのある部屋が見える。ゆかりが部屋のドアを開けた。部屋の中に女が一人入ってくるのがわかった。

小柄な女だと思った。不透明なガラス越しだから輪郭ははっきりしない。それでも清楚《せいそ》な感じがして、それだけでもそそるものがある。女は大きなカバンを持っていた。

そこからなにを取り出したのかは、そのガラスを透しては見えなかった。

3

暑い。

夏は暑いものだが、腹立たしい。

木部美智子は東京の八月の暑さの中で、信号待ちをしていた。

江戸時代からこんなに暑かったのだろうか。せめて地面が土ならば、こんなに暑くはないのだろうか。働きたくないわけではない。ただ、この蒸し器の中にいるような時間がたまらないのだ。とくに信号待ちがつらいのだ。

信号の向こうにフロンティア出版のビルがある。その五階に「週刊フロンティア」の編集室があり、そこにあの真鍋が座っている。

東京に帰って二カ月が経《た》つ。信号はまだ変わらない。信号機の指揮のもと、人間が集団で行動を方向づけられている。歩けだの、止まれだの。地下鉄のアナウンスも気に入らない。乗れだの、下りろだの。

あたしたちはお行儀よく調教されたサーカスの動物じゃない——そう言った友人が

いた。彼女は突然山村に転居して農業を始めた。はじめての収穫の時は、段ボール箱一杯の野菜を送ってくれた。お礼の電話に、彼女ははつらつとした声で応対した。二カ月後にはまた収穫がある。送ってあげるね。友人の元気そうな様子を聞きながら、美智子は少し心配してあげる。そのうちこう言い出すのではあるまいか。太陽が気に入らない。寝ろだの、起きろだの、と。

皆それぞれ身の内に不満の虫は棲《す》んでいるものだ。飼い馴《な》らすか、振り回されるか。自分の不満を、見て見ぬ振りをしてやり過ごすのも問題だが、真面目《まじめ》に向き合ったたって大して実になるものじゃない。不満にとりつかれて業《ごう》を曝《さら》したわたしが言うんだから、間違いない。

美智子が東京に帰ったのは、小説を書こうと東京を飛び出してから二週間ののちだった。戻った時、真鍋はニヤニヤ笑っていた。

「いやいや人間、時に立ち止まることも大切ですよ。たったの二週間とは、いやはや悟りが早い」

美智子はふんと聞こえぬ振りをした。

あの日、黙って行けばよかったものを、いつもの自分らしからず、あの町に出掛ける前日に、一人心の中でお別れ会をなどと思って、真鍋と、その日編集室に残っていた編集者の数人で、酒など飲んだのが間違いだった。不覚であった、いや、汚点であった。美智子の日ごろの理性の糸はどこかでプチンと切れて、彼女はわが身の不遇を憂《うれ》い、人を妬《ねた》み、名前をあげて仕事仲間の一人一人をこき下ろし、わたしはここで脱いでやると公言し、皆に取り押さえられてゲロを吐いた。

翌日、皆から昨日のことはなかったことにしてあげるからと慰めの電話をもらったが、昨日のこととはなんのことだかさっぱり記憶がなかった。ただ真鍋一人が毅然《きぜん》として「木部ちゃん。昨日のクリーニング代請求するから、行き先、書いておいてよね」と、電話の向こうから冷たい一言を放ったのだ。

「作家になってみようと思います——とは恐れいりますよ。木部センセイ」

美智子は耳のつけ根まで赤くなり、その場にいた人々を確認し、朝からの不審な慰めの電話と考え合わせ、全《すべ》てを了解し、あの日東京を逃げだした。

わたし、どこまで脱ぎましたか？　あの日以来頭の中で永遠に鳴り響く疑問だ。

しかしその恥ずかしさより、鶴野《つるの》旅館での二週間はなお耐えがたかった。自己の能力の限界を知るのは、もっと「やんわりと」でなければならない。美智子の場合にはあまりにストレートな告知であり、かの「汚辱」はその二週間のあいだに乾燥しきって原型を留めず、匂《にお》いもなくなり、汚辱とも認識できなくなり、破れた夢のかけらのほうが正視に耐えず、故《ゆえ》に真鍋の厭味《いやみ》など屁《へ》でもないはずなのだが、やはり面と向かって顔を見ると恥ずかしかった。

その時の真鍋の言葉が今でも耳に残っている。

「木部ちゃん。君、多分欲求不満だよ。――多分。まず間違いなく」

やっと信号が変わった。

夏は暑いものだ。冬は寒いものだ。腹立たしいのは事実だが、実にささやかな腹立たしさだということを自覚しないと、人生は誤るものだ。

編集室に上がる二台のエレベーターのうち一台が動かなかった。「点検中」の張り紙を見て、場末の温泉旅館の、剝《は》げたカーペットの上にあったマッサージ機を思い出した。バスを待つうら寂しさを思い出した。

仕事があるだけ有り難いのだ。生きる場所があるだけ、感謝すべきなのだ。真鍋は憎いが、お出迎えがわりに小さな仕事を何本か突きつけてくれたので差し引いてもお釣りがくる。

一台になったエレベーターはいつもより混み合っていた。美智子は端に小さくなって立つ。中央あたりにいた知り合いと目があったので軽く会釈《えしゃく》した。向こうも、やぁと愛想よく笑ってくれた。

それでもやっぱり心の中にぽっかりと穴が空いているようなのはなぜだろう。

編集室のドアを開けると、真鍋は受話器を耳にあて、天井に向かって話していた。彼が卓上に視線を落としているのをあまり見たことがない。なぜだかいつも電話している。それも背中を椅子に押しつけて、どこにともなく視線を上げて。それで返事をしたりガラガラ笑ったりするからちょっと不気味だ。第一、天井に向かって放出されるそのだみ声は部屋中に散乱して、うるさい。彼が煙草を吸うために部屋を出ると、急に静かになるからすぐわかる。

真鍋は美智子を見つけて、ちょいちょいと手招きした。もちろん「……それもわかるんだけどねぇ」などといい加減な調子で電話の相手をしながらだ。しかしのらりくらりとした電話は終わりそうにもない。手持ち無沙汰《ぶさた》に待っている美智子に横から編集者の中川《なかがわ》が声をかけた。

「これ。今朝の電話の件」

そう言うと、中川は、机の上に乱雑に重ねた紙の束の中から、今朝美智子がメールで送った原稿のプリントアウトを引き出した。赤字で書き込みがある。

ペットの置き去りのレポートだった。転居する時、いままで家族同然だと言っていたペットをいとも簡単に置き去りにする人間が増えている。転居に限らず、飽きたペットを人目につかない所に捨てていく人間も跡を絶たない。ペットを捨てるための鉄製の檻《おり》が町中に設置されて物議をかもしたのは古い話だが、実際に野生化した動物の被害は跡を絶たない。テーマが古いから、それに、現代女性の、結婚はしたくないが子供だけ欲しいと考えるその発想を結びつけて、まとめてくれと言われたのだ。それでは女性団体から抗議がきますよと美智子は言った。彼女たちが、子供とペットを同じだと思っていると、そういう論旨になるでしょ。そうすると真鍋はこう言った。

「実際そういうことでしょ。ただ子供を産みさえすれば人口が増えていいという問題じゃないと思うんですけどね」

美智子は、問題にしたいのは、非婚で産み出される子供のことか、野生化するペットのことか、どっちなんですかと問い詰めた。真鍋は、野生化するペットですよ、ただ、それだけじゃいまさらって感があるでしょ、とかわす。じゃあ女性とくっつけずに、地域社会における人間関係の希薄さに問題をずらせて、すなわち自分以外の存在に対する想像力の欠如にもっていけばどうですかと美智子が提案すると、一言、「そんなもんだれが読むんですか」。

真鍋は、だらしないかっこうで人目もはばからずにたむろしている若者や、電車の中で化粧する女子高生、人前で抱擁するガキが、野生化しているペットを彷彿《ほうふつ》とさせると言う。しかしそういう問題意識を根底に持つのなら、それと非婚女性の出産問題とを絡《から》めたりしたらなおさらえらい騒ぎになる。抗議じゃすまない。「吊《つ》るし上げをくらいますよ」と美智子は提言した。「じゃ、あくまで捨てられたペットの哀れという線で。最後に徘徊《はいかい》する子供を絡めて」と真鍋は澄ましている。

ルールの外に生息する子供と、捨てられて野生化するペットの共通性。子供の不良化は問題の根が深い。触っていけば多岐に渡り、少年犯罪から成人男女の乱れた倫理観にまで伸びて、混沌《こんとん》としてくる。かたや飼い主に捨てられた動物、かたや社会に切り捨てられた若者――若者のほうは、むしろ「自発的に」だとか「自己表現」と言うかもしれないが――そう考えればまあ、抱き合わせ対象としては折り合いがいいかもしれない。所詮《しょせん》は小さな頼まれ仕事だ。「まあ、そこらへんでやってみます」と美智子は承諾した。その原稿の手直しだった。

些細《ささい》な直しだった。二十分あればできるだろう。美智子は、急ぐようだったらこのままここで直すけど、と中川に告げた。

気がつくと真鍋の電話は切れていた。今度は真鍋がおいでをしている。中川との話を中断すると、机と机が変にくっついて迷路になっている狭苦しい通路をすると縫って、美智子は真鍋の所までたどり着く。昔は煙草の煙にくすんだ真鍋の顔も、室内禁煙になってからは空気が綺麗《きれい》でくっきりと見えて、そのふてぶてしさに紗《しゃ》を掛けるものもない。いつものように半分眠ったような目で、椅子にその体を押しつけている。

美智子は中川と原稿の訂正について打ち合わせを済ませたことを報告した。真鍋はその重たそうなまぶたを瞬《まばた》きさせて、ついでに首もこっくりと振って、了解の意を表した。いつもより、目が重そうだ。美智子は続けて報告した。

「倒産企業の従業員の密着取材の件ですけど、内情は告発内容とかなり異なっています。あれはどうみても不況の煽《あお》りを受けたんじゃなくて、ただの放漫経営です。解雇された社員にも悲壮感はありません」

真鍋は聞いていないようだった。しかしそれも美智子は気にしなかった。こうやって聞いていないような顔をして聞くのが彼のスタイルなのだ。時々本当に聞いていないときもある。同じ顔をしているからわからない。だから聞いているように見えようが見えまいが、とにかく話すしかない。

「大体ダメだろうってことは半年も前からわかっていて、櫛《くし》の歯が抜けるように従業員は辞めていたんです。中小企業の突然の倒産により生涯設計を狂わされた中高年の悲哀なんて図はどこにもありません。ちなみにあの会社に住宅ローンを抱えている社員は二人しかいません。取材対象が間違っていたんです。どうしてもあの会社にしたいのなら、着眼点を変えるべきです。あの会社は異常にアルバイト社員が多かった、そこには企業を存続させる経営の意志の薄さが隠されているように思うんです。流れ込む流動的労働力。その労働の担《にな》い手の底に潜む社会不信。社会貢献の意志のない企業主と社会不信の労働者が一体となって立派な看板を掲げて蜃気楼《しんきろう》のような会社を作り上げている。ところが双方、今回のようになにか事が起こると被害者意識だけは強いんです。だからあんな被害者意識に凝り固まった内部告発の投書がくる。取材してわかったことは、皆がそれぞれに、自分の不幸を人のせいにすることに汲々《きゅうきゅう》としているということです。だからどうしてもレポートにしろというのなら、むしろその無責任の実情を――」

それにしてもいつもと勝手が違う。二日酔いだなと思ったその時、真鍋が濁った眼《まな》差《ざ》しを美智子に向けた。

「四日前、大阪のホテルで男の死体が発見されたのは知ってる？」

真鍋は机の引き出しを開けると小さな新聞の切り抜きを取り出した。

十二日午後二時十五分ごろ、大阪市西区のホテル「有馬」から、客の男性が部屋で死んでいるとの通報があり、西警察署で調べたところ、所持品から死体は神戸市東区に住む自動車修理工、横山明さん（32）と判明した。死因は撲殺とみられ、そばに血液のついた金属バットが残されていたことから、警察ではこの血液型の鑑定を急ぐ一方、殺人事件とみて捜査本部を設置、前日横山さんと一緒にホテルに入った人物の行方を捜査している。


「ええ。ニュースで聞いたと思いますけど」

「これね、かなりさり気なく書かれているのよ」

撲殺のどこがさり気ないんだと思いながら、美智子は少々身構えた。

「被害者は素っ裸で、ホテルの部屋の便器に――正確には便器の後ろのタンクですが――ぐるぐる巻きに縛りつけられて、殴り殺されているんです。検死の結果、多分、一時間はかけているだろうって。撲殺ってあるけど、直接の死因は窒息死だそうです。口をガムテープで丁寧に塞《ふさ》がれていたものだから、内臓破裂時に逆流した自分の血で窒息した。よく酔っぱらいが自分のゲロを喉《のど》に詰めて窒息するってのがあるでしょう。あれですよ。あたりは血の海でね。被害者はいちもつを切り取られているのよ。それで血の海です。もちろん糞尿《ふんにょう》もかなりなものだったらしいけど。金属バットでサンドバッグなみに殴られた素っ裸の男がいちもつを切り取られた状態で、ホテルの一室の便器に縛りつけられていた、という状況です。全身紫色に腫《は》れ上がって、目玉は飛び出しそうになっていたって」

なるほど、記事はかなり控えめではないか。控えめどころか、真実とはかけ離れているとさえ言える。

真鍋は淡々と続けた。「それでね、昨日またニュースで、大阪のホテルで殺しがあったってやってたの、知ってる？」

全く、たちの悪い背後霊のような物静かさだった。瞳は笑っているような、いないような、そのことを考えているような、いないような。ちょうど女をデートに誘った男が、今夜の最終のもくろみへの段取りについて周到に考えを巡らせながら「夕食、なんにする？」とたずねている時のような、不気味な気のなさ。

「いいえ。気がつかなかったと思います」

「そうですか。被害者は金岡正勝、三十二歳。京都で鍼灸院《しんきゅういん》をやっている男性なんですけどね。ホテルの一室で、素っ裸でぐるぐる巻きにされて、浴槽の中に体育座りさせられて、頭をぐいぐいと水につけられたらしいです。ただし死因は溺死《できし》とか窒息死ではなくて、失血死。溺死させられる前に、出血多量で絶命したということらしいです。なんたって湯の中だから。出血箇所は男性器の根元。男根はついていなかった」

美智子は真鍋の顔を見た。なにから言っていいものやらわからず、なにより自分にその話をする真鍋の真意がわからず、また、考えたくもない。しかし真鍋はこちらを見ている。混乱した美智子はとりあえず無難なことを口走っていた。

「連続殺人ってことですか」

真鍋はどことなくちぐはぐな美智子の言葉にも、動揺をみせない。

「恨みによる連続殺人でしょうねぇ。男はみっともない殺され方をしているし。ホテルには女性連れで入っている。そして四時間ほどで女性だけが先に出ている。被害者は二人ともそのパターンでね。となると、ホテルから出てきた女は同一人物とみるのが正しいでしょう」

美智子はもぞとつぶやいた。

「女一人でできますか?」

「場所が場所だからねぇ。よくあるじゃないの。SMプレイだっていって縛りつけておいて、財布だけ盗んで逃げるって手口」

美智子はちょっとげんなりした。「よくはないと思いますけど」

真鍋は意に介さない。「どちらにしても、ホテルなら可能だってこと」

男というものは、女体を前にするとそれほどだらしなく無防備になるものだろうか。

「その女性は、その二人の被害者に性的暴行を受けたんじゃないかなぁ。そして復《ふく》讐《しゅう》した」

「ずいぶん突飛なように聞こえますが。大体同一犯による連続殺人と決めるのも早急だと思います。それともなにか根拠があるんですか」

真鍋は美智子の顔をゆっくりと見返した。そしておもむろに言う。

「同じようにホテルの一室で同じように男根を切り取られて殺されている。無関係だと言うほうが突飛だと思いますよ」

その取材をあたしにしろというつもりなのだ。間違いなくそうなのだ。被害者の周辺を聞き込んで、しかしそれは事件の猟奇性を云々《うんぬん》するのではなく、被害者の悲しみや不幸を伝えるものでもなく、犯人像に陰影をつけろと、この食えない親父《おやじ》はそう言いたいのだ。犯罪者心理というやつだ。美智子は、手練《てだれ》の猟師に追い詰められた熊《くま》のような心境だった。どうとでも逃げられそうで、その実逃げる手だてなどないのだ。崖《がけ》っぷちがすぐそこまできている。美智子は冷静になろうと努めた。

「編集長のイメージからすれば、発端となった女性の被害は、二対一の、暴力的行為であったと言いたいんですね」

「はい。輪姦《りんかん》と言います」

美智子はそのふてぶてしい物言いを憎々しく思う。同時に二人の被害者が同い年だったことに思い至っていた。言い返したいと思うのに、なんだかどんどん追い込まれているような気がする――「だとしたら、その被害者の二人は顔見知りだったということですよね」

真鍋の目がちょっと笑った気がした。美智子は強引に押した。

「仮にそうだとすれば、友達の一人が、ホテルで殴り殺されているんですよ。ニュースで流れているんです。東京にさえです。地元じゃ多分大ニュースですよ。顔見知りが殺された報道があった二日後に、のこのこついていきますか、ホテルに」

「わかりません」

「しかし少なくとも、警戒はするはずですよ。不自然でしょ」

「そうとばかりも」

「警戒している男を、女が縛り上げたりできると思っているんですか。プロレスラーなみの大女なら別ですけど、大体そんな女性なら、はじめから性被害にあわないでしょ」――ああ、言ってはならないことを言った。これは恥ずべき問題発言だ。真鍋の、ちょっと笑ったあの目だ。あれが黒い銃口のようにわたしを追い込んでいる。

その真鍋はいつものように、美智子の動揺を尻目《しりめ》に淡々と言葉を置く。

「二人目の被害者、金岡正勝の体内からベンゾジアゼピン系向精神薬が検出されましたよ。簡単に言えば、おそらくはハルシオン、睡眠薬です。ブルーの。細長い。医者がくれる」

彼は完全に勝ちを楽しんでいた。何系かは知らないが、ハルシオンならそんなに説明してもらわなくてもわかっている。神経戦のマスコミ業界で、眠れないということがやり手の証《あかし》のように錯覚している人間たちがいる。不健康が勲章で、終《しま》いに病気自慢へと発展する。そういう中で育つ「ハルシオン信仰」であるが、実際には、ご厄介になっている人間はわずかしかいない。「最近眠れなくてねぇ」はただのご挨拶《あいさつ》だ。寝癖をつけた頭で眠れなくてもないもんだと美智子は思う。

しかし睡眠薬を飲まされていたとすれば、その二人目の犠牲者がぐるぐる巻きにされたというのも不自然ではなくなるのだ。美智子は思う。そんなことなら「放漫経営の無責任の実情」のほうがまだましだ。「台湾の未来」とか、「今後二十年間に想定されるユーロ価値の変動」などでもいい。ペニスを切り取る女の犯罪心理を追うのに比べれば。

「猟奇殺人は苦手です。頭のネジの切れた人間に、追うべき心理があるとは思いません。仕事を選ぶのは、フリーの記者の権利です。わたしは当たり前に暮らす人間がふと滑り落ちてしまうような、そんな犯罪について取材したいと——」美智子の言葉を真鍋は遮った。

「どっかが切れるから犯罪なんでしょ」

どんな犯罪でも、だれの犯罪でも、どこかが切れるから犯罪として成立をみるのだ。そこに、当たり前の人間も、当たり前でない人間も存在しない。切れるか切れないか、二つに一つだ。真鍋の言葉に、美智子の言葉の羅列があえなく切れた。

「木部ちゃんがこだわっているのは、性犯罪がらみだってことなんじゃないの？」

常に男性と対等に仕事をしたいと思っている女性にとって、性犯罪は、自らの限界を突きつけられているような気がするのだ。どんなに背伸びをしてみても女は男ではないという厳然たる事実が、そこにはある。

ひどく追い詰められた気持ちになった時、真鍋は顔も上げずにさらりと言った。

「偶然ですよ、僕が君に頼もうかと思ったのは。深い意味などありゃしませんよ。君、さっき、事件を婦女暴行の復讐というのなら、今度の被害者の二人の男は知り合いだったはずだと言いましたよね。二人の被害者にはね、共通項があるの。出身高校が同じ。私立西岡高校といってね。それがほら」と真鍋は美智子にファックスを突き出した。

「君が作家修業に行った所なのよ」

神戸市東区大山寺町。

顔を上げた真鍋は笑ってもいなければ真剣な面差しでもない。美智子を席に呼びつけた時と同様の、二日酔いのまぶたのままに、美智子を見ている。

全く食えない男だった。

第二章 捜 査

1

美智子は鶴野旅館の看板を見上げた。二カ月前に泊まったあの安宿である。宿の主人の鶴野は、再び宿を取りたいという美智子の電話を聞いて喜んだ。友人の親戚《しんせき》である鶴野は、美智子とは一面識もなかった。それでも田舎では、作家といえば江戸時代の小判でも見るように珍しがる。あるとは常々聞いてはいるが、ついぞ目にしたことのない存在——東京で作家といえばうさんくさがられるのとは対照的だった。そういう訳で、鶴野はなにかにつけて美智子に細かい気遣いをみせてくれた。はじめは女の一人旅と聞いて、自殺でもしにきたんじゃなかろうかとの気遣いだったかもしれない。もしかしたら、たとえ割引料金でも数少ない客を失うまいという、ただそれだけの気遣いなのかもしれないが。とにかくその心遣いが有り難かったのを美智子はよく覚えている。

その鶴野が玄関口に出迎えて待っていたのは、テレビカメラでもついてくるのかと思っていたからかもしれない。美智子が「またお世話になります」と挨拶すると、鶴野はちょっと興奮気味に「ご苦労ですなぁ」と言った。その日の夜、鶴野はそばに座り込んで事件を講釈してくれた。美智子はICレコーダーを回していたが、気付かれないようにそっと止めた。鶴野は事件について、新聞やテレビ報道で流れている以上のことを知らなかったのだ。

神戸市東区にある大山寺町は事件現場ではない。現場は大阪であり、横山明が殺されたのは大阪市西区新庄町、ホテル「有馬」であり、金岡正勝は同じく西区の田尻町「キャッスルホテル」というホテルだった。だから大山寺町に取材陣が押しかけてきたのは、二人の被害者が共にこの町の出身者であることが判明したあとであり、それは事件発生から数日たっていた。神戸ではこの五年の間に大きな自然災害と凶悪な少年犯罪を経験しているが、大山寺町は平和だった。地震の被害もほとんどなく、少年犯罪はテレビから流れてくるニュースでしかなかった。だから取材攻勢ははじめての経験である。

町の人たちは走り回る取材陣を、恐ろしいような、珍しいような、奇妙な面持ちで遠巻きに眺めていた。学校では、子供たちはカメラに近づいて「ピース」などをしないようにと釘《くぎ》を刺され、男たちは自分の妻に「みっともないから、なんでもかんでもぺらぺらしゃべるんやないぞ」と言う。小学校低学年児はカメラクルーの後ろをぞろぞろ付いて歩き、「おっちゃん、おっちゃん」と声をかけ、すきあらばカメラに映ろうとする。飲み屋にはいつもの顔に混じって見たことのない男たちがメモや小型録音機を片手に、如才ない目つきで聞き耳をたてる光景が見られた。タクシー運転手は客が増えたと喜んだ。喫茶店の店員は、会計のたびにいちいち領収書を要求されることに閉口した。

そして取材陣のだれもが、数日で行き詰まりを感じた。なぜなら猟奇的連続殺人を思わす事件でありながら、その被害者である横山明と金岡正勝の間に、同じ西岡高校二十八期、一九八六年卒業生であること以外に共通点がなかったからだ。

新たな進展がない。

どこにも証言者がいない。

一帯は、古くからある地区が開発されて、新しい町が分け入った場所だった。新しいといっても三十年の歴史がある。山に囲まれていた村が、山を崩して大きな地区となり、あたりの地区と繋《つな》がって、境界線が見えにくくなった。酒屋はコンビニエンスストアに看板を掛け替え、駄菓子屋や雑貨屋が姿を消して、跡地に月極《つきぎ》めの駐車場ができた。大型スーパーができ、点在していた布団《ふとん》屋や自転車屋が姿を消し、しかし自動車修理工場や定食屋は残っている。住宅地ができて中学が二つになったのはこの二十年間のことだ。

三十年の間に少しずつ人口が増え、それにともなって町が大きくなり、古いものと新しいもの、路地と大きな道路、広い屋敷と安手な建て売り住宅が建つ、雑然とした町に仕上がってしまったのだ。参入してきた時代もばらばらで、地域共同体意識などないようだった。三代も前からある理髪店の店主はここを古い町だと思っていたし、一昨年オープンした最新設備の美容院は、駅前の一等地で派手な事業が展開できると考えていた。中心部の一画はこの十年で、レンタルビデオショップから弁当屋、駐車場を経て今は自動車のセルフ洗車場になっている。町には、古びて一部が欠けたネオンと真新しい電飾が入り混じっていた。西岡高校はそのゆっくりとした開発の歴史のはじめからその土地にある高校だった。

私立高校は大別して二つに分けられる。公立高校より高い学習効率を標榜《ひょうぼう》するものと、公立高校に行くに足る学力を持たない者を拾うことを目的とするものだ。西岡高校は、昔から、公立高校へ行く学力のない生徒を最終的に引き受ける高校だった。確かにわが子の出来は悪いが、中卒のレッテルは貼《は》られたくはない。そういう学力の低いものにも等しく高校生活を約束する、落ちこぼれの親にはありがたい高校だったのだ。もちろん高額な寄附金と授業料を払える家庭の子息に限られていたが。

だから昔は、西岡高校はただ、出来の悪いぼんぼんの学校であり、決して風紀は悪くはなかった。戦後まだ日本が貧乏な時代に、出来の悪い息子にそれだけの投資ができる家庭というのは限られていたのだ。あたりに遊ぶ所もないし、比較的教養と経済力のある家庭の息子たちであるし、不出来な息子たちはしっかりしていないぶんだけ親のいいなりであり、劣等感もそれほどなく、大した悪気もなく、それなりに地域社会に溶け込んだ学校であったのだ。それが高校進学率が上がり、高校が準義務教育のようになり、なおかつ皆が平等に経済力をつけていく中で、事情は一転した。

皆が「とりあえず高校には」というようになり、それくらいの投資を惜しまぬようになったのだ。西岡高校に有象無象が流れ込むようになったのは、短期間に起こったことだった。そしてその岐路以降、事態はそのまま定着し、西岡高校は「出来の悪いぼんぼんの」高校からただの「出来の悪い」高校へと変わっていった。

昔は高校に行かなかったような成績の子供までが高校に進学する。しかし一日六時間の授業は、勉強の習慣のないものには退屈で窮屈で、必然的に彼らは授業をサボる。煙草《たばこ》を持ち込み他校の女子高生にちょっかいを出し、バイクを乗り回し喧嘩《けんか》をして、やっと一日が暮れるのだ。特に横山明と金岡正勝が在校した十五年前といえば、全国的に校内暴力が社会現象化した年でもあり、風紀の乱れはピークに達していた。恐喝、暴走行為、生徒間暴力、そして教師への暴行——彼らの無分別はとどまるところを知らなかった。二人はその、ただのガラの悪い高校に成り果てて久しい西岡高校の在校生だったのだ。

そのころになると、彼ら西岡高校の生徒は地域の鼻つまみ者だった。だから地域の人々は、今度の事件に対して、冷ややかな反応しかみせない。そして卒業生はみずからの在学当時のことをあまり人に話したがらなかった。横山明のことも、金岡正勝のことも、よく覚えてないといなされるか、あまり記憶がないと困惑されるか、どちらにしても、懐《なつ》かしんで話してくれるという人間がいないのだ。

美智子は鶴野旅館に泊まった翌朝、横山明の勤めていた自動車修理工場を訪れたが、そこでも人々はすげなかった。友人といえる人間もいなかったし、なによりかかわり合いになるのを嫌がっているようだった。しつこく食い下がる美智子を気の毒に思ったのか、一人の従業員が工場の事務室から写真を一枚持ってきてくれた。社員旅行の時の集合写真で、その従業員は端に写っている男を指さした。

「これが横山さんです。工場の連中とはあまり付き合いがなかったから、みんなあまり知らんのやと思いますよ。縁故入社やから首がつながっとっただけで。評判はあまりようなかったです。内緒で仕事を請け負って、夜中に一人で工場を開けて仕事したりね。代金は全部自分の懐《ふところ》ですわ。社長も困ってはったでしょ。一回クビになったことがあるという話ですよ。そやけどまた親戚の人に頼み込まれて。鑑別所帰りですから、他に雇うてくれるところもないやろうしねぇ。まあ、やっかいもんですわな」

男の口調に同情の色は薄い。痩《や》せた男が写っていた。身長は百六十二、三だったろうと男は教えてくれた。集合写真だったのでよくはわからないが、貧相な顔だちの男という印象だった。

「鑑別所帰りとおっしゃいましたが、なにをしたんですか?」

「さあ。ようはしりません。恐喝やら、傷害やら、そんなもんやったと聞いたことはありますけど」

「女癖が悪かったなんてことは、聞いたことありますか」

彼はちょっと考え込んで、しりませんなぁとつぶやいた。

「そやけど、仕事の仲間と厄介を起こしたということは聞いたことないですよ。性格が悪いということも感じんかったし。クラスでも一人や二人は必ずおりますやろ、影の薄いいうんか、おってもおらんでも気にならん子が。そういうタイプですわ。そのくせ小悪はしよるんですな。証拠がなければしらを切りますし、ばれたらばれたで黙り込んで、ほとぼりがさめたら戻ってくる。善悪ということに関心がないんですな。目先の金勘定はするんですけどね」

彼の言葉は、そこに至ってはじめてわずかな憐憫《れんびん》がふくまれたように思えた。どうしようもない人間に向かいあう時、そのどうしようもなさに哀れを覚えることがある。邪険にしていた野良犬《のらいぬ》でも、死ねば、その軀《からだ》になにがしかの哀れを感じるものだ。横山の死に対して、彼がにじませたそういう類《たぐい》の憐憫——。

美智子は道でばったりと知り合いのライター、名城《なしろ》に会った。彼もまたこの殺人事件の取材に投入されたのだった。

大山寺町に来て三日目だという彼もまた、町をこう評した。

「なんだか芯《しん》の暗い町だよ。俺はね、キングのホラー小説の舞台なんかになるのはこういう町だと思うよ」

美智子が彼に出会ったのは横山明の勤めていた工場を訪れたその帰りだった。「大阪の現場とこっちと掛け持ちでやっているんだけどね」と彼は白髪まじりの頭を振った。年がいっているのではない。若白髪なのだ。美智子より三つ年上だから四十三だと思う。数年前、見事な黒髪に染めていたことがある。男も白髪を気にするのかと思った記憶があるから覚えている。飲みっ振りのいい男だ。再婚で一緒になった妻は、彼曰《いわ》く「行きつけの飲み屋のねえちゃん」だった。その名城が、白いものの多量に混じった頭を振り振り言うのだ。

「口が固いというのか、無関心というのか。その金岡ってのも幽霊みたいだよ。だれの記憶にも残っていないんだ。高校卒業と同時に町を離れていてね。もう一人の横山ってのも、まあ、どこにでもいる男というのか。接点なんかどこにもないのよ。なんつーか。なんつーか」と彼はため息をつく。「派手なところがないというのか、捕らえどころがないというのか」

名城が言う、捕らえどころのないこの町の暗さ。

昼食がまだだった。美智子は彼を近くの喫茶店に誘った。駅前の喫茶店をのぞき込み、ウィンドーの中にある蠟細工《ろうざいく》のスパゲティやピラフを眺めた。ほこりを被《かぶ》っている。

「俺もね、いつまでもここに居すわってもいられないのさ。取材費、限りがあるしさ」

耳に名城の愚痴が聞こえる。美智子はウィンドーの中の蠟細工の料理を見る。名城のつぶやきが聞こえる。

「なんかこう、まどろっこしいんだよね」

美智子は名城に顔を上げた。

「入りませんか。おごりますよ」

名城がサンドイッチとコーヒーを注文し、美智子がスパゲティを頼む。店の娘らしい風情《ふぜい》のウェイトレスが奥へ消えてから料理が届くまで、五分とかからなかった。名城がおしぼりで顔を端から端まで丁寧に拭《ふ》いている間に届いた。

表のウィンドーの蠟細工とはかなりの隔たりがある。厨房《ちゅうぼう》でチンと音がしたところをみると、スパゲティは市販の冷凍物かもしれない。もしかしたらサンドイッチは、隣のコンビニエンスストアから買ってきたものを皿に並べ直しただけではないかとも思う。

サンドイッチに添えられたパセリがしおれていた。しかし名城に気にする風はない。

料理を置いて去っていく娘に、後ろからあわててチョンと会釈《えしゃく》する。娘がいなくなってから、大きなため息をついた。

「犯人の目的がねぇ」

美智子はそれとなく振った。「性被害者の報復じゃないんですか？」

そして運ばれてきたスパゲティにフォークを差し込んだ。

名城は切れる男という評判ではない。しかしポイントを外さないという感じがある。加えて温厚で、ことを丸く収めてしまう。しかしそれが文章にも出てしまい、彼の原稿は後味は悪くないが強い印象も残さない。対象を追い詰めることが嫌いなようだ。ライターとしてはサービス精神に欠けていると言われてもいたしかたない。ただ的外れなことはしないのだ。美智子はフォークに巻き付けた麺《めん》を口に運びながら、名城の見解を探っていた。

名城は「ううん」とうめいた。美智子の振りに対してなにか考えているようだった。体をそらせ、宙を見ていた彼は、今度は体を元の位置に戻して片肘《かたひじ》をついた恰好《かっこう》で、頭を垂れて神妙に考え込む。あまりに考え込み方が大げさで、そのくせ真に迫っている。名城は突然、美智子を見据えて身を乗り出した。

「自宅に電話をしているんだよ」

美智子は手を止めた。

「だれがですか」

名城はサンドイッチを頬張る。不思議と下品な感じはしない。

「木部ちゃん、『フロンティア』の仕事だよね」

美智子は手を止めたまま、答えた。

「はい。そうです」

「真鍋さんだよね」

「そうです」

名城は新しいサンドイッチに手を伸ばす。

「取材費、いくら貰《もら》ったのよ？」

美智子は再びフォークを回すと、巻き付いた麺を口に入れた。化学調味料の塊のような味だ。それをゆっくり咀嚼《そしゃく》し、飲み下す。そしてフォークを再び麺の中に突き刺すと、そのままじろりと名城を見た。

「だれがだれに電話したんですか」

それからまた皿に視線を戻すと、くるくると巻き付ける。美智子はフォークを回しながら、つぶやいた。「――確か、以前協力しましたよね」

名城は話をごまかすつもりはないようだった。本当に、取材費がいくらなのか気になったらしい。

「殺害される直前に、被害者本人から、家族に、電話があったらしい」

それから手にしたサンドイッチを口に入れた。

どちらの場合も殺害現場のホテルの部屋に入ったのが午後四時ごろ。そのあと女性は一人で午後八時前にホテルを出ている。どちらの場合も、被害者が女性連れで入ってから女性だけが出てくるまで、四時間近い時間が経過している。その四時間のあいだに被害者は殺害されている。その四時から八時の間の、どの時点で殺害されたかはまだ公表されていない。では名城の言う、殺害される直前とはいつのことなのか。仮に家族に電話があったとして、なにをもってその電話を殺害される直前と断定するのか。犯罪時刻を特定しないと使えない言葉だ。それとも単にホテルに入る前という意味で使ったのだろうか。名城はサンドイッチを食べている。美智子は瞬間混乱した。

「どういうことですか」

「それが俺にもわからない」

美智子は名城をにらみつけた。「ごまかさないでください」

名城はサンドイッチを食べる、その手を止めた。

「これは確認情報じゃないの。でもね、かなり信憑性《しんぴょうせい》があるんだよ。俺、大阪とこっちと掛け持ちしているって言ったでしょ。大阪府警の関係者から聞いた話なんだけどね。あとからもう一回確認したら、今度はそんなこと言ってないってしらばっくれやがるんだ。そのくせ、あれはオフレコだったでしょって怒るのよ。どう思う？」

「信憑性があるってことでしょ。流してはいけない情報を流したことに気付いて慌《あわ》てた」

「でしょ。そうよ。それ以外ないだろ。それがね。俺が聞いたのは、時間なの。殺害時間が特定できたのかって話でさ。そのときそいつがもらしたの。ポロッと。二人とも七時半から、容疑者がホテルを出た八時の間だって。二人の携帯電話に残っていた履歴の最後の使用時間、発信先から、それぞれ七時半過ぎに、家族に電話したってことが判明しているんだっていうんだよ。それで俺、ちょっと笑っちゃってね。そんなもんなんの役にもたちゃしない、殺害後に犯人がかけりゃ済むでしょ。俺が小馬鹿《こばか》にしたような顔をしたんで向こうはちょっとむきになったみたいでな。裏は取れていますす。電話をしたのは本人です。電話を受けた家族が言うんだから間違いないって」

「七時半過ぎですか？」

「うん」

美智子は考え込んだ。名城は美智子の考え込むのを見ていた。コーヒーカップに手は掛けているものの、飲む気配はない。美智子は顔を上げた。

「どういうことになるんですか」

美智子の反応に、名城はすっかり満足した様子だった。

「おかしいでしょ。ナイフで一刺しって殺しじゃないのよ。双方、三十分以上かけてるの。女が出たのは八時前。身支度やらなにやらすればだな、殺害終了はどうしたって七時四十五分とか、五十分とかでしょ。七時半なら、どう考えてもその電話は殺害行為の途中にかけられたものだってことにならないか? 二人ともある種、拷問死《ごうもん》だからね。そういうことの真っ最中にかけていることになるでしょ」

美智子は考え考え、答えた。「なります」

「俺はおたくみたいに回転がよくないからさ。話を聞いたあとの帰り道で気がついたのよ。それ、どういうことだって。なんで殺人の最中に、被害者が家族に電話なんかするんだって。二人とも、その時間には多分、ロープでグルグル巻きだよ。だとすればさ」と名城は顔を寄せた。

「犯人がかけさせたってことにならないか」

美智子は黙って名城の顔を見た。名城は続けた。

「木部くんも知っていると思うけど、現場のベッドは使われてないの。どこにも、性交渉の跡はないのよ。そりゃベッドじゃないとこでするのが好きなやつもいるかもしれんよ、でもとりあえず、やった形跡は見つからない。四時間というのはかなり長い時間だよ。だから、一発やって、油断したところを、ねえ、もう一回面白いことしましょうよなんて言われてさ。ぼやぼやしているうちにえらいことになるてな図が浮かぶんだよ。でも性交渉はない。それじゃあって次に考えるのは、殺したあと、犯人がなんらかの事情で部屋に残っていたってことだ。でも七時半まで被害者が生きていたとなると、それもない。じゃ、殺しもせず、セックスもせず、男と女がホテルの部屋で四時間もなにをしていたんだ？　口喧嘩か？　世間話か？」

名城の言うとおりだった。ベッドが使われていない。直接調査することはできないが、室内のどこにも性交渉を裏付ける証拠は出てこなかったという。性交渉を持たず、なおかつ被害者が七時半まで生きていたとすれば、四時間という時間の長さはなにを意味するのか。

「その電話の時間って、確かなんですか」

「確かだよ」そう言うと名城はズボンの後ろポケットから尻《しり》の形に湾曲した手帳を取り出した。そしておもむろに中を見る。

「横山明　七時三十二分　金岡正勝　七時三十七分」そして美智子に顔を上げる。

「電話の相手までは聞き出せなかった。家族としかわからない」

それから名城は、コーヒーにミルクを入れると、テーブルの上の砂糖壺《つぼ》を開けて砂糖を二杯入れた。

「俺は今君に話すのがはじめてで、だれにもしゃべっていない。でもその話を知っている新聞記者がいたんだ。思うにその刑事、俺だけじゃなくて、他のやつにも言ったんじゃないかな。そこから新聞記者に嗅《か》ぎつけられた。それが捜査本部で問題になって、大目玉だったんじゃないか？」

「電話の内容はわからないんですよね」

「わからない。聞いてない」

「その電話で、被害者が犯人の名前など、特定できる情報を流しているとは考えられないということですよね」

「うん。それなら色めき立つでしょ。その刑事にしてもそんな重大な情報なら、簡単に口を滑らすとは思えない」

「なぜあたしに話してくれたんですか」

「おれっちは切り上げよ、もう。だって進展がないんだもの。流せない情報が多くてさ。ま、木部くんならね」

彼は冷えきったコーヒーをかき混ぜながら愚痴をこぼした。

金岡や横山の家族など数は知れている。当たれば必ず、被害者から電話を受けた人間に突き当たる。名城は気まぐれのような話し方をしてはいるが、美智子にとって大きな情報になると踏んで流してくれたのだ。名城は冷めたコーヒーをくるくるとかき混ぜ続けていた。美智子は「名城さん」と声をかけた。

「少なくともうちの真鍋がこれを性的被害者の報復だと考えたのには別の根拠があるんです」

名城がひょいと顔を上げた。

「被害者は二人とも男性性器を切り取られていたんです」

名城は美智子の顔をぼんやりと見た。「確かな話か？」

「はい。真鍋さんの情報です」

情報には情報で返礼する。それがエチケットだ。しょぼくれた名城を元気づけたいという気もあった。名城はその気遣いを汲《く》んだようだった。ちょっと照れたように微笑《ほほえ》んだ。

「俺の話はそれほどの話じゃないよ。他に知っているやつもいるし。さっき言ったように新聞社も摑《つか》んでいる。捜査妨害になるから書けないしね」

美智子は笑った。

「ご心配なく。わたしのも同じです。それ、書けませんから」

それにしてもここの料理、まずいですねと美智子は言った。駅前の喫茶店なんてどこも同じだよと名城は言った。本当に帰るんですかと問えば、さあねと答える。嫁さんが実家に帰っていてね、それが大阪なんだ。打ち切りになっても、しばらくは大阪にいるかもしれん。

「取材費、いくら貰ったのよ?」

名城はどうしても、それが聞きたいようだった。

横山明と金岡正勝。二人は出身校が同じで、年齢が同じだった。そして同じくホテルの一室で全裸で殺され、体の一部を切り取られていた。しかしそれ以外に共通点はない。

横山明は地元の自動車修理工場の修理工だった。高校を卒業したあとも地元を離れず、ずっと同じ工場で働いている。一方金岡正勝は卒業後、岡山の全寮制の鍼灸《しんきゅう》学校にすすんだ。二年で卒業した後、岡山の鍼灸院に住み込みで見習いをし、何軒か修業先を変わって、去年京都に自分の鍼灸院を開設している。横山明には妻と子がいるが、金岡正勝は独身だった。そして横山明の妻は、金岡という名は聞いたことがないと言い、金岡正勝の方は「卒業して十四年、一度も実家に帰ったことがない」と母親は言っていると、兵庫新聞の岡部聡《おかべさとし》は情報を流してくれた。

岡部は美智子が新聞記者だったころの上司だ。彼女が新聞社をやめて数年後、岡部はそれまで勤めていた全国紙から兵庫新聞に籍を移した。その彼もまた、電話の向こうで言葉の端に名城と同じような歯切れの悪さを滲《にじ》ませている。

「接点はなしですか」という彼女の言葉に、かつての先輩記者は「ないはずはないでしょうが」とかき混ぜた。「今のところわかってないというだけでね」

しかしねぇと彼はため息をつく。「横山って男には逮捕歴、補導歴含めて小さいのがいろいろあるみたいだけど、金岡ってのは話の限りでは真面目《まじめ》な男だよ」

話の限り真面目だなどと、なんの意味があるだろうかと美智子は思った。最近の犯罪者は「一見なんの変哲もない」だとか「勤務態度は真面目」というのはお決まりではないか。要するに、そんなことをつぶやいてみたくなるほど取っかかりのない事件だということとなのだろう。

「一件、気になる情報があるにはあるんだ。捜索願いが出てる男がいるんだよ。二カ月前のことなんだけどね。それが、同じ西岡高校卒業、三十二歳。夜勤明けに、そのまま帰ってこなかったらしい。以降、音信不通」

美智子は一瞬息を飲んだ。「殺された二人と同じということですか」

岡部はううんとうめいた。「まだ結びつけることはできないがねぇ。ただ奥さんは、家出の心当たりはないと言っているそうなんだ。職場でも問題は起こしていない。ただ、鑑別所に入っていたことはあるらしい」

「――横山明と同じじゃないですか」

「いや、入った理由も時期も違うらしいんだ。少年犯罪だから、はっきりとした情報は聞けなかったがな。ただ捜査当局が関連を視野に入れていることは間違いないと思う」

「どこからの情報ですか」

「うちの記者が聞き込みをするために西岡高校二十八期生の所在地を洗っていたらそういう事実が出てきた。それを家出人を管轄《かんかつ》している生活安全課に確認にいったら『おたくらほんまに鼻がええなぁ』と褒められたっていうんだ。行ったのが警官と顔見知りの若い記者だったから、そんな言葉もポロリと洩《も》れたんだろう。その男の勤め先にも刑事が聞き込みに行っている。二カ月も前の届けを今になって調査しているということは、今度の連続殺人とのかかわりを懸念《けねん》してのことじゃないかと思える。と、そういうことだ」そしてため息まじりにつぶやいた。「まあ、それだけといえばそれだけなんだけどねぇ」

「名前を教えてもらえますか」

「書くの？」

「一応調べてみます」

そして問いなおした。

「岡部さんの所は書くんですか」

岡部は即答する。「それくらいじゃ書けませんよ。まるで殺人事件が西岡高校がらみだと言っているようなもんじゃありませんか」

それでは、と美智子は強引に畳みかけた。「名前、教えてください。なにか聞き込んだら連絡しますから」

「木部くん、交渉がうまくなったねぇ」と岡部は感心した声を出した。そんなところで感心されると妙に居心地が悪い。何年フリーのライターをやっていると思っているのだろうか。

岡部は不明者の名を原田と明かした。

「原田光男。三十二歳」

美智子はそれを書き留めながら言った。「住所はこっちで調べます。なにかわかったら連絡します」

それから美智子は顔を上げた。

「被害者から家族に電話があったという話は本当なんですか」

「ううん」とうめくのが聞こえる。「はっきりしない。らしいというだけ。警察が発表しないから。しかしまず事実だろう」

「テープではなくて肉声ですか」

岡部はため息を洩らす。「刑事事件だよ。そんなことまで洩らしてくれる警察の知り合いがいないのよ。現場の状況にしても、真鍋さんはどこからそんな詳しい状況を聞き出すのか。新聞記者より早くて正確だとはけしからんじゃないか。そのルート、分けてほしいよ」

真鍋の情報源は警察庁刑事局の部長だ。付き合いは二十五年になる。しかしその、死亡三十分前にかかってきた電話が肉声であり、会話の成立するもの、すなわちテープなどの、はじめから用意されていたものでなかったとすれば、被害者はすくなくともその時間までは生きていたということになり、殺人の行われた時刻を特定する証拠になる。加えてもしそこに犯人がいたものだとすれば、その会話内容は犯人特定のキーに成り得る。だとすれば捜査上一級の秘密事項だ。真鍋だってそこまでは教えてもらえない。

名城の言う通り、ぐるぐる巻きにされた被害者が、自分でボタンを押して電話をかけたとは考えられない。二人とも口にガムテープを貼《は》られていた。本当にそんな電話があったのなら、それは、犯人がボタンを押して、被害者の耳元にあてがい、口に貼ったテープを剝《は》がして、会話をさせたということだ。

なぶり殺しにあうと確信した人間が、唯一《ゆいいつ》外界と接触するチャンスを得たならば、そこでなにを言う——いや、口走るだろうか。

すこぶる短い言葉だったにちがいない。

そして、そうする犯人には、なんの意図があるのか。

「犯人は、被害者になにかのメッセージを電話の相手に言わせたんじゃないんでしょうか。暴力により、その言葉を強要した」

岡部は独りごちるようにつぶやいた。「想像がつかない」

美智子は、岡部が電話の向こうで首を振っていると思った。困惑気味に首を振る、その姿が見えるようだった。

2

殺された横山明は子供時代、家庭環境が悪かった。彼の縁者によると、母親は男好きで、父親は横山に似た、存在感のない気の小さな男だった。母親が亭主の留守に男を家に連れ込むのはしょっちゅうで、横山の父親は妻の不貞に抗議することもなく、居たたまれなくなると自分が姿をくらました。事情はそればかりであったかどうかはわからないが、とにかく父親はいなくなったり、戻ってきたりと落ち着かなかった。

横山には五つ違いの姉が一人いたが、高校卒業とともに大阪へ働きに出て、以降母親の男遊びは一層激しくなったという。その母も、今はこの町にはいない。横山が家族に電話をしたというのなら、電話を受けたのは妻の初子だと考えるのが、とりあえずの筋だ。

翌日、美智子は横山の妻、初子を家に訪ねたが、不在だった。美智子は横山明の働いていた工場の社長に聞いて、初子のパート先を訪れた。

彼女がパートで勤めていたケーキ工場では責任者は初子を呼ぼうとしなかった。

「ああいう事件のあとですし。他の従業員の手前もありますから、休んだらどうかというようなことで。雑誌やらテレビやら、人が来ますし。こんな状況でラインに立たれてもね。まあ、同僚も、なんて声かけたらええのかわからんといいますしね。遺体が警察から帰ってきてないから、仕事に支障はありませんていわれても――まあ、休んでもらうのが筋ですから」

そのくせ休んでいるのかと問えば、そうだとも言わない。

「休んだらどうかと再三勧めたんですが、それはやめろという意味ですかと逆に詰め寄られて」思い出したのか、若い責任者はうんざりしたような顔をした。取材者である美智子を迷惑がっているというより、明らかに、工場としては初子にかかわりたくないと思っている。それは被害者家族に対する態度としては極めて冷たいものだった。

美智子が再び初子の家を訪れたのは、午後六時だった。西日に、町全体が黄色く見えた。

横山明の家は古い木造の公営住宅だった。平屋の長屋形式で、四軒ほどが同じ屋根の下にあったが、うち二軒は空き家だった。洗濯機が屋外に置いてある。雨戸が閉められ、玄関には鍵《かぎ》がかかっていた。子供用の自転車が片隅に置いてあった。小学二年の娘がいたことを思い出す。横山の妻が戻ってきたのは、六時五分過ぎだった。

半透明のスーパーの買い物袋を両手にぶらさげている。まだ三十を過ぎたばかりだろうが、所帯染《じ》みた女だった。髪は茶色に染めていた。そのために酷《ひど》くいたんでいた。そのごわごわした髪をうしろで一括《ひとくく》りにして、ジャージーのズボンに半袖《はんそで》のTシャツを着ていた。仕事帰りに買い物を済ませたのだろう、袋の中には食料品が入っていた。美智子が差し出した名刺を一瞥《いちべつ》しただけで、別に警戒する風もなく、「はぁ」と気のない返事をしながら、両手の買い物袋を片手に持ち直し、空いた片手で玄関の鍵を開けた。

「亡《な》くなったご主人のことについて伺いたいのですが」と美智子は切り出したが、彼女はまるで聞こえていないように、スーパーの袋をぶらさげたまま家の中へと入っていく。美智子もそれについて玄関へと入っていった。

「お仕事帰りですか」

女は振り返りもせず、また「はぁ」と返事をしながら靴を脱ぐ。確かに死体はまだ家族のもとに返されていない。ケーキ工場の責任者の迷惑そうな顔が脳裏をかすめた。取りつくしまもなく、美智子は立ちすくんだ。

「大変ですね」と話しかけた。初子は「ついそこまで送迎バスが来てますからね」と答えた。ずっとお仕事ですかと問えば、一日八時間のパートですと答える。特に疲労の色もない。彼女は冷蔵庫を開けて、買ってきたものをしまい始める。夫の死は、自分のこのような日常に微塵《みじん》も影を落とすものではないというように。

「事件についてなにか心当たりはございませんか」

妻の返事は早かった。「ありませんね」

美智子は、横山の妻に会った時に録ったICレコーダーの再生を止めた。あの言葉には、怒りさえなかった。あの時美智子は「厄介者」という、修理工場の同僚の言葉を思い出した。妻は、その厄介者が目の前から消え失《う》せて清々しているのではなかったか。

美智子はまたレコーダーの再生ボタンを押した。

「ご主人が殺された八月十一日の午後八時前に、ご主人自身から電話があったというのは本当ですか」

「はい。ありましたよ」

「間違いなくご主人でしたか」

「はい。そうでした」

「その時ご主人はなんといわれたのですか」

「警察からね、いろいろとしゃべるなていわれてますねん」

言葉はとぎれ、レコーダーはしばらく、前の道路を通る車の音を拾っていた。やがてポツリと声が入る。

「あんなみっともない死に方して、えらい迷惑ですねん。娘もおりますしね。工場からは無理せんと、しばらく休んだらどうやていわれましたけど、休んだらだれが金くれますの」

来れるようになった時にまた改めて連絡をくださいということで本人にはいうてるんですけど——美智子が訪れた時、そう言って責任者は言葉を濁した。彼は明らかに、初子が仕事に来ていることを疎《うと》んじていた。そして休むことをほぼ強要したのだ。それに抗《あらが》ってでも、初子はパートの仕事に固執している。夫が死んでもスーパーに買い物に行かなければ生きていけないだろうと当てつけているのと同じ調子で。

美智子は夕暮れの西日の中にたたずむ初子の姿を思い出す。

夫は問題ばかりを起こしていた。そして最後に、彼女の言う、みっともない死に方で彼女の人生からはがれ落ちていった。彼女の、板間にペタンと座り込んだあの憔悴《しょうすい》は、夫の死を悼《いた》むものだろうか、それとも、自分の人生の悲哀を思うものだろうか。

横山明の工場主は、横山明に対する以上に妻の初子に対してそっけなかった。あの奥さんも暴走族上がりだと言い捨てた。しかし過去はどうあれ、今は娘を一人抱えて家計を支えている。初子が執着しているのは母子が生きるに不可欠な金なのだ。その怒りと悲しみがなにに対するものかなどと、彼女にとっては贅沢《ぜいたく》な思索なのかもしれない。

あのとき初子はその次の言葉を、突然発した。

美智子はそれを聞いた時、漠然とではあるが、初子が事件の直後から休むことなくパートに出続けた理由を理解したような気がした。

初子は大きなため息を一つした。トラックの走行音がガーッと高く響いた。

「俺や。殺される、殺される。あの人はそういいましてん」

初子はそこで初めて手を止めた。

冷蔵庫のドアは開けたままだった。冷蔵庫の中から発せられる白い光が女の顔に射《さ》していた。彼女は美人ではなかった。口許《くちもと》が突き出て、歯がそれよりわずかに出ていた。顎《あご》がなく、横顔のラインは突き出た口許からそのまま首へと流れている。腹が出ていた。髪がいたんでいた。涙ぐんでもいなかった。女の優しさも弱さも、そこには感じられなかった。工場の責任者のうんざりした顔が思い出される。

初子は独り言のようにポツポツと語った。

「あんな男、死にくさってもなんの未練もあれへん。娘が生まれても可愛《かわい》がったこともありませんわ。ほんまに、死なんたってずっと母子家庭です。保険が下りるからせいせいします。そやけどなんでそんな電話をうちにかけなあかんかったか」

憎しみとあきらめのこもった声だった。なぜそんな言葉を聞かなければならなかったのかと、初子は訴えているのだ。独りぼっちで西日のあたる部屋で冷蔵庫のドアを開けたまま、彼女はそうつぶやいているのだ。

もっとましな死に方を。

美智子は、自分の声が無情に響くのをレコーダーの中に聞いた。

「他に声は聞こえませんでしたか。隣にだれかいた気配は」

その時美智子がもう少し、初子の感情に配慮していたら、その孤独に敏感であったなら、初子はもっと語っていたかもしれない。美智子は焦《あせ》ったのだ。心のどこかで初子のことを蔑《さげす》んでいたのかもしれない。だから優しくするということを後回しにしたのかもしれない。

初子は元の、渇ききった声を取り戻していた。いいえ。わたしが聞いたのはそれだけです。警察にも同じことを言いました。警察も同じことを聞きましたからね。殺される、殺される。わたしが聞いたのはそれっきりです。はあ、それは叫んでましたよ、悲鳴みたいにね。あほらし。どこかでまたしょうもない喧嘩に巻き込まれていじめられとんやとおもてましたわ。ヤキいれられるんは別に珍しいことやないでしょ。あいつがどこでなにされようと知るかいな。

初子が美智子に対してわずかに開いた感情の扉は閉められた。彼女は元の枠に再び納まった。だれからも疎まれ、蔑まれるその形に。

美智子は後悔したが、もう取り戻しようはなかった。

「いままでにも、そんなことはあったんですか」

美智子は初子の感情を無視し続けた。心の中で自らのことを最低の人間だと思った。その一方で、初子の渇いた声を欲し続けた。

わたしはケアカウンセラーではない。わたしは記者なのだ。美智子はそう自分に言い聞かせている。心のどこかを悪魔に売ったような自分。毎日どこかを悪魔に売っている自分。そしてある日、作家になることで突破口を見つけようとした自分。その全《すべ》てが一線に連なって、美智子は自分の姿をレコーダーの会話の中に見る。

美智子はレコーダーを聞き続けた。せめて、この事件から逃げないように。傷つけた女性の痛みを無駄にしないように。

「鑑別所帰りやいうのは工場の人から聞いてますやろ。そんなもん、どこで殺されとっても不思議やないわいな」

取材音源はそこで切れていた。初子はその話を、もう二度と、だれにもしないことだろう。彼女の言葉の後ろで、トラックが再びガーッと大きな音を立てていた。

3

取材競争は、鎮静へ向かっていた。記者たちは、新たな情報が得られないまま、生煮えの状態で一人、二人と帰っていく。

兵庫新聞社会部デスク、岡部聡は、猟奇的な殺人事件に興味がないわけではないが、新聞ネタとしてはあまり適当でなかったので、大した人員を割かなかった。そのため美智子に教えてやるほどの情報を収集していなかった。「大阪ホテル連続殺人事件」とネーミングされたその事件の担当は清水《しみず》祐介《ゆうすけ》といい、まだ二十五歳の駆け出しだった。

「原田光男」の名前を聞き出してきた記者だ。美智子は、よかったら紹介してくださいと頼みはしたが、取材の力量は美智子よりまだ低いだろうと思われた。かといって地方であるから顔見知りの記者もいない。そして住民の口は固い。

美智子は地道に聞き込みを続けたが、調べられたことといえば、被害者、横山の生い立ちくらいなもので、金岡のことになると、情報は、箇条書きで済むほど簡素なものだった。事件の背後に迫るような核心的なことなど、なに一つない。事件直後の衝撃が過ぎ去ったあとには、無関心で排他的な空気が町を覆《おお》った。

不気味なのは、その無関心さも排他的な感じも、事件を聞きつけて集まったよそ者の記者たちに向けられたものでなく、事件そのものに対する町の反応であることだった。無関心を装《よそお》うのではなく、人々が本当に無関心である気がした。彼らには、被害者と同じ町に住んでいるということが連帯感を伴う要因にはならないようだった。

それでも事件発覚から十日近くが経過し、テレビはもちろん、新聞や週刊誌の記者があらかた引き上げたころになると、なお留まって事件の取材を続ける美智子に、興味を持つ人間も少しずつ現れた。美智子は、自分に話をしてくれる人間たちを見分けることができるようになっていた。

駅前の、大通りから少し入った路地に「なおちゃん」という飲み屋がある。

店は西岡高校から駅に向かう通学路からわずかしか離れていない。

ほんの二十メートル先には幹線道路があって、その通りはコンビニエンスストアやファストフードの店の明かりが眩《まぶ》しい。立ち並ぶ飲み屋も全体にこぎれいで開放的なのだが、こちらの一画は違っている。しかし陰気臭いということでもなく、場末という風でもない。昔の風情を残しているとでもいうのだろうか。

その路地に向かって、まるで夕涼みでもするようにドアを開け放している店があるので、今時ないその無遠慮さに惹《ひ》かれてのぞいてみたのが、この「なおちゃん」だった。

中は薄暗く、壁全体が煤《すす》けて、使い込まれた椅子《いす》のシートは赤なのだが、長年の煤と煙草のヤニでその赤が黒光りして見えた。カウンターに丸椅子が四つ。壁の角に沿って設《しつら》えたソファとコーナーテーブルが一つ。七、八人入れば一杯になりそうだった。八月の下旬だというのに、入口のドアを開け放したままで、エアコンをつけていなかった。

開店の直後なのか、客は入っていなかった。飲み屋で話を聞くのは、店に客がいない、営業時間前のほうがいいのだ。営業妨害にならないし、そのまま店になじんで開店時間までいれば、来た客からも話が拾える。

美智子が立ち寄った時、鈴木《すずき》和美《かずみ》は、彼女を上から下まで眺めた。瞬間であったが、それはかなり慣れた目つきで、顔見知りでない客は、いつもこうやって値踏みをしているようだった。壁に貼ってあるメニューに「焼きそば490円」というのが読めた。

「四百九十円というのは安いですね」

「はあ。うちは焼きそばで儲《もう》けるわけやないですから」

和美は美智子を一瞥したあと、警戒心や敵愾心《てきがいしん》を抱かなかったようだ。言葉は乱暴だが、美智子が珍しそうに見るのを嫌がるでもない。

女性の水着姿の写真が貼ってある。それから、顔を白塗りにした女性演歌歌手の着物姿のポスターもあった。水着のピンナップは色褪《いろあ》せているが、演歌歌手のポスターは新しい。メニューは焼きそば一品だけで、紙は煤けていた。地元の人間だけを相手に営業している店だと思った。

「おたく、大山寺温泉の鶴野旅館にいはる記者さんでしょう」

顔を上げると、彼女はカウンターの中に座って、煙草をふかしながら可笑《おか》しそうに美智子を見ている。

「あそこの出入りの酒屋のアルバイトの店員が、うちの客なんよ。知らんかね、金髪の、耳に三つほどピアスをした」

美智子は一生懸命に思い出そうとしたが、記憶にない。慌《あわ》てる美智子を見て、和美は笑った。

「こんな小さな町に記者やらレポーターやらが来るなんてこと、あるもんやないからなぁ」そしてポツンとつぶやいた。

「えらい事件になったもんやなぁ」

そのあと和美は話をはじめた。

鈴木和美は年のころは三十半ばで、ホステスというより店に来る客の話相手のようだ。ここで働き始めたのは十年ほど前、その前はこの店の客だった。

その鈴木和美の話では、高校当時の横山の家が不良の溜《た》まり場になっていた。

和美は洗ったガラスコップの水を綺麗《きれい》に拭き取りながら言った。「不良いうても端の端やったけどね」

「そのころのメンバー、大体でいいんですが覚えていますか?」

六時を過ぎて、客が二人入っていた。二人は店の片隅でビールをちびちびと飲みながら、おそらくは美智子たちの話に聞き耳をたてていると思われた。しかし和美は客などまるで気にする風もない。

「結構出入りは多かったからなぁ」と彼女は考え込む。

「そやけど田舎の不良やから、それほどの大悪はせんのよ。せいぜい店のもんかっぱらうか、学校同士で殴り合いするか。向こうの県道まで出て暴走することもあったけど、ああいうのは族同士の縄張り争いがきついから、みな尻込みするんよ。おおごとになって退学させられるのも怖かったしね。そやけどこの町の中では大きな顔しとったなぁ」

和美は古い話やなぁと懐かしそうにつぶやいた。片隅にいた店の客の一人が合いの手を入れた。「カズちゃんはその大きな顔してた当人やもんな」

和美は聞き流して話を続けた。二人の客は常連らしく、和美に相手にされなくても気を悪くする様子もない。

「ほんとに悪いのは、学校に行っていない、無職のやつらよ。あいつらはグループの仲間意識と、悪いことして貫禄《かんろく》つけるのだけが拠《よ》り所やからな。横山はそういうても高校生やったから」

横山明は高校の不良グループの中でも使い走りのようなことをさせられていたらしい。気の弱い父親と浮気をする母親のいる横山の家は、時間を持て余した彼ら不良たちの集まるには恰好の場所だった。そこでも横山は外にいる時と同じく小間使いのようにあごで使われ、あれを買ってこい、これを買ってこいと外に出る用事を言いつけられ、結局横山は、グループの不良たちが来ると外で時間を潰《つぶ》すことが多くなったのだという。

「あの子らが横山を仲間にしていたのは、溜まり場確保のためのようなものやったからな。そやけど、言うたら悪いけど、それもわかるのよ。気の利《き》かん、陰気な男やったから。逃げ回るのがうまくて、見張り番にも使われへんというのは有名な話や」

「横山さんは、彼らに恨みを持っていたでしょうね」

それを聞いて、和美はふふっと笑った。

「だれからも相手にされんよりはましよ。どんなに足蹴《あしげ》にされてても、グループにいる限り外に向けては虚勢を張れるし。他のグループから攻撃されることもないし。横山はなんとか皆の機嫌を損ねんようにと、それだけですよ」

「金岡正勝さんと、原田光男さんという人について、なにか知りませんか」

一瞬座が沈んだ。その反応に、美智子はたじろいだ。二人の客は顔を見合わせ、和美はじっと美智子を見つめた。水平に保たれた煙草《たばこ》の先から、煙が一本まっすぐに上がっていった。

「原田くん、やっぱりなんかあったんですか」

皆を緊張させたのは、原田光男の名前が、殺された二人の男性に並んで出たことだったようだ。

美智子は言った。「いえ、ただ捜索願いが出て三カ月近くになっていると聞いたんです。同じ西岡高校の卒業生で、年も二人と同じだったもので、今度のことになにかかかわりがあるのかなとちょっと気になって」

原田光男が六月のはじめから消息不明になっていることは、彼らには周知のことであるらしかった。客の一人が、まだなんにも連絡がないらしいなぁと心配そうに言葉を洩らすと、あそこは九ヵ月の子がいるというのに、奥さんも大変やともう一人が言う。

「結婚して三年、奥さんは再婚で小学五年の連れ子がおったけど、それでも仲のええ家族やったのになぁ」

美智子は説明を求めて和美を見た。和美の指の先で煙草の煙がまた動きだしていた。

「そうや。原田光男というのは横山の友達や。みっちゃんいうて、まあ、真面目ではなかったけど、札付きというほどのことはなかったよ。暴走族の集会なんかには顔をだしていたけど、付き合いで行ってるような。そんな感じしか覚えてないなぁ。そやけどそういう集会に顔だすのも、途中でやめてたと思うよ」

「金岡という人はどうだったんですか」

和美はうつむき加減に押し黙った。それから不意に顔を上げ、不思議そうな声を出した。

「知らんのよ。全然。聞いたことがない」

「学校は一緒なんですよ。私立西岡高校」

和美はうんとうなずく。

「うちらの間では、寄ると触るとみなその話なのよ。あのころ不良だった連中が、ここらには一杯いるからな。不良というのは、地元を離れないもんなのよ。それがみな、身に覚えがあるような、ないような。みっちゃんをいれたら三人やからな。戦々恐々としてるわな。そやけど原田のみっちゃんさえ、不良としては目立たん子やったし。あの当時悪かったやつで、金岡なんて知っているやつ、おらんのよ。——特進クラスと違うか？」

最後の一言はだれにともなくたずねるようだった。美智子は聞き返した。

「特進クラス？」

その問いに和美はうんとうなずいた。

「あの高校はアホばっかり寄るもんやから、ガラの悪い学校やとレッテルを貼《は》られてしもて。もちろん大学いく子なんておらんわな。それで学校は頭のええ子ばかり集めて一クラス作ったのよ。三年間学費全額免除で、部活動も禁止で、そのクラスだけは教科書からなにから別なんや。それに教師がべったりついて、確実にええ大学に合格してもらう。ええ大学にいってもろて、高校の名前を上げてもらうために学費を全額免除するんやから、学校側かて意地でもええ大学にいれようとするわな。最後は推薦枠を金で買うてまで大学に押し込むいう話ですわ。とにかくパンフレットに大学名を載せるのが目的ですから。そやから同じ高校やのに、特進の子は普通クラスの生徒とは口をきいたこともないというくらいや」

美智子の頭に広告用のクラスという言葉が浮かんだ。和美は続けた。

「特進の子みかけては、普通の子がぐちってましたわ。あいつらの学費は俺らが全部はろてるんやいうて。特進の子の学費を頭割りにして普通クラスの子の学費に上乗せするんやから、そんな気にもなるわ」

奥から客の男が言葉を挟んだ。

「そりゃ勉強もせんのに高校だけは卒業したいという心得違いな者を受け入れてやるんやから、代わりに金取られたたって仕方ないやろ。卒業証書を金で買うてるみたいなもんやからな。あんな遊ぶばっかりのもん、さっさと働かせたらええんや。学生が勉強せんかったら、なんにもすることがない。そやから暇つぶしに悪いことばっかりしよるんや。わしらがパチンコいくんと同じ感覚や。それが証拠に、高校を卒業したら皆それなりに真面目になりよる」

年配の男だった。隣の男がそれに同意した。

「だいたいあんなにアイロンあてたみたいにぺったんこにして、教科書の一冊も入らんような鞄《かばん》下げてなにしに学校いきよるんや。覚えてくることは単車の走らせ方とカツアゲの仕方とアレのことばっかりや。あほが中学から煙草吸いよって。まじめに勉強したもんと同じに高校いこういいうんが間違った了見やていうんや」

和美が一喝した。「アホかて学生生活楽しむ権利くらいあるやろ。西岡高校にも真面目な学生もおるんや。大体お前がどれほど真面目な学生やったていうんや」

尻馬に乗った男はきまり悪そうに黙った。はじめの年配の男が続けた。

「そやけど金岡さんのご両親も可哀相《かわいそう》なこっちゃ。高校卒業して鍼灸師の資格を取って、独り立ちしてやっと軌道に乗った矢先のことやというやないか。特進にいってはったんやったら、勉強もようできる子やったんやろに」そして彼はつぶやいた。

「そんな殺され方せんでもなぁ」

店全体が金岡正勝の死を悼んでいた。この町に来てはじめてだったかもしれない。

美智子は救われる思いがした。

帰り際《ぎわ》、和美は横山の行きつけだったスナックを教えてくれた。

「友達の少ない人でね。陰気で、好かん人やったけど、悪人やなかったんです。まあ、そういうのが一番たちが悪いというたらそれまでやろうけど」

和美はそう言うと、そっと美智子に耳打ちした。

「横山は小金を持ってましてん。それでな」

その先を和美は言わなかった。

住所と和美が簡単に書いてくれた地図を頼りに、美智子はその足で「みさと」という店を探した。

慣れない夜の町を歩くこと三十分、路地に入り込み、幽霊ビルのような建物を見上げ、やっと「みさと」に行き着いた時、美智子は踵《きびす》を返して帰ろうかと思った。

その店は古いビルの地下一階、備品置場かと見間違うような片隅に看板を挙げていた。看板にもドアにも油汚れがこびりついている。間口が狭い。いちげんの客は入りにくい。

時間は十一時を回っていた。自分の身になにか起こった時のために、中川に居場所を連絡しておこうかと思うような身の危険さえ感じながら、美智子は店のドアを開けた。

店内は縦に長く、カウンターと奥にコーナーテーブルが一つあるだけだった。中は薄暗く、そこに客が一人座っていた。カウンターの中から女が顔を上げる。ただ女の顔は、店の様子から無意識のうちに描いていたものとは違って、むしろ間の抜けた、気の利かない顔をしていた。

「『週刊フロンティア』の記者なんですけど」

店の客とカウンターの女が驚いたようだった。

カウンターの女が、美智子の注文を聞いて、ビールを置いた。気後れした様子が、素人《しろうと》臭い。

「みさとっていうのはママの名前ですか？」

店の奥の客が大きくうんうんとうなずいた。それに遅れて女は「はぁ」と答えて、それから困惑したように、しかしちょっと嬉《うれ》しそうに笑った。

「ほんまは美佐江なんですけどな」

三十五くらいだろうか。水商売の女はこんな服を着るもんだと思いこんでいるように、安手の派手なシャツを着ていた。ビールを置いた時、間近に見た手は、爪《つめ》が短く、荒れていた。

「横山さんがよく来ていたって聞いたもので」

女は「ああ」とつぶやいた。

「うちの常連さんでしたんや。週に四日は来てはったなぁ」

女は話したがっているようだった。奥の男は両ひじをテーブルについた恰好《かっこう》で、半分寝ていた。半分眠ったまま、男はぽつりとつぶやいた。

「あれな、俺、犯人知っとるで」

そのころ「週刊フロンティア」は、美智子が現地に飛んではじめての締切りを迎えていた。連絡をとろうにも携帯電話は圏外だというばかりで、繋がらない。そう報告を受けた真鍋は、机の上に高く積まれた他社の雑誌をぼんやりと眺めていた。

各誌に黄色い付箋《ふせん》がついている。それらは全て今回のホテルでの殺人事件の記事だった。被害者の人権は常に最優先にされなければならない。興味本位に書くことはできない。「知られざる真相」などとびっくりマークを付けた記事を載せることができるのは、事件が世間全体に知れわたったころ、即《すなわ》ち一カ月はあとになる。そうでなければ記事の内容はどうあれ、被害者を誹謗《ひぼう》していると、読者に反感をもたれるのだ。

被害者の男根が切り取られ、それが現場になかったということは、いまだ誌面には載っていない。しかし載っていないから摑んでいないとは限らない。なんらかの頃合いを見計らって情報は一気に噴き出すはずだった。先手を打つのがどこなのか。その時、どこまで踏み込んでいるのか。切り取られた男性性器はどこにいったのかも含めて、他社にその情報を摑んでいる所はあるのか。

「被害者二人の男性の情報しか入ってないんですけど」

中川がやきもきした表情で立っている。真鍋は顔も上げずにうんと答える。そしてしばらくの時間が経過する。中川はまた、間が悪そうに声をかける。

「横山の奥さんのところにかかった電話というのは、まだ記事にできませんよね」

真鍋は下げていた顔を、斜め四十五度に持ち上げて、言う。

「うん。できません。警察の捜査妨害になります。後日です」

そしてまたちょうど煙草一本が灰になるほどの時間が経過する。「強姦《ごうかん》された女が男のいちもつを切ったとして」と真鍋は、眠っているんじゃなかろうかと中川が心配になったころに顔を上げた。

「持って帰るかね」

中川ははぁと答える。

「持って帰るとすれば、顔見知りだよね」

中川はそんなもんでしょうかと言う。

「感情的な絡《から》みのない相手のブツを持って帰ったとすれば、ただのコレクターだろ?」

中川は返答に困って黙っている。

「強姦は感情的な絡みとはいえないよねぇ」と真鍋は言葉を放り出す。禁煙になった部屋の綺麗な空気はこういう時にはなんとなく居心地が悪い。

どうしたものかと思っている中川に、真鍋のいつもの気のない声がポツリと聞こえた。

「木部さんから電話があったら僕にまわしてね」

その日、美智子がスナック「みさと」を出たのは夜中の三時を回っていた。タクシーを呼んで鶴野旅館まで帰る。酒を無理して飲んだので、耳鳴りがしていた。

部屋に戻って確認すると、メールが二通届いていた。

——一つか二つは新しいことを入れなきゃならないとおもうんですがね。週刊フロンティア　中川。

もう一通も中川からだった。

——真鍋編集長が京都を当たってくれと言っています。週刊フロンティア　中川。

美智子はそれを見ながら考え込んだ。

俺、犯人知っとるで——あの男性客が言ったことが真実ならば、真鍋は小躍りして喜ぶだろう。

美智子は、メモの中に残った名前を見つめ続けた。

森下ゆかり。

まだ警察にも知られていない情報なのだ。「みさと」にも警察は聞き込みにきた。しかし美佐江は、この女のことを警察には話さなかったと言った。

いや、嘘《うそ》をついたんやありません。聞かれたら答えるつもりでした。ただ、聞かれんかったから話さんかっただけです。変わったことないかって言われたんで、ないて言いました。ホステスが一人やめたことが、変わったことになりますか。

そう言いながらも、美佐江は後ろめたさを感じていた。

――警察には何度も痛い目にあわされている。警察アレルギーですねん。なんで、進んで協力せなあきませんの。あいつら、わたしらのことは人間と思てない。かかわったらなにをいちゃもんつけてくるかわかりませんもん。

彼女はそう言い訳をした。そして森下ゆかりの住所をメモしてくれた。彼女は知っていること全てを、美智子に包み隠さず話してくれた。彼女は重い荷物を下ろしたようにに微笑んだ。そして美智子に問うたのだ。

ほんまにあの女だったんやろか。

わたしはとんでもないスクープを手に入れたのかもしれない。

美智子はどさりとふとんの上に身を投げ出した。耳の中では蜂《はち》が六匹ほど飛び回っている。ひどい耳鳴りだった。天井にぶら下がった電灯がほの暗い。それを見つめながら美智子は思う。偽名にちがいないのだと。

美智子は店で教えてもらった携帯電話の番号にもかけてみたが、使われていなかった。

この話をしたところで真鍋はまだ載せない。目前の締切りに間に合うなにかを伝える義務がある。担当の中川は苛立《いらだ》っている。

——「とにかく、あの女ははじめから横さんに目ぇつけてた。それだけは確かよ」

「みさと」の女主人はそう言った。森下ゆかりは事件の十日前に突然やってきて、給料もいらないと言い、強引に店に入り込んだ。勤めていたのはたった一週間、その間横山明にまとわりついた。そして彼女が「やめます」という電話一本で店に出てこなくなってから三日後に、横山明はホテルの一室で惨殺《ざんさつ》されているのだ。

「みさと」を紹介してくれた飲み屋の女性、和美は、横山は小金を持っていたと言った。そしてそれに付け足して「それでな」と妙に含みのある言い方をした。美智子はその意味がわからなかった。が、美智子が「みさと」の女主人に、その、アルバイトにやってきた女性というのは、どんな女性だったかと聞いた時だった。

「はあ。べっぴんてほどでもなかったな。酒は好きやった。あたしもこういう商売してるから酒飲みは知ってるけどな、あんな底無しみたことないわ。焼酎《しょうちゅう》をビールで割ってぐいぐいいくんやからな。それがまたうまそうに飲むんよ。物欲しそうな目で男を見てな。なんやしらん、あたしらが見ても情けない感じがしたよ」

そして美智子にそっと耳打ちした。あの男な、おたくみたいなお嬢さんに言うのもなんやけど、夜が強いのよ。あっちがな。金は持ってたけど、ケチ。そやから情婦にでもならんと、ええ目はないの。

その女主人の言葉で美智子は和美の言葉を了解したのだ。横山は小金を持っていた。そしてその一方で「みさと」の女主人、美佐江は横山の夜の体力を知っていた。そこから一つの推論が導かれる。「みさと」の女主人は飲み屋の客を手放さないために、サービスとして、横山の相手をしていたということだ。それにより美佐江はケチな横山から折りにつけ金を取り、横山は小金で性交渉のできる立場を確保していた。和美はそれと察せよと一言加え、そしてあの店には確かに、そんな粘り気があった。

突然全てが生々しくなった。まるでなんの考察も必要ない原始的な犯罪の中に突き落とされたような。場末の路地裏の酒場で女は男にしなだれかかり、酒をせがみ、物欲しそうな目で男を見た。そして男が殺される。

時々頭がどこかに引きずり込まれるような気がする。酒を飲み過ぎたのだ。そんな頭の中で、美智子はぼんやりと考えた。

わたしは犯人になにを求めていたのだろうか。痴話喧嘩《げんか》の果てに女が男を殺す。それだけでは飽き足らないとでもいうのだろうか。人の命は地球より重いとだれかが声高に言う。その隣で発情した動物のような生と死がある。その事実をわたしは拒んでいる。

眠気が襲っていた。

美智子は思い出す。

殺される、と横山明は二回繰り返した。妻は緊迫したその声に当初、なんの動揺も感じていない。「なにわけのわからんことを言うてるんや！」妻は単純な苛立ちを感じてそう怒鳴り返した。「殺される」と彼は電話の向こうから言った。そしてもう一回その言葉を繰り返した。二回目は、妻に対して言ったのではなく、なにかに対して金切り声をあげたようだったと、妻は語った。その瞬間、妻は、だれかにリンチを受けているのだなと感じたという。消費者金融、金銭トラブルと、妻の頭の中で言葉が連なって、彼女には心配より怒りが先にきた。暴力団関係の飲み屋の払いでも踏み倒したんだろう――。

ドスンと鈍い音が響いて、それは人間の腹かどこかを殴った音だと感じた。そして電話は切れた。

「バットで殴り殺されたと聞いて、合点がいきました。あれは背中か腹をバットで殴りつけた音でしょ」

冷蔵庫の野菜室に買ってきたほうれん草を入れながら、妻はそう言った。

妻は、美智子に話したとき、夫が紫色に膨れ上がるまで殴りつけられたことを、警察から聞いて知っていた。それでも妻は、なんの感慨も持たずに冷蔵庫にほうれん草をしまっていた。電話一本の向こうの惨劇の、その断末魔の声を聞いていながら、妻は冷蔵庫の前に座り、その死を悼むこともない。

縛られた男が、男根を切り取られる瞬間が目に浮かんだ。身動きのとれない状態で、股間《こかん》に光る刃物が当てられる。彼の死体は糞尿《ふんにょう》にまみれていた。その恐怖と、悶絶《もんぜつ》が、膨張したガスのように美智子の思考を圧迫する。

睡魔が全てを飲み込もうとしていた。時計の針が四時を指しているのがぼんやりと見えた。落ちてくるまぶたを引き上げる気力もない。ふとんの中に沈んでいく自分の体を自覚しながら、今夜は悪い夢を見ると美智子は思った。

4

翌日美智子は京都に向かった。

電車に揺られながら古い卒業アルバムを見ていた。

金岡正勝、三十二歳。一九八六年、西岡高校二十八期卒業生。

資料によると金岡正勝の両親は二人とも中学の教師だった。彼が岡山の全寮制の鍼《しん》灸《きゅう》師《し》の学校に入るというのは、かなりの決断だったと想像される。

もともと目立たない子供だった。中学校の級友の話では、責任感の強い、勉強のできる子だったという。中学卒業のころ、数学の成績が落ち、体育の苦手だった彼は、内申点が足らなくなって志望校を変更したのだと思う、と朧気《おぼろげ》な記憶を語ってくれた。小学校の友達の記憶では、サッカーが好きで、しかしうまくはなかった。放課後校庭で、一緒にサッカーをしたと言っていた。共働きの家庭で、妹が一人。人付き合いはよく、マンガの回し読みなどを一緒にしたとも言った。それが高校になると、だれも彼のことを覚えていない。

朝、美智子は大山寺町のタクシー乗り場でタクシーを拾って三宮駅まで移動した。

その車内で、美智子は運転手に事件の話題を振ってみた。タクシーの運転手は乗り場の前で長い客待ちをする。その間に噂話《うわさばなし》をするものなのだ。競馬新聞を読んだり、車を磨いたり、噂話をする。

「話によると、その人は卒業以来一回も地元に帰ってきてないらしいですよ。五年前に妹さんの結婚式があったそうなんですが、それにさえ顔を出さんかったって」

「家族と仲が悪かったんでしょうか」

運転手は「いやぁ」といぶかしがった。人から聞いた話ですけどと言いながら、

「そんな風にも見えんかったらしいですよ」

卒業アルバムから拡大した写真では、詰め襟を着た彼は細面の印象の薄い顔だった。

JR京都駅からタクシーで十五分の位置だった。大通りの一本奥にあり、商店と住宅が混在して、日の射す静かな一画。通りの入口から五十メートルほど向こうに「金岡鍼灸院」という立看板が見えた。

住宅と住宅に挟まれた狭い土地に建てられたその二階建ての白壁の建物は、簡素なものだった。診療時間と料金が貼り出され、唯一《ゆいいつ》装飾的といえば、入口のドアが格子《こうし》になっていて、すりガラスがはめ込んであることくらいだ。ドアには、開くと鳴るように、大きな鈴がついている。そのドアに「しばらく休診いたします」と書かれた手

書きの紙がセロハンテープで貼ってあった。

美智子は向かいの洋装店を訪ねた。

初老の女性を客層にした地元の商店だった。女主人は美智子の訪問を受けて、顔を曇らせた。金岡のことを真面目で誠実な人だったと言った。定休日は金曜日と決まってはいたが、診療所の二階に住んでいたので、患者が来れば休みの日でもいとわず診療をしていたという。積極的に地区活動に参加するタイプではなかったが、地区で決めた行事などは、冬の早朝の掃除も、夜の見回りも、休んだことはないと言った。彼女も時々診療所を訪れていたという。所定の時間よりいつも長めに治療してくれたと言い、「ちょっと堅すぎるぐらいの人でした」と、今度の事件について思案するようだった。

「殺されるより二日ほど前に、中の事務の女の人が、なんだか気味の悪いことがあって、顔を青うしたことがあったそうです。それがなんやったのか、それは聞いてませんのですけど。事件の後になって、そんなこともあったらしいと人づてに聞いただけです。そやけど、あの時に警察に届けておけばというて、悔やんでたそうです。客商売やから、やっと仕事も軌道にのってきたところで警察沙汰《ざた》は避けたかったんやろうけど。

——ここの建物のローンも何十年て抱えてるんやろうし。人も何人か雇ってましたしね。お嫁さんも貰《もら》わんと、仕事場と家が一緒で、それでもあんまり遊んではる風もないし。週に二回ほどやろか、八時ごろに、決まった居酒屋に行ってはりましたわ。この三軒ほど向こうの。それで十時ごろ帰ってくるんです。息抜きいうたらそれくらいやなかったですか」

母親が時々訪れていたと言った。母親は来るたびに近所に柿《かき》や蜜柑《みかん》やわかめやと手土産を持ってきていた。そしてそのたびに「ここで末永くお世話になりますから、どうぞ可愛がってやってください」と頭を下げていったという。買い物もできる限り近所で片づけていたというその生活からは、親子ともども懸命に地元に溶け込もうとする姿勢が見て取れた。

「今やったら中西《なかにし》さんていう事務の人が中にいはりますわ。二時間ほど前に入りはりました」

三軒向こうの居酒屋というのは帰りに立ち寄ることにしようと考えた。美智子が金岡鍼灸院のベルを押すと、それに応《こた》えて中年の女性が顔を出した。入口の鈴が遠慮がちにカランコロンと鳴った。

靴を脱ぐ場所は狭かった。待合室はちょうど町の歯科医院のような具合だ。受付の後ろがすぐ、診療室になっていた。ベッドが四つほど並んでいるのが、受付から見えた。

中西という女性は、その細長い待合室で美智子にお茶を出してくれた。

彼女は金岡の真面目な人柄を語った。ちょっと暗い印象もあったが、決して曲がった人ではなかったと言った。あとは向かいの洋装店の主《あるじ》が言ったこととほとんどが重複していた。

「そりゃ真面目に真面目にしてはりました。若いんやから、もっとぱあっとしはったらええのにとおもうくらいで。几帳面《きちょうめん》で間違いがないということが一番大事とおもうてはるみたいでねぇ。車も持ってはりません。わたしらにも、ボーナス時期には気持ちやいうてちょっと包んでくれましたしね。本当に真面目な……」と彼女は物思いに耽《ふけ》った。

横山明が午後八時に殺されたのが八月十一日。警察通報は翌十二日午後二時で、新聞報道は十三日だった。

向かいの洋装店の主が言った、金岡正勝が殺される二日前というのは、横山明殺害の新聞報道のあった日に当たる。警察に届けたかったことというのはなんだったのか。

美智子はそれを聞くタイミングを狙《ねら》いすましていた。彼女がため息とともに言葉を切った時、美智子はしばらくその沈黙に付き合った。それから、そっと問うた。

「なにか心当たりはありませんか」

彼女はそのまま黙っていたが、それは確かに、先の沈黙の引き続きではなかった。表情が険しくなったのだ。

美智子はその沈黙にも付き合った。

「わたしは、聞いたことをすぐに記事にするタイプの記者ではないんです。金岡さんのスキャンダルを嗅《か》ぎ回っているわけでもありません」

女性は伏目がちにうなずいた。

「『フロンティア』いうたら、お堅い雑誌ですもんね」

美智子はおもむろに切り出した。

「森下ゆかりという名に心当たりはありませんか?」

彼女はひょいと顔を上げた。

「いえ。聞いたことありません」

あまりにもあっさりした否定に、美智子は拍子抜けする思いだった。中西という女性は言った。

「テレビなんかでは皆がいろんなことというてますが、あの先生に限って女の人なんか、全然なかったと思いますよ。お母さんが見えられて、お見合い写真なんかもってきてはりましたけど、まだまだそんな時期やないて、いつも断ってはりました」

美智子は彼女の気持ちを離さないように、慎重に聞いた。「事件の二日前、奇妙なことがあったと聞いたんですが」

女性はまた、黙った。そして「ハイ」とだけつぶやいた。そしてまた、しばしの沈黙がある。

美智子はじっと、耳をすませて待ち続けた。その根気に人は押されるものなのだ。その、聞こうとする強い意志、もしくは押しに。彼女とて、吐き出したいと思っている。ただ、話すことに罪悪感を感じるだけなのだ。軽率にだれかを貶《おとし》めたくないと思っている。聞こうとする強い姿勢は、そういう罪悪感をじりじりと脇《わき》へ押し出していくものなのだ。女性はポツポツと語りだした。

「男所帯ですから。それに裏表のない人ですから。届け物なんかあってもちょっとあけてみてなんてわたしらにいいはるお人でしたから。おっしゃるように、あれは事件の二日前でした。宅配便で荷物がきたんです。荷物は時々きます。岡山の修業時代の人から、弟子を預かったお礼とか、送られてくるんです。大体はわたしが受け取りますから、普通差し出し人の名前に心当たりはあるんです。それがあの時は、聞いたことのない女の人の名前でした」

そして不意に顔を上げた。「さっきなんていわはりました？」

美智子は胸が高鳴った。「森下ゆかりです」

女性は、ああとため息をもらした。

「いや、ゆかりなんて名前と違いました。大阪の住所でした。先生も心当たりがなかったようで。ちょうど午後の診療時間が終わって、受付を閉めた時やったんです。先生はあと片づけをしていて、手がふさがってましてね、それで見習いの男の子が開けたんです。そしたらはじめはじっと見てましたが、すぐにぎゃっていうて飛びのいて」

横山明の殺害現場には、切り取られた性器は残っていなかった。

横山明はトイレの中で便座を下ろした上に座らされ、後ろのタンクに縛りつけられていた。彼の性器の根元から流れ出した血は、トイレの床を満たし、なおも流れて、トイレの近くではそれを吸い込んだ室内のカーペットが真っ黒になっていたという。その中で血痕が一筋、カーペットの上を、トイレから洗面台にかけて一直線に残っていた。血液型が横山明のものと一致したことから、それはおそらく切り取られた男根から流れたものだと思われた。犯人は切り取った男根を、血のしたたる状態のまま洗面台まで運び、そこにおいて、流れ出る血を水で洗い流した——。

中西という女性はしばらくの沈黙のあと、つぶやくように話し出す。

「先生は、人間のもんやないから、気にせんでええていわはりました。ただの嫌がらせやいうてな。そやけど悪い噂がたっても面白くないから、黙っといてと」

彼女の話は、一層のろのろとしてきた。「ちょうどその日でしたわ。横山明いう人がホテルで殺されたいうてテレビのニュースで流れたんは」

そしてまた、物思いにふけるように黙り込む。

「お昼ごろでした。先生はテレビ画面の顔写真を食い入るようにみてはりましたな。それでいうたんです。高校の時の知り合いやて。ポンとそういわはりました」

「送られてきた物はなんだったたんですか」

女性は視線を床に落とした。

「警察の人にもいいましたけど、わたしは一瞬しか見なかったんです。箱に入ってたんですけど、見習いの男の子が反射的に箱の蓋《ふた》をしたんです。その直前でしたから、わたしの見たんは。そやからほんの一瞬でした。ちょっと見には、なにかわかりませんでした。見習いの子の悲鳴に、先生がびっくりして駆け寄って。それでわたしに

──見んほうがいいです、ていわはりましたから」

「なんだったか、あなたにはわかったんですね」

　女性はしばらく黙っていた。

「見習いの男の子は、人間のもんやないもんなんか見たことがないから、僕にはわからんていいました。間違いないんかといいました。牛のも馬のも犬のも見たことないて。わたしは後から問い詰めたんです。間違いないんかといいました。でもその子は、よう見たわけやない。先生がそういうんやから、多分そうなんやて」

　懸命に言い訳をしているようにも思えた。それがなんであったのかを言葉にすることに必死で抵抗しているようだった。

「その見習いの子っておいくつですか？」

「十七です。傷害で捕まったことのある子で、今は定時制の高校にいきながら見習いしてます。先生はそういう子の面倒をよくみるお人でした。人間はやり直す権利を持ってるんやいうてなぁ。挫折《ざせつ》に負けたらいかんのやいうて。口数の少ない人でしたけど、そんなことを話しているのを聞いたことがありました」

　金岡の人柄、金岡の生き方を聞き出す恰好の機会かもしれなかった。それでも美智子は、送られた物がなんだったのかを確認したかった。

「嫌がらせといいましたが、嫌がらせを受けるいわれはあったんですか」

「わかりません。ないと思います。お金は全部地元の銀行から借り入れてました。ねたまれるほど繁盛《はんじょう》していたわけでもありません」

美智子は慎重に話を戻した。

「その、送られた物ですが、警察に提出したのですか？」

「いえ。先生が二階の自分の部屋へ持って上がりました。警察が先生の部屋を調べましたが、なかったそうです。処分したんやと思います」

「では送り人については――」

「わたしの記憶だけです。住所は大阪やったとしか覚えてません」

女性は、事件の二カ月ほど前に、ここの鍼灸院の院長の名前を確認する若い女からの電話があったことも加えて告げた。午前十一時前で、女は金岡正勝の姓名と年頃を確認したという。それだけで、予約もとらずに切れた。

「大阪弁でしたか？」

美智子は昨日、「みさと」でも同じ話を聞いたのだ。二カ月ほど前に、若い女の声で、そちらに横山明という男性はよくみえますかと電話があったと「みさと」のママ、美佐江は言ったのだ。時間は昼前で、わざわざ自宅にかかってきたと言った。それはアルバイトに来ていた森下ゆかりではなかったかという美智子の問いを、美佐江は完全に否定した。

——森下ゆかりという女はべたべたの大阪弁でしたわ。その電話の女は、きれいな、アナウンサーみたいな標準語でした。絶対同じ人間ではありません——。

女性はじっと考えた。そして答えた。

「いいえ。大阪弁なんかやなかったです。きれいな言葉でした」

美智子の心になにかが突き立つようだった。それ以上はわからない。森下ゆかりはきれいな標準語もあやつれたのかもしれない。いや、電話そのものが今度の犯罪とかかわりがないのかもしれない。

最後に美智子は再度言葉を促した。女性は、箱に入っていたものは、成人男子の男根に見えたと言った。

阿部《あべ》忠行《ただゆき》は不安な日々を送っていた。

中学二年生の娘、春菜《はるな》が家に戻っていないことに気がついたのは、娘が実際にいなくなってから一週間もあとだった。

はじめは心配で居たたまれなかったが、日が経《た》つにつれ、刺《とげ》を感じるほどの居たたまれなさからは解放された。そして茫洋《ぼうよう》とした不安の中に漂うようになっていた。なぜなのか。なにが不満だったのか。

彼は考えられるところ全部に電話をかけた。妻の節子《せつこ》が事情を吹聴《ふいちょう》するような真似《まね》はやめてくれと強く釘をさすので、質問も曖昧《あいまい》なものになった。学校には体調が悪いのでしばらく休ませると言ってあった。今朝も担任の先生からその後の様子を聞く電話が入っていた。妻は、しばらく実家のある田舎に預けていますと答えている。心配じゃないのかと忠行は妻に詰め寄った。妻は無言でむこうを向いた。

今はプチ家出とかいって、しばらく家を空けることがはやっていますからね。

担当部署の警官は気の毒そうにそう言った。忠行は行方不明として扱ってほしかった。行方不明と家出では捜査が違う。しかし妻の節子は、家出だと思いますと言った。静かだが、はっきりとした口調だった。取り乱した忠行とは対照的で、どんなに繕っても行き違うばかりの夫婦の感情の溝《みぞ》がそこに露呈しているようで、警察官はそのことに対して気の毒そうだったのだ。見てはならない、聞いてはならない事態に立ち会わされているかのように。

春菜とは、朝はほとんど入れ違いだったが、それでも彼は、出勤する時、まだ眠そうな足取りで階段を下りてくる娘の顔は見ていた。言葉を交わすことはなかった。玄関先で目が合うと、いってらっしゃいというように小さく手を振ってくれた。だが娘の起きる時間が少し遅いと、娘と顔を合わさずに出勤することもあったのだ。営業職である忠行は、夕食を家でとることは週に一度もない。いつも終電だった。そして彼が帰ると、起きているのは妻の節子だけだった。

一カ月娘の顔を見ないまま暮らしていても不自然でない生活だった。それがなぜだったか、ふと娘の部屋を見に上がったのだ。

深夜の十二時ごろ、一人で夕食を食べている時だった。不意に、家の中がガランとしているような気がした。妻は寝室にいた。あの時妻がそばにいれば、妻に聞いていただろう。そして曖昧にいなされて、事態に気付くのが一層遅れたことだろう。――いや、自分の目で確認してさえも、結局はなにかができたわけではなかったが。

娘の部屋はきちんと整頓《せいとん》されていた。こんなに綺麗な部屋を見るのははじめてだった。ベッドはカラだった。ベッドの上にはきちんとシーツが掛かっている。まるでモデルルームの中のように。

忠行は寝室に行って妻に聞いた。妻はベッドに入っていた。彼女は起き上がりもせずに、暗がりの中から「友達のところに行っているのよ」と彼に返事をした。

家のことは、子育ても含めて節子に全《すべ》てを任せていた。もちろん仕事の入っていない日曜には家族サービスもしたし、そういう時にはつとめて妻と娘に話しかけていた。娘は忠行になついていた。ただ思春期を迎えると、「娘は恋人であった父親から離れようとする」という心理学者の言葉が胸に染《し》みた。忠行は自分との距離の取り方を変えた娘の成長を受け入れた。妻は美人だった。忠行より立派な大学を出て、家のことには甲斐甲斐《かいがい》しく、庭にはいつも季節の花が咲いていたし、クリスマスにも誕生日にも、手の込んだ料理を並べることができる妻だった。

車はベンツを欲しがった。家は輸入住宅を欲しがった。忠行は、娘と家庭を授けてくれた妻の望みを叶《かな》えるために一生懸命に働いた。そのためには家のことを全て妻に任さざるを得なかったのだ。妻の望んだ黄色い壁の輸入住宅と、その玄関先の駐車場にとめる銀色の、一番安いベンツのために。

節子は陽気で、気が利いて、社交的で、皆が羨《うらや》む妻だった。が、妻はいつも先に寝ていた。夫婦関係はこの十年、なかった。

妻を愛しているかとたずねられれば、よくわからないと返事をするだろう。それでも、妻が幸せそうだと嬉しい。妻が背を向けて眠るようになって十年経った今でも、十一年前と同じように、彼女とともにいる時間に安らぎを感じる。なにも変わっていないと思っていた。愛情関係も、家族関係も。ただ静かに時間が過ぎているだけだと、忠行は思っていた。

春菜の顔を最後に見てからもう二カ月が経とうとしている。そして今、妻は背中を向けて眠っている。彼は自分が安息だと思っていたものの正体を見せつけられたような気がした。

自分が感じてきた幸福は、実はだれと分かち合うものでもなく、まるで夢のように実体のないものだったのかもしれない。彼はその事実を受け入れたくなかった。それでも、娘がいなくなったということに感じる不安と悲しみ、激しい動揺を、今、妻と共有していないという現実は、忠行にとって、自分が生きてきたすべての足跡と苦楽の思い出を否定されたようだった。

彼はその日から七時に帰宅した。妻は夕食を用意して待っていた。向かい合わせに座って静かに食事をする。妻はあと片づけをして、忠行に一声かけて風呂《ふろ》に入る。パジャマに着替えてテレビをつける。彼女は決まって若い芸人が出るバラエティー番組をつけた。昔は三人で笑って見ていた種類の番組だった。しかし今、テレビの中の人間たちの笑いが二人の部屋に感染することはない。騒がしい画面を妻は黙って見続けている。妻の化粧のとれた顔にテレビ画面が反射して、カラフルな色が映る。光を反射した瞳《ひとみ》は感情を失ってガラス玉のようだった。それでも忠行は感じるのだ。その空虚な瞳はその奥に、叫びだしそうな怯《おび》えをはらんでいる、と。

いつの間に買い換えたのか、廊下にある電話機がナンバーディスプレイ機能付きに変わっている。忠行は、時々廊下に出て、一人でその電話の鳴るのを待つ。

いまだ自分が正常を保ち得ていることを確認しようとするかのように、笑い声が渦巻く小さな箱のような居間を出て、廊下の冷たいフローリングの上に立ち、ただ電話の前に佇《たたず》む。

5

兵庫新聞社会部デスクの岡部聡は、フロンティア出版「週刊フロンティア」編集長真鍋竹次郎《まなべたけじろう》より先に、もちろん警察よりも先に、森下ゆかりの情報を手に入れることになった。情報源は木部美智子だった。

「住所はでたらめです。ただ、金岡正勝が睡眠剤を投与されていたというのなら、もしかしたら」と美智子は言った。

病院関係から「森下ゆかり」の身元を探り出すことが可能ではないか。

美智子は最も有益にこの情報を使いたがっていた。自分にとって有益であるととももに、事件解決にも有益にという意味である。岡部はこの事件を担当している若い記者、清水祐介に情報を告げた。

「君はまだ若いから、何事も経験だ。この場合の経験というのは、人脈、コネクションの確立の仕方だ。ええか」と、岡部は突然関西弁になる。彼の言葉はジグザグ走行をするように、関西弁と東京弁が入り交じる。

「木部美智子というライターは、ただのデータマンやない。どれくらいかというと、五、六枚の短い原稿を垂れ流すためには腰を上げんくらい、ということだ。彼女はまとまった原稿を署名入りで書いて、雑誌にのせることを要求される。そういう人たちは目先の利益に振り回されない。協力するということを知っている。スタンドプレーをして他人の敷地を荒し回るということもしない。まあ、例外もあるけどな。僕が言いたいのはな、そういう付き合い方を習得するええ機会やと思うということなのよ。木部くんは、スクープを我々に教えてくれた。しかしそこにはギブアンドテイクという暗黙の了解があってな、決して食い逃げのような真似をしたらいかん。彼女もそれを心得て、そういう節度のある仲間うちにだけ、情報を流してくる。そしてそういう仲間に入れれば、何事も確実かつ迅速に運ぶようになる。大事なことは、信用なんや。まあ、君にとったら今度の木部くんとのことは、人脈というものを学ぶ、いうなればコネクションデビューということになるやろな。記者としての信念、信条、スタンスが試されるというわけです」

要は、警察と巧《うま》く取引をしろということだった。木部美智子は情報を持っているが地元にコネがない。一方お前には情報はないが、なんとか切り回せるぐらいのコネなら持っている。物々交換に行ってこい、その際、くれぐれも、持ち逃げをするなと、そういうことだった。

清水は茫然とした。

清水祐介は入社三年目、二十五歳の社会部記者だ。その間ずっと地元の事件を取材しているのだから、人とのかかわりはある。しかしそれは人脈と呼べるほどのものではない。その日も小さな信用金庫での「強盗未遂」を取材したあとだった。昼過ぎ、車椅子《くるまいす》に乗った一人の老人が、地元の信用金庫に入って、百円ライターに火をつけて振り回しながら、金を出せ、とわめいたというものだった。警察で飯を食わせてもらいたかったというのが、犯行の動機だった。

清水は老人の家に行き、老人の家賃と収入を取材した。収入が十一万円で家賃が二万だった。生活に困窮していたのかいなかったのか、それは新聞の購読者の考えることだ。現場となった信用金庫の写真を撮り、持ち帰った。彼の日常とはそういうものだった。

その自分に、突然、連続猟奇殺人事件に深くかかわっていると思われる人間を警察に通告し、代わりにその見返りとして相応《ふさわ》しい「何か」を聞き出してこいというのだ。どう考えてもやったことのない芸当だった。大体その話をどこに持っていくのがもっとも効率的なのかもわからない。交番の警察官なら知っている。生活安全課や交通課の刑事なら、少しは口もきける。しかし捜査一課の刑事と取引まがいのことをするなどという、ハードボイルドなことはしたことがない。

自分をなんだと思っているのだろう。地方紙の一介の駆け出し記者だということを忘れているのではあるまいか。

清水は森下ゆかりの名を告げられた。岡部から渡されたメモにはスナック「みさと」の電話番号と所在地、そして森下ゆかりが「みさと」に届け出ていた住所と電話番号が記されていた。

預けられたんだからしかたがない。

彼は誠実に事務的に物事を処理するのが好きだったので、手間は増えるがやるだけやるか、と思っただけだ。誠実、正確がモットーだ。やるだけやって、だめならだめと報告するのも、決して「誠実、正確」に反していない。

清水祐介は木部美智子の連絡先をしばらく眺めた。

そして森下ゆかりという名を眺めた。

それから彼は立ち上がった。


生活安全課の荻野《おぎの》は、清水の突然の要求に驚いた。

「府内の森下ゆかりを調べろって」

清水はうんとうなずいた。「三十歳から四十歳に絞って」

荻野はメモを見ながら、目玉だけを不思議そうに清水に上げた。「なんで？」

清水は答えた。「警察への捜査協力の一環です」

荻野はしばらく、その住所と電話番号と名前の書かれている紙を眺めていたが、清水の言葉のしばらくあとに、またひょいと問うた。

「あんた、今、ホテルの殺人事件、やっとったよね」

清水はじっとその質問をやり過ごした。聞いた荻野も返事がないのを追及しなかった。荻野は渡された紙切れをまじまじと見つめて、問うた。

「この『みさと』ってのの、スナックか？」

「はい。森下ゆかりというのは、そのスナックに勤めていた女の名前です」

「そいで、これはこの女の住所か、それともスナックの住所か」

「女の住所——らしいんです」

荻野の年は岡部とそう変わらない。鷹揚《おうよう》で、面倒見のいい「おっさん」だった。原田光男が行方不明になっていることを嗅ぎつけた清水を褒めてくれたのもこの荻野だ。彼はうううんとうなってみせる。それからそばにあった椅子を引き寄せて座り直して、なお紙を眺める。年と名前とスナックの名前、そして女の住所を走り書きした、たった三行の紙だ。

「ここ、行ってみたん？」

「いいえ。まだです」

荻野は清水に顔を向けた。

「だからほんまはホテルの一件なんやろ？」

はっきり答えれば、捜査中の情報を外部に洩《も》らすことはできないという一言で片づけられる恐れもある。しかしごまかしようもない。清水は首の後ろをぼりぼりと掻《か》いた。彼の首は太い。首の後ろにニキビがある。

「ぼくかてほんとは捜査一課に通報しようとおもてるんです。そやけど、担当の渡辺《わたなべ》さんとはそんなに付き合いないですし。これ、もろた情報なんです。それで代わりになにか聞き出せていわれてましてね。それで、荻野さんやったら、とりあえずとおもて」

それを聞くと荻野は大きな腹をゆすってからからと笑った。

「なにがとりあえずや。わしに聞いても、なにも聞き出せるはずがないやないか。まあ、あんたとは付き合いが長いから、話は聞いてやるけどな」

それを聞いて、清水は改めて荻野を見つめた。その身は乗り出すようだ。

「ぼく、その森下ゆかりという女に十万円ほどぼったくられたんです。それで、そこのママから住所を聞いて、告訴してやろうとおもてるんです。さてそこに、そんな女がほんまにおるもんかどうか」

そしてじっと荻野を見つめた。「――そんな話ならどうですか」

荻野は同じく清水を見、しばらく二人は見つめ合い、やがて荻野は天をあおいだ。

清水は荻野の耳元で囁《ささや》いた。

「ぼくが周辺の事情を全然知らんまま捜査一課に持っていったって、軽う見られるだけだとおもうんですよ。ガキの使いと一緒でしょ」

荻野は椅子をギイといわせて清水に向き直った。

「俺はあんたから深く聞いてもまずいんや。知ったかぎりは上に報告せないかんしな。

そやから森下ゆかりはぼったくりホステスということにしとこやないか。そしたら立派な生活安全課の仕事や。そやけど一つだけ確認させて。どっから仕入れたんや」

「雑誌記者」

老練な生活安全課の巡査部長はしばらく清水の顔を見ていたが、やがて紙切れを持って立ち上がった。


原田光男。守谷製紙運送に勤務。六月八日朝九時過ぎに会社を退出後、所在不明。

――西岡高校二十八期卒業生。

原田光男の妻、圭子は、美智子の差し出した名刺を見て、ぼんやりと美智子を見上げた。古い市営住宅だった。ダイニングキッチンの他に二部屋あると思うのだが、正方形を田の字に仕切ったような具合で廊下がない。季節がら襖《ふすま》が開いているので奥の部屋の端まで見渡せた。やっとおすわりができるほどの幼児が、その座った姿勢でちょんと小さな手を前につき、奥の部屋から不安そうにこちらを窺《うかが》っている。

「ご主人のことでお話をうかがえればと思いまして」

母親はそれでも黙っていた。幼児が向こうの部屋からあーんと声をあげた。不安になって母親を呼んでいるのだ。圭子は子供の方を振り返ろうとはしなかった。子供は、こちらに這《は》ってこようかどうか思案している。四つん這いになって、小さなお尻《しり》をちょんと浮かせて、ただ母親が振り返ってくれるのを待っていた。

「赤ちゃん、何カ月ですか？」

美智子が奥を見つめて圭子に聞いた。圭子ははじめて奥の子供のことを思い出したようだった。つと立ち上がり、慣れた手つきで抱き上げて、すぐに玄関へと戻ってきた。

「十カ月です」

そう答える圭子の顔に戸惑いと不安が浮かんでいる。

上にも子供がいる。小学五年生の女の子で、圭子の連れ子だった。再婚したのは三年前、原田光男は初婚だった。出会ったのは名古屋。圭子は離婚して、当時八歳の娘をつれて、ガソリンスタンドでアルバイトをしていた。そこへいつも給油にくる、トラックの運転手だった光男と知り合い、再婚した。光男についての聞き込みは簡単だった。だれにも恥じることのない、だれも傷つけない話だからだ。もし彼がこの連続殺人事件にかかわっていたとすれば、たとえそれが被害者としてであったとしても、人々は口を閉ざす。美智子は閉められた金岡家の玄関を思い出しながら、息を殺して潜むような人の気配を思い出しながら、要領を得ぬままに無防備に美智子を玄関に導き入れた妻、圭子に対して、心の痛みを感じた。

「家を出られた時の事情について、なにか心当たりはありませんか」

美智子の言葉は無意識に、いたわるようになっていた。それに対して圭子は確かに、戸惑いと不安の色をしだいに濃くしている。自分の夫の失踪《しっそう》を、なぜ週刊誌の記者が聞きにくるのか。

「出たといいましてもね」と妻は答えた。「前日の午後、出勤しただけです。いつもと同じなんです。警察の人にも言いましたけど、その日は夜勤で、次の日昼になっても帰ってこんから。それでもあまり気にしてませんでした。どこかに寄り道してるんやろうと思ってましたから。夕方の五時にパートから戻った時にまだ帰ってなかったんで、それで携帯を鳴らしたんです。それでも連絡がとれんと」そして妻は心細そうに言った。

「出ていったというより、帰ってきてないという感じで……」

清水が入手した警察情報と同じだった。彼女は六月八日の夜八時、夫の会社の友人数人に電話をして、夫の所在をたずねた。彼らは、原田光男はいつもと同じように朝の八時半ごろに集配から戻ってトラックを洗い、九時過ぎに帰ったと言った。「帰りにだれかと飲み歩いとるんと違うか？」

友人の家に泊まってそのまま出勤する気かもしれないと思い、圭子は翌朝八時に会社に電話を入れた。まだ出勤していなかった。それでもその日の昼過ぎまで、圭子は夫の身になにか起こったのかもしれないとは露ほども感じていなかったと言った。昼の十二時にいつものように近くのガソリンスタンドにパートに出るため、友人に子供を預けた。パートに出ている三時間、いつも友人が子供を預かってくれる。圭子は午後の三時に子供を迎えにいった。玄関口に座り込んで、昨日夫が帰ってこなかったことを話し、はじめて不安を感じた。友人は共に不安を分かち合ってくれたが、それは、光男が浮気をしたのだとその友人が早とちりしてのことで、確かに夫が帰ってこなかった時に考えることは、とりあえずそんなことだろう。しかし、浮気では無断欠勤はしない。

それから三カ月の月日が経ったのだ。

美智子は、森下ゆかりという名の女性に心当たりはないかと聞いた。妻はぼんやりと首を横に振った。聞いたことがないと。

「大阪なまりの女性なんです。年のころは三十五から四十」

「それがうちの主人がおらんようになったのとなんかかかわりがあるんですか」

美智子は言葉に窮した。妻は目を伏せた。しばらく沈黙が流れた。

「主人は若い時に素行が悪かったのは事実です。そやけど今では友達は会社関係の人たちだけでした。殺された横山さんや金岡さんと主人が同じ学校の同学年やったと聞いたのは、横山さんが殺されたあとで、わたしは知りませんでした。こっちに戻ってから、主人はその横山という人と交流はなかったんです。わたしも昔は髪を染めて、バイクに乗っていました。でもそやからいうて、ことあるごとにそのことを持ち出されないかんのですか。わたしも主人も真面目《まじめ》に働いています。地味な人で、酒も家で飲みました。趣味いうても時計を集めることくらいしかありませんでした。ほとんどが安物です。高い時計は腕にはめずに机の引出しの奥にずっと大切にしまっていました。それをあの人がいなくなる直前に相談しないで売ったんです。あの人、聞いたら怒るやろか。時々そんなことを考えます。ただ横山さんや金岡さんと主人が知り合いやというだけで、事件にかかわりがあるように思われるんは、主人がかわいそうです」

一つに括《くく》ってあった髪が緩んで顔の前に落ちている。それを時々掻き上げる。妻は憔悴《しょうすい》していた。

うちの人、帰ってくると思います、と彼女は言った。どういうことかはわかりませんが、昔のワルの友達にひっかかったんか、なんかわかりませんけど——。

腕の中で娘は、美智子を興味深げに見上げていた。

確かに新聞記者のほうが雑誌記者より分のいいこともある。新聞社の腕章を着けた人々を、居丈高だから嫌だという人たちもいるが、その権威に信用を感じる人たちもいるのだ。

清水は金岡正勝についての聞き込みを始めた。

金岡がこの十四年、大山寺町に戻っていないというのはどうやら事実のようだった。そしてそれ以前の彼というのは、すなわち学生時代の彼は、本当に影の薄い少年のようだった。高校時代の同級生の一人が辛うじて金岡に関する記憶を持っていた。

「僕がよくしゃべったのは一年生の時やったと思いますよ。席が近かったからかな。学校を休んだらノートを見せてくれたり。一度、授業中に消しゴムを落としたときに、どこにいったんかわからんできょろきょろしてたら、机の上にすっと自分の消しゴム置いてくれましたね。でもそれをきっかけに友達になろうという気持ちも別にない感じで。地味で真面目というくらいしか、印象はないですね。高校二年の途中までは普通のやつだったと記憶しています。でもそのころからなんとなく感じが変わって。学校も休みがちになったような気がする」

成績は二年の半ばから急速に落ちていったという。

「不良に絡《から》まれてたというのは聞いたことあります。金、巻き上げられたとか。そういえば駅前の角の自動販売機の前で煙草《たばこ》吸うとったって聞いたこともあったかな。――いや、別のやつやったかもしれません。すいません、覚えてませんわ」

しかしその不確かな部分は、一年上級の普通クラスの別の生徒によって補われた。

「何回か警察に呼ばれたことはあったはずですよ。いや、被害者やなしに、加害者側で」

「真面目な生徒やなかったんですか？」

「真面目でしたよ。ただあまり素行のよくない連中と交遊があったんです。付きまとわれていたというのか。その、駅前で煙草を吸うとったというのが金岡の話やったかどうかはわかりませんが、少なくとも金岡もそれで見つかったことはありましたよ」

あまり素行のよくない連中――第一被害者の横山もそう言われていた。清水は慎重にたずねた。

「それで警察に？」

「いや、煙草くらいでは警察は呼ばないですよ。親に連絡がいって、それだけでしょ」

「加害者側ってどういうことですか」

彼は言葉を濁した。突然後ろめたさを感じたようだった。

「死んだ人間のことをとやかくいうんはどうかと思うけど、でもあいつが悪いやつやというてるんやないんですよ。聞かれるから話すだけで」

清水は「よくわかっています」と神妙に相槌《あいづち》を打った。

「俺の妹が金岡の妹と中学の同級で、仲がよかったんです。それで妹から聞いてたんですわ。今日お母ちゃんが学校に呼ばれたとか、警察がどうとか。あそこの家は共働きで、家にだれもおらんのです。お兄ちゃんの友達が家にきてるから、親が帰るまでここにおってもええかて、九時ごろまでうちにおったこともありましたよ。うちの親に言われて、妹と二人で、金岡の妹を家まで送ったことがあります。そしたら家の前にガラの悪いのがたむろしとってね。えらいことになっとるなと思たのを覚えてますわ」

「加害者になったって、なんですか」

「かっぱらいの見張りをしとったか、自販機荒らしの現場におったか。警察に呼ばれるまで、親はそういう付き合いがあったことを知らんかったみたいですよ。よくよく調べたら、家の金を随分持ち出していたのがわかったとかでね」

金岡の母親はげっそりとやつれていた。白髪が多いのが事件のせいではないにしても、おそらく一カ月前とは人相がかなり違っていることだろう。彼女はなにも話したくないの一点張りだった。それはまるで、息子の死を息子の不徳だと責められていると思っているような、かたくなさだった。

「息子さんは被害者なんですよ」

週刊誌は、性犯罪の報復だと匂《にお》わせていた。被害者としての悲しみとは別に、加害者の後ろめたさを併せ持っている。清水はその母親が哀れな気がした。宝塚に住む自分の母親と重なった。自分がそんな殺され方をすれば、母はなんと思うだろう。それでそんな一言がポロリと洩れた。その瞬間、母親のかたくなさが溶けた。

母親は清水を招き入れ、清水はかまちに座り込んだ。

「真面目で優しい子でした。努力を惜しまず地道にやる子でね。女性関係でなにかあったやなんて、信じられません」

清水は、そうだ、そうだとうなずいてやった。俺だって、真面目で優しくて努力を惜しまない。多分俺が死んだら、母親はそう言ってくれる。不埒《ふらち》な異性関係などとは、滅相もないと、多分そう——と考えかけて、清水は思った。

いや、言ってはくれないなど。成人した息子の女性関係など、多くの母親は確信がないものだ。だとすればこの母親が盲目的に息子を信じているのか、長年育てたその結果として、そう断言するに足る材料を持っているのか、そのどちらかだ。

「一度も地元に帰ってないのは、なにかわけがあるんですか」

「わかりません。あの子はなにも言いません」

奇妙に引っかかる言い方だった。

「どういう意味ですか」

母親はしばらく黙っていたが、やがて話しだした。

「三年の進路指導の時、突然鍼灸師になりたいて言いだしたんです。岡山の方に全寮制の学校があるから、そこへ行きたいって。先生は最後まで普通の大学を勧めてくれました。いままでなんのために厳しい勉強をさせてきたんだろうと私も悩みました。それでも本人がそう言ってきかなかったんです」

「それは、高校時代の悪い仲間と手を切りたいということではなかったんですか？」

母親は黙った。

晩夏の蟬《せみ》の声が耳についた。

「あの子、高校の時に、悪い仲間に入って——親の身勝手な言い方をすれば、引きずり込まれて。脅されて家のお金も持ち出していました。共働きで、気がついてやれませんでした。警察に呼ばれてはじめてわかったんです。向こうさんは地元から離れません。だから自分がここから離れたかったんでしょう。でも、鍼灸院でなくてもよかったと思うんです」

母親はまた、ポツリと言葉を切る。

「若い時にはいろいろなことがある。そういう時は、ただ仕切り直しをすれば済むことだ。主人はそう言って慰めました。でもあの子はひどく思い詰めていました。反対にも限界があったんです。あの子は、町を出ていきたかったんだと思います」

「確かに、不埒な女性関係を起こすような人ではありませんね」と清水はつぶやいた。

事件の前後になにか送られてきたとか、電話があったとか、なにか気になることを聞かなかったか、と清水は母親にたずねた。清水はその時、母親の表情が不意に固くなるのを見た。

どこかを見据えて、その表情は険しかった。そしてその険しい表情のまま、まるで岩に刻み込まれた顔であるかのように、そこから感情が抜け落ちている。不思議な光景だった。そこにあるのは興奮でもなく怒りでもなく悲しみでもない。死人の顔が安らかに見えるのは死んだ人間の精神状態を象徴したものではなく、筋肉の弛緩《しかん》によるものだと聞いたことがある。ならば彼女のこの顔は、感情によるものではなく、筋肉の緊張によるものであるのだろうか。

やがて母親は首を振った。なにもなかった。息子からもなにも聞いていない。そしてやっとその顔面に赤みを取り戻した。母親は清水に顔を上げ、息子は心配事を親に話すタイプの子ではなかったと言った。その目は清水になにかしら慈悲を求めるようでもあった。

生活安全課の荻野から電話があったのは、その日の夜だった。

荻野は清水祐介の被害に対応すべく、大阪府内の「森下ゆかり」をピックアップした。彼の言う年齢に該当する同姓同名者は七名認められた。

「とはいえ、その七人の住所はいわれへんよ」と荻野は電話口で口調を改めた。

「それともほんまに、被害届けだすか？」

「メモにあった住所とは別なんですね」

「はあ。あれはでたらめやな。八木町に七丁目はないわ」

「八木町というのはあるんですか？」

「ある」

では全くでたらめではないということだ。そのでたらめな住所を思いついた人間は八木町あたりの土地勘をもっているのだろう。清水はしばし黙考した。それにしてもでたらめな被害届けを出すのはやりすぎだ。しかしその七人が事件にかかわりがあるかどうかを確認しようにも、住所がわからないことには無理だった。

「多分名前の方も偽名やで」

はあ、と清水はつぶやく。

「でもそういう場合の偽名は、かなり本名に近いもんや」

なんの慰めにもならない。七人なら身辺調査をすれば消去法で犯人が特定できる。仮に全員が消えれば、森下ゆかりは偽名だったという結果が得られる。

「この女、どうかかわりがあるの?」

「言うのは構いませんけど、言うたら荻野さん、捜査一課に報告せんといけませんやろ」

「ほなここで打ち切るんか?」

清水は首の後ろを掻いた。困ったことが起こると体が熱くなる。すると首の後ろがむず痒《がゆ》くなる。警察に黙っているつもりはないのだ。ただ、少し取引したいだけなのだ。

「あのな」と荻野は言った。

「ホテルには二件とも、白い大型セダンで出入りしとるらしい。ナンバーは、ホテルの防犯カメラではぼけて判別できん。そやけど、その名前と、人相風体がわかったら、そら捜査一課は助かるやろ。名前に『森』か、『下』のつく、それくらいの年恰好《かっこう》の女が所有者か、所有者の家族におる車から優先的に調べることができるからな」

「レンタカーじゃないんですか」

「レンタカーやない」

電話を挟んでしばしの沈黙があった。木部美智子はスクープのために情報を独り占めする気はない。ただ有効に使いたいと言っただけだ。しかし交換の仕方がわからない。

「捜査一課は、行方不明人のほうは調べていますか」

「原田光男のことか？」

「はい」

「むこうさんは大阪府警、こっちは兵庫県警。原田光男のことは捜査一課に上げといた。それ以上のことは知らん。あのな、渡辺さんは合同捜査の捜査協力、言うたら本部の下っぱや。そやから主導権がない代わり、融通もきく。あんたがうまいことようやらんというのなら、俺が中に入って口きいてやるよ。いつまでも知らん振りはできんから」

清水は意を決した。

「渡辺さんに伝えてください。大山寺町の『みさと』いうスナックに話を聞きにいくとなにかあるかもしれんて。殺された横山明の地元です。そこに勤めていた自称、森下ゆかりという女がおって、それが横山と親しげで、事件直前に姿をくらましている、住所はでたらめ。役に立つかもしれませんて」

清水は一気にそう言うと、ため息を一つついた。

「もしこの話が役に立ったら、事件の進展を、記者発表より前に知らせてくださいって、それも伝えてください」

そして清水は電話を切った。

華々しい「コネクションデビュー」の夢はあっけなく幕を閉じた。なんの見返りもなく情報を渡した自分は無能な記者と理解されることだろう。

それでも清水は息子を殺されたあの母の顔を思い出さずにはいられないのだ。彼女はあの一瞬、自分になにを求めたのか。うちひしがれて、慈悲を求めるようなあの目。あれは自分個人に向けられたものではなかったのかもしれない。では彼女はなにに対して、慈悲を求めたのか。なんにしても彼女はだれかに、なにかに救いを求めている。それに対してだれが応《こた》えるのだろうか。彼女はどこかで救いを得ることがあるのだろうか。

　あの時おそらく母親は嘘《うそ》をついた。息子からの電話はあったのだ。しかしあれは隠そうとしてついた嘘ではない。彼女の心のどこかが、その電話を認めたくないと思っていたのだ。その悲しみの前に、自分の功名心があえなく屈するのを、清水にはどうすることもできなかった。

　自分にはあの母親に救いを与える力などない。情報を渡すことで捜査協力するしか、彼女の悲しみを癒《いや》す手助けはできないのだ。そして実際、荻野にこれ以上迷惑をかけるわけにもいかない。

　少なくとも——と清水は思った。

　少なくとも、荻野経由で渡辺に話がいけば、荻野の株も上がるだろう。

　この木部美智子というライターには、なんのメリットもないことだが。

　清水は美智子の名刺を手帳にしまった。

　捜査一課、渡辺警部の声は紳士的だった。ただ神戸なまりはそうとうきつい。

電話は新聞社に直接かかってきた。それは荻野に伝言を頼んだ、三日後のことだった。

「ご協力に感謝します。話は聞きました。同姓同名の森下ゆかりいうのに、該当する人物はおりませんでした。やっぱり偽名ですな。そやけどその女の線は、捜査を続行します。おたくの名刺、前にもろてましたな。探したらありましたわ。どんな人かは記憶がないんやが。その『みさと』いうスナックは、うちの捜査員が一回は行ったんです。それがあそこのママさん、元暴走族で、警察嫌いですわ。こんな話聞けませんでした。さすがに記者さん、うまいですな」

飄々《ひょうひょう》とした物言いだった。清水は面食らって、はあと答えた。もちろんそれでも頭は回転している。その女の線の捜査を続行しているということは、その女の存在が、いままでの捜査に符合するところがあったのだろうか。清水は恐る恐る問うた。

「京都の、金岡正勝の診療所に届け物があったと聞いているんですけど、その送り主の名前と同一ですか」

届け物そのものは金岡正勝が破棄した可能性が強い。しかし犯人がその小荷物を宅配便で送ったなら、取扱店は送り状の控えをもっているはずだった。警察がそこを割りだして、記入されている送り主の住所と名前を手に入れている可能性は極めて高いのだ。清水は話しながら、急速に頭の中が整理されていくのを感じた。興奮して体が固くなる。聞きたいことが堰《せき》を切ったように頭の中に溢《あふ》れ出していた。

渡辺が瞬間、言葉を飲んだ気配がした。それは確かな手応えとして清水に撥《は》ねかえる。いや、と渡辺はすぐに態勢を建て直した。「困りましたな」

彼が苦笑しながら、自分と同じく頭をフル回転させているのがわかった。

「宅配会社から控えを確認したんでしょ」

駆け引きもなにもなかった。答えが知りたくて気がせくのだ。

「名前はね、ちょっと違ってましたよ」

森下ゆかりは偽名なのだ。そしてちょっと違うということは非常に似ているということでもある。聞きたかったが、彼がそれを言うはずがないと理性が囁いた。

「では、金岡正勝の性器も、どこかに送られているんでしょうね」

「さあ。わかりませんな。まだ犠牲者が増えるのならねぇ」

「金岡正勝の家にも、横山明の奥さんのところにかかったと同様の電話があったんですか」

渡辺は黙した。押しすぎているのかもしれない。電話であることが悔やまれた。相手の表情が見えない分だけ、やりにくい。

「それはなんのための電話だったんでしょう」

もうなにがなんだかわからなくなりかけていた。なんでもいいから、向こうが絡んでくるように仕向けたい。渡辺は水を差すようにゆっくりと言った。

「あなた、どこからその情報を仕入れましたか」

清水は身を引いた。オーバーヒートしたエンジンが、ゆっくりと元に戻っていく。

渡辺が追い打ちをかける。

「雑誌の記者だと聞きましたが」

渡辺はかなり譲歩してくれたのだ。清水はここでも駆け引きをすることができなかった。

「『週刊フロンティア』の記者です」

渡辺は、はあと得心したようだった。

「その人、原田光男のこと、なにか言うてましたか」

今度はこちらが探られる番だった。

「まだ一度も会うたこと、ないんです。原田の話は出てません」

まったく、再び無様な自分に逆もどりかと清水は胸のうちでつぶやいた。渡辺は「なるほど」と言い、「その記者さんに捜査協力ありがとうございましたとお伝えください」と言って電話を切った。

清水は電話を切ったあともしばらく、頭の中がじんじんとしていた。

渡辺は「まだ犠牲者が増えるのなら」と言った。すなわち警察は、男根を送りつけることが殺人予告であると考えているということだ。同一犯による連続殺人事件であると確信している。そしてまだ事件が連続する危惧《きぐ》を抱いている。警察は三カ月前の原田光男の失踪を事件にかかわりがあると踏んでいるのだろうか。

森本達子《もりもとたつこ》の名前があがったのは、その数日後のことだった。

6

「みさと」に残っていた、森下ゆかりが書き残した住所、電話番号の筆跡と、金岡正勝の鍼灸院に届けられた荷物の送り状の控えの筆跡が酷似していた。荷物の送り主の住所は森下ゆかりの住所と同じくでたらめだったが、警察は荷物の受付場所から、送り主の生活圏を絞り込んでいた。そこへホテルの防犯カメラに写っていたトヨタの白い大型セダンを持っている家庭を重ね、かつ、家族に三十歳代の女性がいること。そして極めつけは「みさと」のママ、美佐江の証言を得て、森下ゆかりの似顔絵の作成に成功したことだった。

大阪在住、森本達子。三十六歳。

捜査は極秘で行われた。捜査官たちはいままで通り立ち話にも雑談にも応じ、何事もないように振る舞っていた。ある新聞記者は、この事件の捜査員が増員されたらしいとの情報を得たが、事件の進展を確信するには至らなかった。その中で、情報提供者である清水だけが、事件が大きな動きを見せ始めたことを理解していた。清水は昼間は本部に張りついて、早朝と深夜は渡辺の自宅の前で待ち伏せた。

九月六日午後三時。

清水は渡辺警部が市内住吉区の、ある精神科から出てくるのを見届けた。

彼の様子は明らかに普段と違っていた。

第一に入ってから出てくるまで一時間が経過していた。いつもの聞き込みなら五分、長くて十五分なのだ。そして出てきた渡辺の顔つきはいつもの、疲労を抱えた顔ではなかった。電池を取り替えてもらった電気器具のようだ。歩くテンポがいい。彼は車に乗り込む前に、車を挟んでもう一人の若い捜査員とやりとりをしていたが、頷いたり答えたりするその所作一つ一つに、気負い込んだ明朗さがある。

清水は病院を見上げた。古ぼけた看板には藤崎病院とあった。

清水が藤崎病院の前で渡辺の異変を目の当《ま》たりにしていたころ、美智子は神戸東警察署に向かう車の中にいた。

運転していたのは逢坂雪枝《あいさかゆきえ》という学習塾講師だった。

少年鑑別所を出ている横山に対して、真面目だった金岡には、読者の目を引く情報が少ない。彼の記事を書くには彼が在籍した特進クラスのシステムを理解する必要があった。美智子が、鶴野旅館の中学二年生の末娘が通っている学習塾の講師である逢坂雪枝に、西岡高校の取材をしたのは、数日前のことだ。

雪枝は年齢も美智子と変わらない、独身の塾講師だった。彼女ははじめに美智子の申し出を受けた時、しり込みした。お役に立てるほど知っていることはない、と。

しかし美智子には、他に話をしてくれる人間に心当たりがなかった。

鶴野旅館の末娘は威勢のいい、屈託のない少女だった。名前を平仮名で「うらら」と書く。かつては、美智子の友人でもっとも奇抜な名前が「真珠《しんじゅ》」だった。名は体を表すという概念が消えたのか、それとも子供の将来の展望そのものが親の頭の中にないのか。うらら本人は至極気に入っているらしく「かわいい名前ね」と言ったらにっと笑った。

最初に鶴野旅館を訪れた時、うららはしおらしく繕ってはいたが、チラチラと美智子を見上げるその視線は好奇心で一杯だった。そして彼女は子供としては上出来な接近を試みた。はじめの彼女のセリフは「お仕事、はかどりますか?」だった。

彼女はしとやかな所作でお茶を運んできて、美智子に茶碗《ちゃわん》を差し出しながら、にっこり微笑《ほほえ》んでそう言ったのだ。堂に入った立ち居振る舞いで、世の中にこんな中学二年生がいていいものかと美智子がたじろぐほどだった。今時の子はませている。度胸がいい。あっけに取られた美智子は、次の瞬間にはなんだかすっかり恐縮して、妙に照れて、やみくもに話題を探して話しかけていた。——中学二年生だったよね。学校は面白いですか——うららはしとやかな笑みを浮かべて、はい、はいと答える。言葉は少ないのだが、目は、興味の対象を見つけたやんちゃ盛りの子供のようにきらきらと光っている。

めったに会わない親戚《しんせき》の子供の機嫌を取る時に似ている。美智子は話の糸口もわからぬままに少女の瞳の輝きに圧倒され続け、間の抜けた質問を発し続け、もはやここまでと思われた時、少女は憧《あこが》れのスターに声をかけるような熱烈さで一声発したのだ。

「独身で雑誌記者なんて、めちゃめちゃかっこいい!」

そしてその一言をもって、うららはすっかり十四歳の少女に戻っていた。

うららは美智子に、いや、美智子の仕事に大変な興味を示した。彼女は同時に、美智子が独身であることが「かっこいい」と言った。そして小説を書きにきたというとそれは「めちゃめちゃかっこいい」に変化した。小説の中で人を何人殺すのかと問う。美智子は苦笑し、多分自分の小説の中では人は死なないと思うと、遠慮がちにうららの期待に添えないことを告げた。

うららが独身女性をかっこいいと言ったのにはわけがあった。うららの通う学習塾の講師も、独身女性だったのだ。それが逢坂雪枝だった。だから美智子が、その講師に、取材を申し込みたいと言った時、躍り上がって喜んだのはうららだった。乗り気でないその講師を懸命に説得したのも、うららだった。

だからはじめて美智子が彼女に会った時、その女性講師はひどく申し訳なさそうだった。

「西岡高校へは、うちの生徒はほとんど行かないんです。鶴野さん、変に売り込んだんじゃないですか？」

実際、逢坂雪枝の学習塾は進学塾であったので、目的の西岡高校の情報はたいして得られなかった。彼女が知っていたのは、西岡高校の偏差値くらいだ。

彼女は、特進クラスというのはあの高校に限ったことではないと説明してくれた。

ただ十五年も前からそういうシステムを取っていた学校は少ないと思う、学力の低い学校がそんなクラスを作りだしたのは、ほとんどがここ二、三年のことであり、それは子供の数の減少により経営を圧迫された私立高校の、生き残りのための手段であると言った。生徒を増やすためには各校評価を上げなければならない。そのためには、レベルの高い生徒を入れる必要がある。その生徒入替えの突破口として特別クラスを設けた。そういう場合、一部か全部かはともかく、大体は学費免除になるのだという。よっぽどの特典がないと、評判の悪い学校に子供を入れる親はいないから——。逢坂雪枝の話はそのようなものだった。

確かに目的の西岡高校の話は聞けなかったが、現役の塾講師にならたくさん聞きたいことがあった。「週刊フロンティア」の真鍋は定期的に学級崩壊や少年犯罪について、美智子に原稿の打診をする。読者の目を引くニュースが少ない時、その手薄な印象を埋めるための記事が必要になる。しかし雑誌のイメージ上、出来合いのゴシップでお茶を濁すというわけにもいかず、さりとて政治経済ネタではかた過ぎる。そこでだれもが憂《うれ》い、かつ、適度に人間的で適度に社会的な少年問題を、真鍋は恰好の調整材だと認識している。それで思い出したように、「木部ちゃん、学校のヤツだけどねぇ」と切り出してくるのだ。しかし子供の風俗を調べるのに深夜の渋谷を定点観察していてもどこかで説得性を失うように、過剰な問題意識を持っている人間ばかりを取材してもなにかしら空々しくなる。雪枝のような普通の講師こそが、生々しい側面を語り得るのだ。

そう考えた美智子はここぞとばかり、情報を収集した。

雪枝は、なぜ自分に取材しようと思ったのかと聞いた。

「適切だとは思えませんけど」

不思議そうな声だった。美智子は笑った。

「いつもうららちゃんを車で送ってこられるでしょ」

雪枝は要領を得ない顔をして、ええとうなずく。

美智子は、この事件が起こる前からこの女性講師のことを知っていた。

それははじめて鶴野旅館に滞在した六月に遡《さかのぼ》る。書けもしない原稿を前にして煩悶《はんもん》する毎日だった。夜遅く、外に車の止まる音がすることに気がついた。一人きりの部屋で、テレビもつけずにただノートパソコンの前に座っているのだから、おのずと音には敏感になる。宿の前にヒューと風を切って車の止まる音がして、うららの小さな声が障子越しに聞こえる。そしてバタンとドアの閉まる大きな音がすると、車はエンジン音も高く走り去る。毎夜ではないが、しょっちゅうだった。ある夜それとなく時間を見ると十一時だった。それから音がするたびに時間を確認するようになった。それで、決まって十一時だということに気がついた。

美智子は不安になった。いくら世の中が変化したからといって、十四歳の女の子が運転免許を持っているような男性と毎夜毎夜遊び歩いていていいものだろうか。親はなんと考えているのか。

そこで宿の主人に確認して、それが学習塾の送迎であることを知ったのだ。

「はあ。個人塾ですから、自分の車で送ってはります。女の子は一軒一軒、家の前まで送るんですわ」

熱心な先生ですよ、と宿の主人は言った。

「お一人でしてはります。勉強はきついんですけど、娘もえらい楽しそうに通てます。定員制で、席が空くのを待ってはる生徒さんも多いそうです」

うららの一番上の姉がその塾に行っていた。二人目は学力が足りず、無理だった。そしてこの子はなんとか入れてもらえたと、宿の主人はうららをつつく。うららはちょっと得意気に笑う。「わたしはクラスの落ちこぼれ」

うららが楽しんで行っていることは、その挨拶《あいさつ》の仕方からも想像できた。「ありがとうございました」という声に、張りがあるのだ。

やり手で独り者であの運転――多分鼻っ柱の強い女性なのだろう。

美智子は東京で、そんな女性をたくさん知っていた。しかし仕事の張りだけが生き甲斐《がい》などと、気がつけば空虚なものだ。

自分が結婚という道に踏み入っていないことが、自らの意思なのか、単に男性から選ばれなかっただけなのか、わからないのだ。仕事が順調な時は、わたしは仕事を選んだのだと言い張れるが、なにか停滞を感じると、自分の存在になんの価値も見いだせない気がして、所詮《しょせん》仕事にしがみついているだけの売れ残りじゃないかと悲嘆に暮れる。

女はみんな、素敵な男性のそばにいたいのだ。結局、見つけ出すことができなかったか、選ばれなかったかのどちらかなのだ。人はあたしを見て、そのどちらだと考えるだろう。男なんかに興味がないという女性が本当に存在したならば、あたしも実はそうなのよと、自分にも他人にも白々しい嘘をつく度胸がつくものを。

独り身の悲しさは、女としての魅力に陰りが射《さ》しはじめた時から、自分は自ら独り身であることを選び取ったのだと、虚勢を張らなければならなくなることだった。そのために皆それぞれに努力し、公私ともに充実している振りを装《よそお》い、装い続けることに疲れ果て、しかしその疲れを見せる自分の弱さを恐れ、まるで自転車操業のように消耗して暮らしている。

しかし不思議なのは、そのうららの塾講師のそっけないドアの閉め方や車の発進のしかたに、その繕いを感じないことだった。

そこには弱さや迷いや消耗した感じがない。美智子はその講師を思うたび、妬《ねた》ましさと安堵《あんど》が交互にやってきた。たった一人で生きている女が回りの人に愛され認められていると聞くと妬ましいのだが、一方で、同じく仕事一筋に生きてきた自分の生き方を認められたようで、安堵も感じる。そして多分、彼女が魅力的であればあるほど誇らしく、心安らかなのだ。

美智子にそういう思い込みがあったから、逢坂雪枝に会った時には少々拍子抜けした。実際の彼女はやり手のキャリアウーマンとはかけ離れた印象だったのだ。

小柄な女性だった。どちらかといえばたよりなさそうに見える。美智子を前にしても、てきぱきと話すという風でなく、むしろ困惑して、人見知りをするタイプではないかと思われたほどだ。社交的という印象はない。

これが鶴野の主人が言う、やり手講師だろうか。

しかし話し始めてすぐに、美智子は鶴野の言う意味を理解した。

相手にわかるように話すには、相手の知識量を把握して、相手の理解できる範囲で応えることが必要だ。彼女にはそれができた。情報の抽出、整理が早い。そして態度が崩れない。相手の目を見て、よく聞き、こちらの聞きたいことをよく捉え、率直に答える。

彼女は話しながら、相手の顔に浮かんだ戸惑いが、感情的なものか、理解ができないからなのかを判断した。理解度の問題なら言葉を変えてきた。しかしそれが感情的なものなら、――すなわち同意できないという類《たぐい》の困惑なら、説得するということはしなかった。そのまま話を進めてしまう。その見分けは、的確で早かった。それは知性というよりむしろ動物的な嗅覚《きゅうかく》を思わせた。あるいはコンピューターに入力している感じかもしれない。

それにしても説得されないというのは、不思議な感覚だった。こちらの同意を求めないということであり、説教しないということである。心地よくもあるが、置いていかれた感じもする。しかし、表情にはあどけなさがあり、口調にはちょっと色気があるものだから、不快に感じる刺《とげ》や毒を感じない。

すっきりとした呑《の》み口の飲料水のようだ。

そういえば、やっぱりあの運転に感じたのと同じ感触だ。

話が終わると、雪枝は再び少女のように笑った。

「ライターなんて恰好いいお仕事ですよね。どんな人が来るんだろうって思いましたよ」

逢坂雪枝は昼間は暇だから、なにかあればお手伝いしますと申し出た。珍しそうなお仕事だからと真顔で言われた時には面食らったが、それでも彼女の「いつでもご遠慮なく」は有り難かった。

彼女は詮索しないし、大体のことは聞きとがめなかった。彼女は五時まで協力し、あとは仕事に行く。

清水が藤崎病院の看板を見上げていた九月六日午後三時、美智子は十五年前の少年たちの行状を調べるべく、逢坂雪枝の車で神戸東警察署の少年課に向かっていた。

「不思議なのは、なぜ金岡正勝が鍼灸師になろうと考え、遠い土地の全寮制の学校を選び、そしてそれから全く地元に帰ってこないのかということなんです。少し調べたんですが、当時特進クラスに入って大学進学をしなかった生徒は本当にわずかなんです。その年にはアメリカの大学に語学学習のため私費留学した生徒が一人いました。それにしてもその金岡正勝の選択が妙に心に残るんです」

雪枝は言った。

「人の心の内なんてわからないものですよ。あなたはそれを調べに来たのだからいいんでしょうが、大体人の心の中なんて、理解する必要があるんでしょうか」

雪枝はギアを器用に操りながら、信号前で右折する車を避けて、慣れた手つきで左にウインカーを出す。「わたしは、人は最低限自分の幸せに責任を持って生きていけばそれでいいんだと思うんですけど」

美智子は時々、雪枝の言うことがわからなくなる。前後の関係が見えなくなるのだ。俗に言う、「文脈がわからない」というやつだ。

「不幸になるのは自分のせいだという言葉、聞いたことありません？」

向こうに東警察署の大きな建物が見えてきた。

「だれの言葉かは知りません。だから聞いたのかも覚えていません。でもあたし、その言葉が好きなんです。不幸な人って、必ずその原因を他にもっていくでしょ。他人であったり、生い立ちだったり、環境だったり。自分の力ではどうしようもないことだったんだと言いたがる。でも問題は環境やめぐり合わせではないと思います。結局悲劇のヒロインになりたい人間は、知らぬ間にそうなるような選択をしているだけなんですよ。案外多いと思いますよ、薄幸な自分に憧れる人間って。もしくはシンデレラになるほどの器量もないのにシンデレラを夢みている人間。そういう人間って、その前段階として、自分を不幸にしてみたいんです。自分の不幸に酔っている。そういう不幸物語は嫌いです」

美智子の脳裏に瞬間、金岡正勝の家の閉じられた玄関が浮かんだ。原田の妻の、十カ月の娘を抱えた姿が浮かんだ。「でも」と美智子は口ごもった。「まるで青天の霹靂《へきれき》のように人を襲う不幸もあるでしょ」

雪枝は言った。

「いつでも青天だと思っているほうが、どうかしているんじゃありません？」

いきなり加速して消えゆく高速車を見るようなものだ。美智子の戸惑いなど振り切っていく。よくわからないが取り残された。そう思った時、雪枝は美智子の困惑に気付いたのか、説明を加えた。

「最近、不幸話をしたがる友達が多くて」そして困ったように笑った。

「なんでもが人のせいですから。それで結構、自分の不幸に酔ってたりするんですよね。でも不幸になった言い訳を背中に書いて歩くわけにはいかない。不幸になってもだれも褒めてはくれない。言い訳しないで生きていかなくちゃね。そんなこと考えてたら、とてもじゃないけど人の心の中までは手が回らないよな――なんて、ちょっと思ってしまったんです」

美智子は関係式が解けて、得心した。雪枝は苦笑した。

「実はあたしの古い友人がノイローゼ気味なんです。電話をかけてきては、トラウマだの、心の傷だのと言い始めるんです。もう付き合いきれなくて。それでちょっと過敏になっていて」

確かにトラウマという言葉が出ると、あたしもと名乗りを上げる。ネグレクトという言葉が流れれば、新しいサンドイッチの具のように、その言葉が横行するようになる。美智子もそれには辟易《へきえき》する。しかし雪枝ほど明確に断罪してみたことはない。不幸は、その不幸を受けたことのある人間にしかわからないのではないかと思うからだ。目の前の大きな交差点の向かい側右手に東警察署の看板が見えてきた。その手前から車が混雑している。雪枝はウインカーを点滅させると、ゆっくりと右折車線に入った。信号一回分は渋滞待ちするだろう。横断歩道を人が渡り始める。それを見ながら雪枝は言った。

「その友人は自分が悪いのはわかっているけど、自分をそうしたのは母親だ。なんてことを、電話のたびに繰り返すんです。でも、だれだってなにかを抱えて生きている。それが大きい人もいれば小さい人もいて、正確にいえば、同じ問題でも大きく認識する人もいれば小さく認識する人もいる。取り出して比べることはできないでしょ。その全てを要素として、その人が形成されるわけです。だからその不幸な部分だけを取り出して否定しても仕方がない。人間は所詮生き物ですから。失敗や不幸に足を取られていては生きていけないはずなんです。ただ貪欲《どんよく》に、生きることを考えるべきだとわたしは思うんです」

まるで小さな哲学者のようだ。この強さの根源にあるものはなんなのだろう。

「信号無視の車に跳ねられて半身不随になったという人は、全く自分に責任はない。でもそんな人も、ちゃんと相手に罪をつぐなってもらって、不運であると心の整理をつけて、あとはその先の自分の人生を建て直そうと努力するでしょ。それは不幸になっちゃいけないって、多分そう言い聞かせて生きているんです。そういう人は不幸話を語らないと、あたしは思うんです」

彼女の強さは不幸を知らない者の驕《おご》りかもしれない。現実はそう簡単にはいかない。そう思いながらも、不思議なことに、その明快な視線が、圧迫でなく救いのような気がしてくるのだ。彼女の強い、斟酌《しんしゃく》のない言葉が、足元を照らしつけ、意識の中に入りこんだ切れ切れの迷いを浮かび上がらせてくれるような気がする。

雪枝はフロントガラスの方へ身を乗り出して、駐車場、どこかなぁとつぶやいている。

「ねぇ、駐車場のない警察署って、ないですよね」

逢坂雪枝は色が白く、描いたようなくっきりとした目鼻だちをしている。すべるような髪が印象的だった。顎《あご》の線はシャープなのに、笑うとあどけない。見ていると、こういう女性の青春ってどんなだったんだろうと思うのだ。しかし、口紅の一本もなく、ただひたすら男と肩を並べて走った自分の日々に、後悔のしようもない。なぜなら自分が綺麗《きれい》に装ったところで、みっともないだけだったから。

神様は決して公平ではない。自分は自分を最大限に生かすために、あの青春を選んだのだ。後悔できるほど恵まれてはいない。

それより美智子が今、面白いと思うのは、恵まれた逢坂雪枝が人間のあるべき強さを語り、むしろ彼女の言うように生きてきた自分が、彼女の言葉に戸惑っているという現実だった。

「その――」と突然雪枝は言葉を継いだ。

「もう一人のアメリカに留学した子って、どうなったんですか？」

美智子は、なんのことだか、思考をその場所に戻すのにしばしの時間が必要だった。

「ええ。確か久谷って子なんですけど……」

「いえ。語学留学のための私費留学とは贅沢《ぜいたく》だと思って」

「医者の息子らしいです。成績が下がってしまったので緊急避難したんじゃないでしようか」

「ありそうな話ですね」

美智子の携帯電話が鳴ったのはその時だった。

着信――『清水』。

美智子は通話ボタンを押した。清水の声は困惑気味だった。彼は渡辺警部が住吉区内の精神科を訪れたことを伝えた。

「精神科――」

「姓名はまだ洩《も》れてきません。でもその被疑者、精神科にかかっていたということやと思います。昨日あたりから、手分けして病院巡りをしていたんですよ。様子から見て、どうもここの、藤崎病院の精神科が本命やったんとちがうかと思います」そして困惑気味に続けた。「もう特定したんでしょうかね」

「精神科にかかっている患者だとすれば、かなり条件的に整っていると思います。藤崎病院って、個人医院じゃありませんよね」

清水は答えた。「総合病院です」

だとすれば、精神科の医者は雇われ医者だ。いくつかの病院を掛け持ちしている可能性はある。美智子は清水に言った。

「それなら、どこか、すでに張り込んでいるかもしれない。割り出せませんか」

清水はぼんやりとした。なにを張り込んでいるのか。美智子の思考に半歩遅れる。

美智子は畳みかけた。

「被疑者です。特定している被疑者。被疑者宅を捜査員が張り込むはずなんです」

「――大阪ですから」

大阪だから、ホームグラウンドではない。その上身は一つ、足は二本だ。清水は、自分の口から飛び出した言葉がいかに間抜けに聞こえるかに赤面する余裕もなかった。

「渡辺警部がその病院にいたのは、何曜日の何時から何時までですか」

「今です。今日、水曜日、二時から三時です」

時計が三時二十分を指していた。

「その病院の電話番号、すぐ出ますか」

清水はあわてて手帳を開いた。電話番号を書き込んでいたのは偶然だった。

その電話番号を告げると、美智子はわかりましたと短く答えて電話を切った。

雪枝は気づかわしそうに問うた。

「なにかありましたか？」

清水から聞いた藤崎病院の電話番号を押しながら、美智子は答えた。

「ええ。本命の氏名が割れそうなんです」

車は長い間待った交差点を抜けて、東警察署の前にきていた。しかし雪枝は駐車場には入らず、道の端に寄せて止めると、ハザードランプを点滅させた。

美智子の電話が繋《つな》がる。

「今日の精神科の担当の医師はどなたですか——。ちょっとご相談申し上げたいことがありまして、——はい。わかりました。ありがとうございました」

美智子のメモの中には名前が書き留められた。

「野田弘」

美智子はその名をじっと眺めて、再び携帯電話のボタンを押す。電話が繋がると、美智子の口調は簡潔だった。

「木部ですけど。ちょっと調べてほしいことがあるんです。大阪市内の藤崎病院に勤めている、野田弘《のだひろし》という精神科の医者なんですが、藤崎病院以外にどこに勤めているか、至急知らせてくれませんか」

美智子は携帯の電話番号を告げて、すぐに電話を切った。雪枝は驚いたように美智子を見つめた。

「そんなこと、わかるんですか」

「医学関係の出版社なら、すぐに調べはつきます。五分で情報が出てきます」

「それでどうするんですか？　仮にそのお医者さんが特定できたとして、そのお医者さんが、刑事さんがたずねてきた患者について、取材に応じるとは思えないんですけど……。だって精神科って、特に守秘義務って厳しいんでしょ？」

美智子は申し訳なさそうに微笑んだ。

「そうあるべきですよね。でも実際には、医者には業界内の信用の方が大事なんです。記者に回りをうろうろされることの方が怖いんですよ。病院の事務局に呼び出されてなにごとかと事情を聞かれる事態だけは避けたいものなんですよ。こちらは患者の名前を聞きたいだけだと言うんです。警察が調べにきた患者の、名前を聞かせてほしいとだけ言う。病状となるとそう簡単にはいきません。でも刑事が質問した人物、話にのぼった患者の名前くらいなら、話してくれるまで日参しますと言えば、かなり倫理観のある医者でも明かしてくれます。相手が名前を言えば、そのまま住所も聞き出せるものなんです。もちろん、その医者からなにかを聞き出したということは絶対に言わないと約束してのことですが。実際私たちがどこから情報を得たかということは、大体の場合、絶対にわからない。医者にリスクはありません」

美智子の携帯の着信音が鳴った。美智子はメモを取りおえて電話を切ると、その手で三軒の病院に矢継ぎ早に電話をかけた。三軒目の電話で、美智子は野田医師の今日の午後の所在を摑んだようだった。以前叔母がお世話になっていまして、いま、どちらにお勤めかと思いまして。はい、五時ですね、――ありがとうございましたと言って電話を切った時、雪枝は美智子を見つめていた。

「やっぱりかっこいいものですね」

それから興奮気味に問うた。

「どうします？　警察署ですか？　それとも電車の駅ですか？　残念ながら、いまから大阪までは送れません。仕事に間に合わなくなっちゃいますから」

美智子はにこりともせずに頷いた。

「ええ。電車の駅に」

7

渡辺警部がその病院にいたのは、何曜日の何時から何時まででですか。――その病院の電話番号、すぐ出ますか。

清水は缶コーヒーを飲んだ。

考えれば、なんだか惨《みじ》めな気分に襲われる。置いてきぼりを食らったと感じるのに時間がかかった。むこうは東京のジャーナリスト、こっちは地方新聞の駆け出しの新聞記者。役者が違うのだ。小さな女の子が轢《ひ》き逃げされた事故の原稿を何枚か書いても、ほんの十行に削られる。

缶コーヒーの甘ったるさがなんだか気持ちを安らげてくれる。だれもいない公園の、だれも乗っていないブランコを眺めて、それでも清水は、気を取り直すことができなかった。

渡辺警部から電話がかかってきた時の心の高揚がいじましいのだ。垣間見《かいまみ》た、第一線の興奮が頭のどこかに痺《しび》れたように残っている。

新聞記者は流れる水を眺めているようなものだ。今、どんな水が流れているかを克明に、正しく報道することが要求される。その水をすくい取り、水質検査している暇はない。また、要求もされない。新聞にスクープを載せることができるのは政治部だけだ。事件、事故は警察発表が主体となり、事件の背景は、よっぽどのことがない限り継続取材を求められることはない。いつ、どこで、だれが、なにをしたか。そんなことは新聞社の独自性とはかかわりがない。そしてなぜという一言は、新聞紙面では必要とされないのだ。新聞の事件報道に「なぜ」はない。警察発表における「動機」

をもって「なぜ」となる。

清水は無力感を味わっていた。木部美智子に置いていかれた焦《あせ》りや怒りより、木部美智子に追走できないことをこれほどすんなり受け入れる、その自分の意地のなさが、惨めだった。貶《おとし》められても腹が立たないという、自尊心の欠落した自分に、限りなく無力感を覚えた。

我を張らないことがお前の取り柄。そんなもん、ただ御しやすいってことじゃないか。

清水の携帯電話が鳴ったのは、神戸に向かうタクシーの中だった。

「名前、わかりました」

清水は一瞬、なんのことだかわからなかった。美智子は全く感情をうかがわせない落ち着いた口調でしゃべっている。

「森本達子。住所は大阪市西区御陵町です。今日にも任意同行を求めると思います。今どこですか」

清水はあたりを見回して、一分ほど前の記憶をまさぐった。さっき芦屋出口を通過した。

「阪神高速を神戸方向に向かっています。芦屋のあたりです」

言葉が混乱した頭と切り離されているように、口をついて出た。耳に入った自分の声が平静なことが、これが自分の声かと疑うほど不思議だった。

「戻れますか」

車は目的地と逆の方向に進んでいる。次の下り口がどこだったか記憶にない。車のデジタル時計は5：15の数字を映し出していた。時と分の間の二つの点が静かに正確に点滅を続けている。

「戻ります。四十分、いや三十五分あれば」

美智子の声が聞こえる。

「大阪は不慣れです。わたしはタクシーで被疑者の家の前まで行きます。そこで落ち合えますか。住所は大阪市西区御陵町四丁目五の十三」

岡部の言葉が蘇《よみがえ》る。

——彼女もそれを心得て、そういう節度のある仲間うちにだけ、情報を流してくる。

スクープの地鳴りがそこに聞こえている。

「ちょっと待ってください、メモを——メモをとりますから」

電話を切ってから気がついた。メモを——メモをとりますから……

背筋が冷たくなる。取り残されると、闇雲《やみくも》に思う。木部美智子は今、どこにいるのだろう。

あのスクープの地鳴りは、地方紙の一介の駆け出し記者である自分などには目もくれず、その気配だけを残して消えていくのではないだろうか。

瞬間、心の芯《しん》が、凍えた。

デジタル時計が、五時十九分から二十分へと数字を進める。

しかしその時不意に、無機的なその点滅が絶対的な公平さをもって自分をいざなっているように見えた。

この時計と同じ時を美智子の時計も刻んでいる。自分の一秒は美智子にも違わず一秒なのだ。同じ一秒にしがみつくのだ。

清水は運転手に声をあげた。

「大阪に戻ってください、急いで！」

御陵町はかつては問屋街だった。その名残で町の中央に長い商店街がある。野田医師から聞いた、森本達子の家は、その商店街の入口から車でほんの数秒のところにあった。歩いて一分というところだろう。美智子が達子の家の前に到着したのは午後五時四十分になろうとするときだった。

達子の家は比較的繁華な通りに面していた。小企業が密集している、小ぶりのオフィス街という様子だ。その中でその家は、鉄筋仕上げの三階建てで、個人宅とも商業用ともつかぬ建物だった。森本達子の家が経営しているのだろう、一階は喫茶、軽食店になっている。裏手に高速道路が見える。運転手に聞けば、阪神高速道路に直結しているという。美智子は、清水が一足先についているだろうと当たりをつけた。

タクシーを徐行させながら森本達子の家を確認すると、そのまま美智子は森本達子の家の前を行き過ごさせた。野田医師の反応から推測すれば、警察が彼女をマークしたのは確かだ。捜査妨害になりかねない。家の前に乗り付けるのはひかえた。

ゆっくり走る車の窓から、森本達子の家の斜め向かい側の電柱の陰に男が二人立っているのが見えた。彼らは通りすぎる美智子のタクシーをじっと目で追った。道を挟んだ森本達子の家の側、ポストの横にも、男が一人立っていた。

美智子のタクシーはポストを通りすぎ、森本達子の家の三軒分ほど先で止まった。下りた所に文具店があった。美智子は店に入ると、ボールペンを買った。そしてついでを装って、森本達子の家について聞き込みをした。

森本家の長女、達子は三十半ばで、しばらく前までは家業の喫茶店を手伝っていたが、最近では顔を見ることもなくなったという。

「どこかに行かれていたんですか？」

美智子は代金を払いながらそれとなく聞いた。記者だとは明かさなかった。私服刑事たちの顔つきが、大事の前だと言っている。文具店の主人には、このあたりに住んでいる高校時代の友人を探しているという設定にした。

「さあ。入院してたって聞きましたけど。でも今は家に帰ってますよ」

詳細を聞きたかったが、ぐっと堪《こら》えて美智子は店を出た。

兵庫新聞の清水はもう着いているはずだが、お互いまだ面識はない。携帯を鳴らして呼び出してみるしかないだろう。運が良ければ任意同行を求める時、車に乗る彼女を一目見ることができるかもしれない。夏の日はまだ長い。この明るさならうまく撮影できるかもしれない。

美智子は森本家を見上げた。間口の狭い建物で、各階は二部屋が限度だろう。三階部分にベランダが張り出している。物干用にあとから付け足したものではないだろうか。そう思ったその時だった。そのベランダに女がふらりと出てきた。

達子だろうか。髪はセミロング。比較的背の高い女だ。三十半ばと聞いたが、それより若い気もする。美智子が女の姿を見て、考えたことはそれだけだった。

女は美智子が見ている前で屈《かが》んでなにかを引き寄せた。それに乗って体を起こした時、その上半身はすでに、体の半分ほどベランダから乗り出していた。それを見た瞬間、美智子の思考が途切れた。

あってはならないことが進行している。

戦慄《せんりつ》が走る。女の髪がばらりと前に垂れ落ちた。そのまま落下していく。黒い弾丸のようだった。そしてドスンと音がした。

美智子は走った。

女はうつ伏せの状態で、頭から血を流していた。三人の男が茫然《ぼうぜん》として回りを取り囲み、中の一人が道の向こうに向かって荒っぽくなにかを叫んでいた。

こめかみをアスファルトの道路にくっつけて、斜め横に向いた女の顔には髪が被《かぶ》さって、その髪の間から目が見えた。開いた、うつろな目だった。スカートがめくれ上がって、透けた小さなショーツが見えている。その首は、後頭部が肩甲骨《けんこうこつ》に接触するような形で折れていた。駆けつけた男たちが凍りついたように歩みを止める。取り囲んだ男の一人から「……あかん」というつぶやきが洩れた。その時道路に張りついた女の口から血が流れだした。

気配がして、美智子が顔を上げた時、男たちが一階の喫茶店の入口から飛び込んでいくのが見えた。美智子はカバンからデジタルカメラを摑《つか》み出す。レンズを路上の死体に向け、二回、シャッターボタンを押した。それから家に入ろうとする捜査員を追いかけて入口へと走り出した。捜査員は美智子を遮ろうとはしたが、美智子は構わず飛び込み、先頭を行く捜査員のすぐあとから階段を駆け上がった。

細い階段だった。三階まで駆け上がると、突然前の男が立ち止まった。すぐ後ろから走り込んだ美智子はその男の肩に突き当たり、眼鏡がずれた。男の肩ごしに部屋が見えた。

六畳ほどの部屋にベッドが一つ。中央には小さな座卓があり、その上には電話の子機が載っている。乱雑な印象だった。ベランダに通じる窓が開いている。美智子は歪《ゆが》んだ眼鏡を顔にのせたまま、室内に向けてシャッターを二回、切った。夢中だった。卓上になにか載っている。白い封筒のようなもの——それに向かってシャッターを切ったとき、美智子は背後から大きな手で襟首を摑まれ、後ろへ放り投げられた。

「だれじゃあ、どかんかい！」

階段から落ちるかと思ったが、捜査員は階段に向けてではなく、壁に向けて投げたので、落ちることはなかった。ただ、背中を壁にしたたか打ちつけて、一瞬息が止まった。その目の前を、狭い階段を押し合うようにして下から駆け上がってきた捜査員たちが通過していく。身動きの取れぬまま、美智子はあわてて足を引いた。そこではじめて靴を履いたままだったことに気がついた。その靴の先を、捜査員たちの白い靴下が駆けていく。彼らは壁に張りついた美智子などには目もくれない。階下から母親らしい女の、悲鳴に似た叫びが聞こえた。警察ですという声と、女の叫び声。達子、達子と二回呼ぶ声がした。壁の端に座り込んだまま、美智子はカメラを握りしめた。

——現場写真を撮った。

美智子が追い立てられて一階へ下りると、現場にはもう、黄色いテープが張りめぐらされていた。美智子は捜査員に、すぐにテープの外へ出るように言われた。追い立てられながら、美智子は彼女が立っていたベランダを見上げた。真上に、夕焼けの空を遮るように、女の飛び下りたベランダの裏側が見えた。

美智子は清水を探した。前方で男が懸命に携帯電話をかけている。年は二十代なかば、中肉中背、首が太くて、髪はぼさぼさだった。大きなショルダーバッグを肩から下げて、鞄《かばん》のはばの広いベルトが肩に食い込んでいる。男はそれをものともせずに電話で話している。おおよそスマートではない。しかし筋力を感じさせる。美智子はその男を見つめ続けた。男は突然美智子の視線に気付いたのか、顔を上げた。そして電話を切って駆け寄った。

「木部美智子さんですね」

五時五十八分の出来事だったと清水は言った。

「ぼくが着いた時には、もう私服刑事が来てました。かなり神経質になってたと思います。まだ被疑者とは接触してなかったと思うんですけど」清水はまだ興奮を抑えられないというようにそう、一気に言った。

「ほんの十分前に来たんです。道を挟んだ家の向こう側に立って様子を見ていたら、いきなり目の前を上から下に黒いものが通り過ぎて、ドスンと音がして。落ちたのは首からでした。折れる瞬間を、見たような気がする」

彼はまだ真っ青だった。彼の背後で青いビニールシートが現場に張りめぐらされていく。事件発生後、まだ三十分と経《た》っていなかったが、どこから聞きつけたのか、新聞社、テレビの車が乱暴に乗り付け始めていた。彼らがやっきになって中をのぞこうとする。現場は刻々と、混乱の度合いを深めていた。テレビカメラが美智子の肩を突いて、美智子は転びそうになった。転びかけた美智子を助けようと身をかがめた清水に、美智子はカメラから取り出したメモリーカードを突き出した。

「会社に戻ってすぐにデータを確認してください、事件直後の現場と森本達子の部屋の写真です」

清水は一瞬驚愕《きょうがく》の表情を浮かべた。そしてものも言わずにそれをもぎ取ると、一目散に駆け出した。

手が震えていた。その手で美智子は携帯電話を取り出した。

呼びだし音が鳴って、真鍋の眠たげな声がした。

「はい、『フロンティア』の真鍋です」

美智子は名乗るのも忘れて言った。

「被疑者が三階自室から飛び下り自殺しました。たった今、正確には五時五十八分だったと思われます」

死体には毛布が掛けられ、十分後には警察が円形にそれを取り囲んで人を近づけさせなかった。救急車が来たのはその数分後、商店街の通りは通行止めになった。青いビニールシートが張りめぐらされ、昼間のように明るいライトが焚《た》かれた。

森本達子の家の中から、時折、女の金切り声が響きわたっていた。

第三章　容疑者

1

氏名、森本達子。年齢、三十六歳、未婚。精神科に通院しており、入院歴あり。

美智子の撮った数枚の室内写真は七時にはメールで「週刊フロンティア」に送られ、編集部で解析が試みられた。

部屋は片づいていなかった。壁には洋服をつるためのフックが五つほど並んでついていたが、どれも限度一杯まで衣服がつり下げられて、フックはその重みで壁からもぎ取れそうになっている。ベッドの上にも数枚のTシャツやジーンズが放り出されている。ベッドの端には三分の一ほど中身の残った安いウイスキーが一本確認できる。

ラベルから判断すると一番低価格なものだ。化粧台として使っていたと思われる鏡を置いた台の上に化粧品が並べられていたが、化粧水や乳液のびんの蓋《ふた》は開いたままだった。一瞥《いちべつ》して口紅の数が多い。ざっと数えただけで二十本確認できた。細部を拡大すると、決まった銘柄の煙草《たばこ》の箱が、タンスの上や、化粧台の上、ベッドの足元など、いろいろなところから見つけられた。どれも開封して、何本か吸ったあとのものだった。カーペットの上には煙草の焼け焦《こ》げと思われる黒いあとが、ざっと数えただけで五カ所。ベッドシーツは長い間替えていないのか、くたびれて、よじれていた。そのベッドの下には、乱雑に積んだ女性誌、コミック誌が写っており、その中の一つを見て、「このレディスコミック、男でも赤面するってやつですよ」と編集部の一人が言った。

ベッドの横、四畳半ほどの空間の真ん中に縦四十、横六十センチほどの小さな座卓がある。煙草の吸殻の入った灰皿が、その座卓の下にあった。灰皿には吸殻が二十本ほど突っ込んである。その吸い口には赤い口紅がついたものも多く見られた。座卓の端に電話の子機が置いてあり、中央には白い封筒が載っていた。漢字二文字が読み取れた。写真部の一人は、下の字を「書」であると解読した。中川は上の文字が「遺」であるに違いないと言い張ったが、断定はできない。七時三十分だった。

美智子は電話で報告した。

「通院はアルコール依存症です。彼女のアルコール依存はかなり根が深かったようです。近所の話では、通院しはじめたのは五、六年前。入院は家族の意志だったということです」

真鍋は聞いた。「卓上にある白いもの、遺書と断定していいのか」

美智子は言った。「わかりません。写真を撮るだけで精一杯だったんです。卓上に白いものがあると、ただそう思っただけで」

「警察発表はないんだね」

「九時と聞いています。はっきりしたことはわかりません。現場は情報が錯綜《さくそう》していて、大変なんです」

真鍋がため息まじりにつぶやく。「そりゃ、自殺されりゃあな」

美智子は、苛立《いらだ》ちをあらわにして取り乱した一時間半前の真鍋を思い出す。彼は自殺の一報を美智子から聞いて、逮捕状が取られていたかどうかを一番に聞いた。逮捕状が取られていなければ実名報道ができない。しかし状況からみて警察が逮捕状を取っていたとは思えなかった。どちらにしても警察の捜査は今後事後処理として続行し、森本達子がホンボシとなれば被疑者死亡で打ち切りになる。美智子が、状況からみてまだ参考人の段階だったと思うと言った時、真鍋は大声をあげた。

「これだけの事件で、事件の背景も動機もわからないまま打ち切りなんてことは、通らんだろう。いいか、永遠の被疑者なら、報道する意義がなくなるんだよ。犯人だかどうだかわからん人間のことをごちゃごちゃ書くわけにはいかんだろう、そして報道されなければ事件はなかったことになっちまう」

そして彼はほとんど恫喝《どうかつ》するような低い声で言ったのだ。

「犯人で間違いなきゃ、名前、出すぞ」

しかしその時、その混乱は真鍋に限ったことではなかった。通常実名報道は逮捕状が交付されてからになる。容疑者が逮捕状交付前に死亡した場合には、警察が容疑を固めたのち、被疑者死亡のまま送検、実名報道はその送検を受けてなされることになる。しかしその場合は動機も背景もわからずじまいになることが多く、自然、報道側は憶測、推測で事件の余白を埋めなければならなくなる。そうなると世間は、いかに犯罪者であれ死亡して反論できない容疑者のことを書き立てることに不快感をもつものだ。結局報道は尻《しり》すぼみとなる。今回は、その逮捕状さえ出ていなかった。加えて容疑者が精神科に通院していたというのは、報道には極めて大きな障害だった。通常、精神障害者は実名報道の対象外となる。未成年者と同様、責任能力に問題があると見なされるのだ。強引に押せば人権保護団体から抗議がくる、訴訟が起きる。また警察捜査においても、被疑者死亡だと緊迫感がなくなるのも、事実だった。犯人には再犯の可能性はないし、第一もう逃げも隠れもしないのだから。

各社、あわてふためいていた。皆、それぞれに取材の成果をためていた。ここで出口を失うわけにはいかなくなっていた。雑誌の記者連中は捜査陣に、この先の方針についてどうするのかと詰め寄った。ここまでの経緯を聞かせろと突き上げた。

――精神科に通っていたことがわかっていたのなら、それなりの対応があっただろうに、なぜ自殺なんて事態を引き起こしたのか。

真鍋は今、電話の向こうで実に落ち着いている。そんなわけはないだろうというほどに。すなわち彼の落ち着きも、ある程度スタイルだということだ。この分析は、美智子にはひそかな快感だった。ただ、実際には彼を弁護する事情もある。

清水は美智子の撮った写真を持ってスナック「みさと」を訪れた。そして路上に倒れて首の骨の折れた森本達子の写真を美佐江に見せた。

美佐江はまばたきもせずにそれを見つめ、森下ゆかりであると答えたのだ。

真鍋はそれを聞き、やっと落ち着きを取り戻したのだ。

「追い詰められて自殺したんなら十分正常な神経ですよ」

「そのことなんですが」と美智子は言葉を濁した。美智子がそこでちょっと言葉を切ったものだから、真鍋は後追いした。

「なに」

美智子はそれに促されて口を開いた。

「あの時、どう考えても、森本達子が自分に警察の手が伸びていると知っていたはずがないと思うんです。警察が森本達子の主治医の野田医師にたどり着いたのは、当日、水曜日のことです。水曜の午後二時に野田医師の勤めている藤崎病院に刑事が行って、三時に出ています。私が野田医師に会って、名前を聞き出したのが五時過ぎです。警察はかなり慎重に動いていました。家のまわりで聞き込みをしていた気配もありません」

「警察は全然接触していなかったのか」

美智子は答えて言った。

「一説によると、担当の野田精神科医に、森本達子の病歴、正確には、任意同行を求めた時、突発的になにか仕出かす可能性があるのかどうかを確認していたという話もあります。事実関係はわかりませんが、とにかく、捜査員たちは現場を遠巻きにして指示待ち状態だったようです」

真鍋は怪訝《けげん》な声を出す。「じゃ、なぜ飛び下りるのよ」

警察は、事件直後現場に記者が居合わせて、現場写真を撮って逃げたという報告を受け、兵庫新聞社の岡部デスクには翌日大阪府警広報部から事実確認の電話が入った。岡部は、その写真は「週刊フロンティア」の記者が撮ったもので、そこに自社記者が一人いたことは認めたが、写真はこちらが所有するものではないと返答した。

「新聞屋が雑誌記者とつるむんか」と電話の中で皮肉られたが、岡部は取材協力だとつっぱねた。

大阪府警は、真鍋のもとに写真の存在を確認する電話を入れた。彼はその電話に対して、うちの記者が現場に居合わせたことは独自の取材によるものであり、なんら問題はないと返答した。

「大体、森本達子の存在を警察に示唆《しさ》したのはうちの記者ですよ」

大阪府警担当者は兵庫新聞に対するより紳士的だった。

「その写真、出したら人権侵害ですよ。わかってるでしょうね。現段階では捜査段階で自殺者が発生した、もしくは、捜査が個人の自殺騒ぎによって攪乱《かくらん》されたという、ただそれだけのことですから」

「それはそれは。まるで、聞き込みに行った隣の家で偶然自殺者を発見したような言い方ですね。恐縮ですが、森本達子特定の経緯をうちが摑《つか》んでいるということをお忘れなく」

担当者は言葉に刺《とげ》を含んだ。「まだ容疑を固めたわけではない」

真鍋は冷ややかに答えた。「匿名《とくめい》で報道はできますよ。それこそ捜査段階で発生した自殺者って図でね」

社の役員から呼び出しを受けて、真鍋は同じことを繰り返した。容疑者はただのアルコール依存症患者だ。連続殺人という社会問題性の高い事件において、自殺した容疑者の人権の保護より、事件の背景と、その動機をはっきりさせることのほうが重要だと判断すべきであると主張した。

そしてこうも付け加えた。

訴訟騒ぎになる確率は極めて低いですよ。なんたって相手は死んでますから。

役員はその意向を了解した。そのうえで、もし掲載するなら、時期についてはもう少し考慮してくれと言った。

できれば犯人だと警察が断定するまで。

真鍋は部屋を出ながら心のうちでつぶやいた。

――それくらいのことはこちとら先刻ご承知です。警察が下手な喧嘩《けんか》の売り方をしやがるから、買ってやったまでのことじゃないか。

フロンティア編集部では中川が緊張した面持ちで待っていた。真鍋は言ってやった。

「警察は雑誌社に現場写真を撮られたという失態を隠したいだけなんだよ。ただでさえ被疑者を自殺させて大失態だというのに、そのうえ週刊誌から先に事実が洩《も》れると恰好《かっこう》がつかない。ここであの部屋の写真を出しても、被疑者は死亡しているんだから、捜査妨害にはなりませんよ」

「でももし勇み足だったら——」

真鍋は即座に否定した。「金岡鍼灸院《しんきゅういん》には切り取られた男性性器が送られてきていたと事務員は取材に答えている。そして森下ゆかりと森本達子は同一の人間であると、スナックのママが証言している。鍼灸院への宅配便の控えの名は森本達子。その筆跡と、スナックに残っていた森下ゆかりの筆跡が酷似していたというのは、兵庫新聞の記者が確認している。はやい話が森本達子が金岡正勝のところにだれかのいちもつを送ったってことだ。どうひいき目にみても、死んだ森本達子が事件にかかわりがないということはあり得ないんだよ」

中川は恐る恐るたずねた。

「載せるんですか」

真鍋はほっとため息を洩らす。

「ガキの喧嘩じゃありません。大人はね、状況判断てもんを、するのよ」

そして中川の顔を見て、にっと笑った。

「警察は午後にも公式発表するよ、見ててごらん」

夕方、報道機関に対して大阪府警の発表が行われた。

容疑者は女性、三十六歳、無職。大阪市西区在住。アルコール依存症にて通院中、入院歴あり。なお、警察が事情聴取の目的で自宅を訪問直前、三階自室のベランダより投身自殺を図った。頸部《けいぶ》骨折により即死。事件との関連は引き続き捜査中。

フラッシュが光った。警察に落ち度はなかったかと質問が飛んだ。捜査本部長をはじめとして捜査関係者四人が席を並べている。その一人が「特になんの問題もなかったと了解しております」と答えた。その語尾に重なるように、自殺当時の状況を詳しく教えてくれという声が飛んだ。担当者は同じく顔色を変えない。

「『フラリと出てきて、あれが容疑者かなと思う間もなく、飛び下りた。一瞬のことだった』と報告を受けております」

あらかじめ質疑応答を用意しているようだった。捜査の進展については、今のところ詳細はお答えできないと繰り返す。自殺した森本達子は猟奇殺人の容疑者だ。性的なことに強い興味を持ち、かかる読み物や鑑賞物を部屋に溜めこんでいたことは、各報道局ともつかんでいる。室内から、事件にかかわるものは出てきたのかと一人が聞いた時には、報道陣は皆、切り取られた被害者の性器、もしくは凶器の類《たぐい》を想定した質問だろうと耳をすませたが、担当者は紙面に視線を落とすと、「室内からはＤＶＤが二十三枚、他、漫画本等、押収《おうしゅう》いたしました。変わったところでは」と、そこで顔を上げた。

「口紅が三十五本」

記者たちはそれぞれが意味を取りかねた。この広報担当官は記者を愚弄《ぐろう》しているのか、バカなのか。それともそれはそれなりに意味があり、この中で困惑しているのは自分だけなのか。

記者の一人が、頼りなげに問うた。「それは犯行にどのような関係があるのですか」

「関係については順次捜査してまいります」

煙に巻かれそうな具合だった。捜査員は終了を告げて席を立とうと、腰を上げた。出口に近い捜査員は、出口に向かって一歩踏み出している。清水は声をあげた。

「遺書があったと思うんですが、その内容は」

彼は自分の声が間の悪いタイミングで会場に響くのを聞いた。どうせ俺は何事もスマートにはいかないんだ。かまうものか。清水は腹をくくると、もう一度声をあげた。

「遺書の内容を教えてください」

座は静まり返っていた。居心地の悪い沈黙。

しかしその時、「口紅三十五本」の広報担当官が自分をにらみつけていることに清水は気がついた。自分の質問が急所を撃ったのだ。清水は体がぽっと熱くなるのを覚えた。力を得て、彼はもう一度、言った。

「机の上に置いてあったと聞いています。事件に触れているかどうかだけでも、教えてください」

間の悪い沈黙が緊張に変わっていた。記者の視線が広報担当官に向けられた。中央の二人が耳元で何かを囁《ささや》きあうのが見えた。そして一人がコホンと小さく咳払《せきばら》いをすると、「口紅三十五本」の広報担当官が取材陣に視線を上げた。

「捜査中であり、詳しいことは申し上げられませんが、事件への関与を匂《にお》わせる内容があったのは事実でございます」

瞬間、各社のカメラのフラッシュが飛んだ。その光りのなかで「口紅三十五本」広報担当官の視線の端が清水をにらんでいた。そのまま、多くの質問を振り切って四人の担当官は部屋を出る。

事件への関与とはなんですか――なんですか。

付きまとう取材陣の声が廊下の外に出ていった。

清水は部屋に残り、興奮した頭でぼんやりと考えていた。

口紅三十五本――あれはなにを意味するのか。車をしょっちゅう乗り換える男は女もしょっちゅう乗り換えるという。では口紅の数の多い女は性的欲求が強いという暗黙のメッセージだろうか。

――そんなのあるのか？

清水は彼なりに「報道人の本分」を全うしようとしただけだった。彼はただ、口紅の数より遺書の内容が知りたかっただけなのだ。しかし清水の指摘により発覚した遺書の存在、また、警察がそれに触れようとしなかったという事実は報道関係者を刺激した。公式発表には載せられないなにかがある。

それは彼らの興味を煽《あお》った。それぞれがそれぞれのルートをフルに回転させて、興味を埋めようとした。

精神不安定――現場からアダルトＤＶＤは多く発見されたが、スプラッタ映画があったとは聞いてはいない。しかし記者会見当日、一部テレビなどはそのようなものまであったとほのめかす報道をすでに始めた。そのような雑多な情報で間を持たせながら、各社遺書の内容を手に入れようと躍起になっていた。

美智子はテレビ画面を見ながら、その不穏な空気を読み取った。

性の暴力に対する女性の報復――引きこもりの末の凶行。

これは加速する。

一度フライングのあった徒競走のようなものだ。なにかがちぐはぐで、皆が乗り遅れまいと力んでいる。

記者会見直後から、遺書の中で犯行を告白しているらしいという噂《うわさ》が耳打ちするように業界内を飛んだ。その噂は美智子のもとにもその夜のうちに二回、仲間のライターから電話で入ってきた。しかしそんな都合のよい遺書を残してくれていたというのは、願ってもない、言い換えれば、出来過ぎな話だった。それが美智子の違和感につながった。

現実に美智子にその遺書の内容が伝わってきたのは、翌日の朝十時。それは東京の、真鍋の情報網から入ってきた。

「強姦《ごうかん》されたので復讐《ふくしゅう》をしたという内容。たったの三行の、全く簡単なものだったらしい。自筆だそうだ」

相手の名前も書かれていないし、強姦された状況はおろか、日付もわからないものだったという。

「相手の人数もないんですね」

「ない。……らしい」

性的犯罪の報復というのは当初から予測された筋書きだった。そして自殺の原因が暴行を受けたことにあるのなら、それを遺書に書き残すというのはもっともではある。しかしそれにしてもそんな簡単な遺書では抗議の自殺にもならない。美智子は首をかしげた。真鍋の声も妙に気乗りしない。

「もう一つあるんだよ。正確な情報として。彼女、飛び下りた時、泥酔《でいすい》状態にあったらしい。かなり飲んでいたってこと」

彼はその、気乗りしない声で続けた。泥酔の状態で書いたものだから、遺書が満足のいくものでなかったとしても、まあ、そんなものかなということもある。そう考えれば、覚悟の自殺というより、かなり突発的なものだったかもしれない、と。

その遺書の内容は時を移さずに各社に流れていた。

死者が犯行を認めた。それは情報の噴き出す合図となった。

「警察が任意の事情聴取に向かった先で自殺を遂げた女性の部屋には、『自分は男たちに乱暴された。それで復讐をした』と書かれた遺書が残っていた」

警察発表の翌日夜九時、ニュースの中で、あるテレビ局がそう報道した。女性アナウンサーは続けた。

「自殺したのは大阪府在住の三十六歳の女性で、被害者、横山明さんの行きつけのスナックで偽名を使ってアルバイトをしていましたが、事件の三日前、突然店をやめているということです。女性はアルコール依存症の治療のため通院中であり、室内からはＤＶＤが二十三枚、そのうち無修整のアダルトＤＶＤが十五枚発見されました。警察は死亡後も容疑者として最重点捜査を続けているということです」

解説委員はそれに続けた。

「御存じのように今回は大変に残虐《ざんぎゃく》な事件で、被害者は両名とも体の一部を切り取られていたということなんですが、警察は公式には発表していませんが、第二の被害者である金岡さんの仕事場に、第一被害者の、切り取られた体の一部らしきものが、事件発覚の翌日に送りつけられていたという情報があります。警察はその宅配業者を特定し、確認したところ、送り状の筆跡と、その自殺した女性の筆跡が一致しました。その時点で警察は事情聴取に向かったということですが、警察の取り囲む中、その女性は自室三階から飛び下り、即死したということです」

その時間の話はそれだけだった。しかしその直後から、報道部の電話は鳴り始めた。一台目が鳴り、二台目が鳴る。伝染するように卓上の電話はそれぞれに甲高い音を出し始めた。

男性性器を切り取って送りつけていたというのは本当か。

被害者が容疑者をレイプして、その復讐のために殺されたというのは、公式な見解か。

事件の背景についての安易な憶測は、被害者の人権を損なうということを承知のうえでの報道か。

報道部は対応に追われた。その日の夜、十一時のニュースで補足せざるを得なくなった報道部は、協議の結果、事件と容疑者を切り離した恰好で、改めて事件の詳細を報道することと決定した。

遅かれ早かれ出るんだよ。——それが担当プロデューサーのつぶやきだった。

他のテレビ、新聞各社は十一時のニュースを見て一斉に反応した。

容疑の確定していない人間の報道は差し控えるべきだという意見が大半を占めたが、一方で記者たちは互いの局や社の報道の内容を探るべく電話をかけ続けた。情報が一旦《いったん》流れ出した以上、警察発表を待っていては競争に負ける。

男性性器が切り取られ、次の被害者に殺人予告であるかの如《ごと》く送付されていたこと。そして死の直前に家族のもとに断末魔の電話があったこと。その二点も先を争って報道された。新聞各社は急遽《きゅうきょ》朝刊の記事を差し替えた。

翌日、新聞各社は「容疑者、自殺」と大きく見出しを掲げた。

その中で一社が、男性性器が被害者に意識がある状態で切り取られたことにまで踏み込んで記事にした。合わせて第二の被害者である金岡正勝の死因が溺死《できし》でなく、失血死であったことも改めて拾っていた。短い文面だったが、それは事件当時の状況を十分に了解させた。その報道が容疑者自殺と合わせて報道された時、新聞報道の良識に対して起こるはずであった人権軽視に対する批判は、事件への興味に飲み込まれた。その事実が報道人たちに、ある種の強迫観念を呼び起こした。情報の後追いは許されない。及び腰になっていては立ち遅れる。

そして真鍋が予言したとおり、実名が伏せられたまま、各社の報道合戦に火がついた。

それは事件の伏せられた部分をさらけ出すことから始まった。

そして時間を置かず、それは自殺した容疑者に対する興味に火をつけた。

精神不安定。アルコール依存症。入院歴あり。未婚。それだけで報道を終えるわけにはいかなくなっていた。

「特集を組め」と現場で声が飛んだ。「少年犯罪と同じ要領だ。ぼかしと変声を入ればなんでもありだ」

そして一方で報道各社は、警察による被疑者確定の一言を待ち続けた。

各社は、被害者の横山と金岡に関しては、八月十一日横山明殺害事件発生からほぼ一カ月を経て、たっぷりと取材映像をため込んでいる。その殺害の手口、残酷さも詳細に把握している。マスコミ人は報道したいという本能を持っている。しかし肝心の森本達子が逮捕状執行前の容疑者であったばかりに、「人権保護」の条項に阻《はば》まれて、事件の背景を明らかにすることができなかった。「その心境、放水を待つ満水のダムの如く」とあるデスクはつぶやいた。彼らは報道の限界のぎりぎりに踏み込みながら、警察からの「犯人と断定」という、報道の免罪符を待っていた。

そんな中で「週刊フロンティア」は静観の姿勢を保った。真鍋は森本達子の「死のダイブ」写真を、同社の写真誌に回した。それは飛躍的な売りあげに貢献した。駅の売店では瞬間的に売り切れた。が、真鍋はそれに動じる様子もない。

「いいんですよ。皆が右へ走る時、左に花火を上げれば目立つでしょ。大穴狙《ねら》いよ」

中川はふうんと言う。

「適当に流しとけ。似たようなことを、上品にな。事実関係だけですよ」

中川は不服そうに言った。「あの室内写真はどうするんですか」

真鍋はまた、眠たげな目に戻っていた。「使いますよ。ガッガッしなさんな」

中川は席に戻ると、ネットで検索を始めた。キーワードは「大阪ホテル殺人」。

事件に関する書き込みは事件発生直後から徐々に増え、容疑者自殺を受けて急増していた。真面目《まじめ》に感想を言うもの、面白半分に事件を分析してみるもの。その中に容疑者に当たりをつけた書き込みが出てくるようになった。自分が入院していた時の同室者の誰々だと思うという類の。そしてその人間について、いろいろ自分の所見を述べる。情報を知っているから、それを買ってくれというものもある。中川は、それを眺める。

森本達子の突然の自殺は、その動機において関係者になにかしらわだかまりを残していた。自分の受けた行為に対する抗議の自殺なら、便箋《びんせん》十枚にびっしりと書き込んだ遺書を残すものだ。酒を飲んでいたことを考慮してもなお、自殺の動機に筋立てを見いだせない。世をはかなんで自殺するには、彼女の殺人行為が残虐すぎた。あの時彼女になにが起きたのか。

精神科医師、佐竹《さたけ》の証言は、その疑問に一つの方向を与えた。

以前、森本達子の主治医であった佐竹は、警察の事情聴取に対してこう証言した。

森本達子はかつて農薬を飲んで自殺未遂を図ったことがある。

捜査本部はこの証言の裏付けを取り、当時運び込まれた病院医師にも事実関係を確認した。それによれば森本達子は昨年八月十五日午後六時三十六分、母親に連れられて病院にやってきた。カルテによると病院側は胃洗浄のうえ、帰宅させている。

自殺未遂常習者——

清水は美智子に電話報告をした。「森本達子というのは精神科を転々としていたみたいです。今の医者にかかってから八カ月なんですけど、その前の精神科の医者から証言を得たらしいです。以前にも農薬を飲んで騒ぎを起こしたって」

しかし真鍋は美智子からその情報を受けて、電話の向こうで小首を傾《かし》げた。

「今度の強姦事件より前ってこと？」

「農薬を飲んだのは一年ほど前だそうです。今回の事件の発端となった強姦事件そのものがいつのものなのかがはっきりしないんで、断定はできませんが、多分事件より前だと思います。理由は、母親が三階のベランダで園芸を始めたことが気にいらなかったということらしいんです。それで母親が園芸用に購入した農薬を飲んだ。警察はそれを受けて、アルコール依存症が高じて、自殺願望に取りつかれていたという見方をしはじめているようです。ただ母親は、その話を否定しているんです」

森本達子の母親はなにものも認めようとはしなかった。アルコール依存症という言葉も、受け付けなかった。自殺未遂をも否定した。彼女は警察を呪《のろ》い、マスコミの人間に毒づき、遺書については「あんなもん嘘《うそ》や！」と怒号をあげた。彼女は号泣した――あの子はそそのかされたんや。悪い友達がついとった。あの女にそそのかされたんや！

「母親によれば、引きこもりではない、喫茶店の手伝いをしていたというんです。精神科にかかっていた件については、不眠症気味だったから、安定剤や睡眠剤の処方を受けていただけだというんです。アルコールについては、二年ほど前から断酒していたといいますし。でもその母親の言い分はかなり現実とは違っているんです。野田医師は、アルコール依存症の患者として診療していますし、夜、近くのコンビニでカップ酒やビールを買っている森本達子の姿は、近所の人に目撃されています」

真鍋はううんと呻《うめ》いた。

「あの、森本達子の部屋にあったレディスコミックだけどね、部屋にあったものと同じものを今手配しているんだけど、それが半年も前のものなんだよ。彼女は横山明を殺す五カ月も前からそんなものに興味を持ち、ベッドの下に隠し持っていたということになる。アダルトＤＶＤにしても、レディスコミックにしても、たとえ突発的であれ、強姦されて自殺するにしてはなんだかちぐはぐなんだよねぇ」

「母親は、森本達子が夜家を空ける、すなわち外泊するなんてことはなかったと言っているんです。しかしスナック『みさと』にアルバイトに行っている間、彼女が家から通っていたということは物理的に無理なんです。彼女は深夜の二時ごろまで店にいたんですから。『みさと』のママや常連客は森本達子の写真を見て、彼女本人だと認めていますし。母親の証言というのは、信憑性《しんぴょうせい》が薄いと考えるしかありません」

真鍋は、明らかな事実関係で争ったってしかたがないと思うんだけどねぇとつぶやいた。「それじゃ、警察もまともに取り合うのをためらっちゃうよ」

それでも母親の話を頭から無視してかかるわけにはいかなかった。

「その母親の話、正確に取材できないかな」

大阪府警の内部情報は名城によってもたらされた。

名城は美智子の顔を見て、「ヒットだね」と笑った。

「写真を撮ったってのは、すごいじゃないか」

「運がよかったんです」

「だけでもないでしょ」

「名城さん、大阪府警にコネがあるって言ってましたよね」

名城は美智子の顔をじっと見つめて、やがて笑った。

「仕事人だねぇ、木部ちゃん」

森本達子の部屋から遺書が発見され、そこには犯行を告白する文章が書かれていた。それを受けて警察は、スナック「みさと」で森本達子と知り合った横山明が、高校時代の友人である金岡正勝と共謀して森本達子を強姦、その復讐として森本達子が二人の男性を殺害、その後、警察の手が及んだことを察知した森本達子が自殺したものと考え、森本達子と金岡正勝の接点を重点的に捜査している。ただ現時点では、金岡鍼《しん》灸院《きゅういん》のカルテを含め、携帯電話の発着信記録、住所録のいずれにも、該当する名は発見されていない。——それが、名城が大阪府警のルートから流してきた情報だった。

名城がもたらした大阪府警の推理は合理的だった。

森本達子はアルコール依存症のうえ、異性、特に性行為そのものにたいへんな興味を持っていた。部屋から発見された多くの無修整ＤＶＤとレディスコミックがそれを裏付けている。森本達子がアルバイト料欲しさにスナック「みさと」に働きに行ったわけでないのは、彼女が無報酬でもよいと言ったことから明らかだった。彼女ははじめから、酒と男を目当てにスナック「みさと」に入り込んだ可能性がある。

スナック「みさと」のママの証言にも、それを裏付けるものがある。「酒は底無し、本当に美味《うま》そうに飲む」――なにかしら物欲しそうな目つきであたりを眺め、はじめから横山明に目をつけ、彼の動きを目で追う風があった。

美智子の話に得心した清水が続けた。

「店の外で、横山明が森本達子を誘い出すというのは、全くありそうなことじゃないですか。森本達子もそれを待っていたんだろうから」

美智子は黙る。

清水はちょっと待つが、また話を続ける。

「まあ、なにかの話の行き違いとか、なんらかの理由で、金岡正勝と横山明との二人で及んだその行為が、結果的に森本達子の意に沿ったものではなかった、それで森本達子が怒り狂った。彼女は性的なことに興味があった。そのうえ彼女は精神的に不安定でしたからね、一般的な尺度では計れないでしょう。医者がいうにも、感情の起伏が激しかったそうですから。しかし二人が、そこまで彼女を怒らすほどの悪さをしたとの認識を持っていなかったんじゃないでしょうか」

美智子はやっぱり黙って考え込んでいる。清水は、なにを考えているのかわからない上司の前で、状況報告並びに分析をしているような感覚にとらわれる。薄気味悪いが、とりあえず話し続けるしかない。相手が話を中断するまで。

「そうじゃないと、横山明が森本達子の誘いに乗ってのこのこホテルについていくはずがないと思うんです」

こういう時の沈黙は、なにより話を先に進めさせる。相手が同意もしなければ反論もしないと、自分の言葉、分析の根拠を、自分の話を追っかけ追っかけしながら披露しなければならなくなる。好きなだけ自分の意見を言わせてもらうことなどなかなかない清水にとっては、大した苦痛ではなかったが。

「金岡正勝にしても、横山明と共謀して女に乱暴するというのは、それ以前の横山と金岡の付き合いの希薄さからして、むしろ不自然じゃないですか」

清水にはまだまだ披露したい話があったが、なんだか気味悪くて黙った。

やがて美智子が口を開いた。

「要は、清水さん、あなたの推論では、ほぼ、森本達子の逆恨みの犯行だというわけですね。もしくは情緒不安定な女の、不安定が故《ゆえ》の行為、精神鑑定を要求される類の」

美智子の口調は厭味《いやみ》なものではなかった。ただ、そう言われてしまうと、男としてははなはだ肯定しにくい感がある。清水はぽつりと言い足す。

「森本達子がほんとうにひどいことをされたというのなら、警察に被害届けを出せば済む話じゃないですか」

美智子が自分を見ている。

「ぼくには、犯人が殺しを楽しんでいた節さえ感じられるんです。自己満足とか、見せしめとか、ヒステリーとか。でも本来、殺人の動機というのは、もっと大きなもんじゃないですか。自分のなにもかもを奪っていったというような、強い憎しみですよね。正常な人間なら、関係者を全員殺してやろうという殺意を持つ時、ぼくら第三者があとから聞いて、その原因に、ああと、なにか腑《ふ》に落ちるものがあるものでしょ。それが、この動機でと言われても」

美智子がゆっくりと言った。

「横山と金岡が、女はレイプの恨みくらいで人を殺すと思っていなかったとすれば？二人の男たちが、女はそういうものには泣き寝入りをするものだと、信じきっていたとすれば？」

美智子は続けた。

「確かに逆恨みかもしれないし、ヒステリーかもしれない。でもそうじゃないかもしれない。彼女の怒りに正当性があったかもしれない。それほどのことをしたという自覚があれば、横山はのこのこホテルについていかなかっただろうとあなたは言った。でもね、本当にひどいことをしていた可能性だってある。仮に、森本達子の怒りが正当であると思われる行為があったとして、それでも横山明がついていったとすれば、横山明には、ひどいことをしたんだという自覚がなかったということになる。そしてそういう自覚を持たない男性というものも、現実には存在するんじゃありませんか。男性は、いまだに、やって減るもんじゃなしと考えているんでしょ？　合意のない性行為は、悪いことではあるが、いま世間が騒いでいるほどの罪悪ではない。合意のない性行為が殺人の動機になるなんて、ＤＶＤの延滞金に百万円請求されるほどナンセンスだ――って」

清水は悔いた。つい、軽はずみに話し過ぎた。森本達子のことをどこかで軽侮していたことは確かだ。しかし自分の言葉は、森本達子個人の事情としてではなく、女性一般に当てはめて考えたなら、ひどくデリカシーを欠いたものに聞こえただろう。申し訳なく思う気持ちと、しくじったと思う気持ちが、相半ばした。

美智子は少し物思いに耽《ふけ》ったようだった。

「今回の事件には、彼女個人の事情が深くかかわっていたことは確かでしょう。確かに森本達子は、男性のペニスを見たことも触ったこともない、世間知らずな女性ではなかったかもしれない。しかしこのさい、それは横に置いておきませんか。酒癖、男癖も含めて、彼女の生活態度に入る前に、整理するべき合理的な問題点があると思うんです」

清水はそう言う美智子の顔を見た。きりりと眉《まゆ》が上がっている。凜々《りり》しい顔つきだった。そこで清水は瞬間三つのことを理解した。一つは、美智子が男としての自分の認識の甘さをこれ以上責めるつもりはないということ。もう一つは、こんなところで勿体《もったい》をつけるように話を切る人ではないのに、さっきから考え込んでいたことは、その、整理するべき問題点についてだったんだなということ。そしてあとの一つは、きりりとした顔は結構チャーミングだなということだった。ただ最後の一つに関しては、よりによってこのややこしい時にそんなことが頭をかすめたことについて、その不謹慎さを恥じ、少なくともここでは、絶対に察知されてはならないと思い、彼は表情に力を入れ、言った。

「どんな問題ですか」

美智子はその瞬間、なんだか不安そうに視線を逸《そ》らした。それからまた、一瞬の思案があった。

「なぜ『みさと』というスナックに行ったのかということです」

なぜ「みさと」だったのか。

確かに森本達子の自宅、西区御陵町から、神戸の大山寺町まで、地下鉄と電車を乗り継いで正味時間で二時間弱、乗り継ぎ時間を考えると、二時間半はかかる。加えてあの店は、女が気まぐれに立ち寄るような店ではない。

「それはだから、横山明を目当てにしていたんでしょう」

美智子はじっと考える。

「はじめてきた時、横山は森本達子に見覚えがなかったようだと店の人たちは言っているんです」

清水は黙っていた。それは、その疑問に共感したのでなく、とりあえずあらがうまいと思ったのだ。

「確かに『みさと』のママや客の話を総合すると、森本達子ははじめから横山明に興味を持ち、ターゲットを絞っています。しかし横山というのは、決して魅力的な男ではありません。どこかですれ違ったからといって、一目惚《ひとめぼ》れして追いかけようかというタイプではない。なぜ森本達子は面識のない横山をターゲットにして『みさと』に通いつめたのか」

美智子は続けた。

「森本達子に面識がないということでは、金岡正勝も同様なんです。情報によると、警察は森本達子と金岡正勝の接点を集中的に調べ始めています。事務員が見たという、異物の送り主は森下ゆかりという偽名でなく、本名の森本達子だった。なぜ本名で送りつけたのか。金岡正勝には、その名がなんらかの意味を持つものだったんじゃないか。金岡正勝の方が本命だったんじゃないかって、警察内部ではそういう見方も出ているそうです。でも金岡正勝はお昼のニュースで殺された横山の写真を見た時『高校の知り合いだ』とつぶやいたんです。それは、人の不幸に驚いた時のセリフです。少なくとも横山の死に心当たりがあったなら、そんな言葉は出ない。彼にとって横山の死は唐突だったと考えるのが妥当じゃないでしょうか。金岡正勝が事件に対して無防備であったことを裏付ける事実はもう一つあります。荷物が届いた時、金岡正勝には、送り主に心当たりがなかったんです。だから見習いの男の子に開けてくれと簡単に言った。すなわち金岡正勝は、送り主の記入欄にあった森本達子という名を見ても全く反応しなかった。荷物が送られてきたのは横山の事件がテレビで流れた数時間後です。金岡正勝のその二つの反応は、彼が事件と自分を関連付けていなかったということをうかがわせるんです」

美智子は言葉を切った。そしてぽつりと言う。

「もう一つの問題は電話をしたのはだれかということですよ」

「なんの電話ですか」

美智子は清水を見上げた。

「『みさと』にも、金岡正勝の鍼灸院にも、電話がかかっているんです。横山と金岡の所在を確かめる電話が。両方とも昼、正確には十一時前。同日だったかどうかはわかりません。でもその電話は、大阪なまりのつよい森本達子の声ではないんです」

友達に電話を頼むということもある。しかし——と美智子は思う。

「女性が、男一人を、全く身動きできないまでに縛り上げて、殴り殺すなんて芸当ができるものでしょうか。ホテルの便座に縛りつけていたんですよ。恨みの大きさに対する認識は別としても、自分に悪意をもっているかもしれない相手に、男が、そんなに無防備になり得るものでしょうか」

清水はつぶやいた。

「ぼくには――とんと」


その日、九月十日、夕方から降り始めた雨は大雨となり、兵庫県北部、南部に大雨注意報が出された。雨は翌九月十一日午前三時ごろまで降り続いた。雨音は大山寺町全域を包み込んでいた。


九月十一日午後五時、府警本部で記者会見がなされた。

死亡した容疑者女性の父親の所有する車の助手席から、被害者の一人である金岡正勝のものと思われる毛髪が発見されたというものだった。

それを美智子は、森本達子の家のある大阪、御陵町に向かうタクシーの中で清水からの電話で聞いた。

清水は興奮していた。電話は中川からもかかってきた。彼は安堵《あんど》していた。

「今夜にも森本達子の容疑を確定するでしょう。真鍋さん、木部さんの原稿と一緒の号で、あの森本達子の部屋の写真をカラーで掲載するつもりらしいですよ。明日には各社一斉に実名報道に踏み切るんじゃありませんか。真鍋さんのところにもひっきりなしに電話がかかっていますから」

真鍋に電話がかかっているのはいつものことだ。美智子は言った。

「送検になりますか」

中川は言葉を濁した。「記者連中もそれは質問したらしいんですがね」

警察は明言を避けたということだ。美智子は名城の言葉を思い出していた。ただ、と名城は最後に付け加えたのだ。

――なにかひっかかりを抱えているのは確かなんだ。事件が大きくなったから、慎重になっているだけかもしれないが。

現場には多くの指紋が残っていた。そのいくつかは森本達子のものと一致するだろう。森本達子の車の中から金岡正勝の毛髪が検出されたとなれば、ホテル室内の指紋鑑定の最終報告を待って、そこに森本達子のものが発見できてもできなくても、その時点でおそらく警察は被疑者死亡のまま送検する。

そして事実上、幕が引かれる。

美智子は御陵町の森本達子の家の前で車を下りた。

「みさと」で横山の肩にしなだれかかっていたという森本達子——彼女はその時、一体なにを考えていたのか。

森本達子の家の前はひっそりとしていた。一階の喫茶店の扉には「臨時休業」という貼り紙がしてあった。マイクを持った人間が、カメラクルーを連れて、四軒隣の鉄工所の前にいた。毛髪発見の警察発表から十五分が経《た》とうとしていた。ここもじきに人が駆けつける。そして彼らは近所の聞き込みに懸命になる。森本達子の人となり、生活態度——送検を控えて、他社に出遅れないように最後の詰めにかかるのだ。

美智子は森本達子の家のドアベルを押した。

二度目にベルを押した時、鉄工所の入口で取材していたクルーが美智子に気がついた。訪問客だと思ったのか、マイクを持った人間が近づいてくる。美智子は彼らに背を向けたまま、もう一度ベルを押した。

突然インターホンから怒号が返ってきた。

〝うちの娘はみせもんやあらへん！〟

背後にレポーターの気配を感じる。聞かれないように、美智子はインターホンに口を近づけた。

「みせものでないことはよくわかっています。ただ、真実を知りたいと思っているだけです。お嬢さんを貶《おとし》めるつもりはありません。非業《ひごう》の死を遂げたお嬢さんの代わりに、その無念を話してください」

美智子のことを来客と間違えているレポーターが、美智子に声をかけるチャンスを狙っている。美智子はその日、黒い服を着てきていたのだ。

家のドアが開いた。

それを見て、背後で「写真！」という女の声が飛んだ。フラッシュが光った。「母親の写真、撮れたか！」、背中にその声を聞きながら、美智子は玄関の中へと滑り込んだ。

閉めたドアの向こうから、森本さんと名を呼び、お話を聞かせてくださいと言いながら、ドアをどんどんと叩《たた》く音がしていた。

達子の部屋は綺麗《きれい》に片づけられていた。フックがもぎ取れるかと思うほどぶら下がっていた衣服は片づけられ、ベッドの下にもなにも残っていない。部屋の中央にはあの日見たのとは別の、一回り大きな机が置かれ、その上に森本達子の写真が飾られていた。白いユリで囲まれている。写真で見る森本達子は、口許《くちもと》に難があったが、それ以外は、目の大きな愛くるしい顔だちをしていた。若いころの写真かもしれない。三十六歳には見えなかった。

美智子は写真の前に座ると、鞄《かばん》の中から数珠《じゅず》を取り出した。

母親は美智子の前に座り、泣き伏して五分ほど顔を上げなかった。

六十ぐらいだろうか。小太りした体は、しかし老いた体でもあった。泣く、その呼吸とともに震える肩は小さく落ち込み、あの怒号や憎まれ口を叩いた人間のものとは思えない。美智子は母親の肩に手を伸ばし、肩に触れかけて、その手をとめた。

自分は本当に森本達子を貶める気がないのだろうか。ただ、この老いた母親より、そして路上で待っているあの取材陣たちより役者が一枚上だというだけのことではないのか。

わたしの優しさは偽物《にせもの》だ。なぜなら、不幸になるのは所詮《しょせん》は本人の責任だと言い放ってみたいと思う気持ちが自分にもあるから。

美智子は母親の肩先まで伸ばした手を引いた。それでもふと、この母親がだれかのぬくもりを欲しているのではないかと思った。連続猟奇殺人者の母親——自分の掌《てのひら》のぬくもりが彼女の老いて引き裂かれた魂を慰めるかもしれない。

考えてはいけないと美智子は思った。自分は神ではないのだから。

美智子は森本達子の母親の肩の上に手を置いた。母親は、大きく息を吸い込んで大きく泣いた。

母親は、空っぽになった部屋の中央にぽつりと座り、娘のことを語った。四年制の大学の薬学部に受かっていたが、家計が苦しくなり、短大に変わってくれと言うと、すんなり受け入れてくれた。彼女は薬剤師になりたかったのだという。しかし短大に薬学部はなかった。夫とは不仲で、長い間家庭内別居が続いた。事件のあと、夫は妹夫婦のもとに逃げ出した。母親は意地でも喫茶店を続けると言った。

「三人で暮らしていたんですね」

母親はうなずく。涙がまた、一しずく流れ落ちた。

そして母親は同じ話を繰り返した。

「酒はやめていました。医者には、安定剤と、睡眠剤を貰《もら》うために通ってただけです。酒を飲まんかったら眠れんいうんで」

美智子は口ごもった。「……精神科の病院に入院していますよね。では、あれはなぜだったんですか」

そのとたん、母親の表情が厳しくなった。

「お前も同じことを言うんか！」

彼女はそう叫んだ。それは豹変《ひょうへん》という言葉がふさわしいような変化だった。

「あれはただのわがまま病や！　父親が、仕事をせん達子のことを心配して、障害者の金が下りるように手を回して、区役所から障害者手帳を貰ってきたんや。統合失調症というのは、金を引き出すためのただの名目や。医療費もただになるからいうて、父親がしたことや。達子は酒食ろうて仕事もせんと、その医療費はだれが払ってると思てるんや！」

母親の言うことは支離滅裂だった。達子がただのわがまま病だったというのなら、医療費がかさむから障害者申請をしたというその医療費とは、なんに対するものだったのか。

「なんの病気で病院にかかっていたんですか」

「そやから統合失調症やって言うたやろうが！」

「その統合失調症は名目なんですよね」

「酒をやめんで愚痴ばかりいうから」

「アルコール依存ですか」

「酒はやめてたんや！」

ではなぜと言いかけて、美智子はやめた。

彼女は真実を話すことを拒んでいる。森本達子がアルコール依存症だとすれば、話の辻褄《つじつま》は合う。母親はそれを認めたくないのだ。だから話がおかしくなるのだ。

日が傾いて、あの日のあの時間に近づいていた。

女は黒いアスファルトの上で、首をあらぬ方に折り曲げて、血を一筋流した。

「達子は殺されたんや。あの女に殺されたんや」

母親は不意にそう言った。

母親は、だれに言うともなく語り、しかしその瞳《ひとみ》は憎悪《ぞうお》に光っていた。

「娘に入れ知恵ばかりしくさって。ろくでもないことばかりいうて。あの女が精神科へ行けと言わんかったら、達子は今ごろおとなしゅう生きてたんや。あの女に洗脳されて、なんでもあの女のいいなりになりくさって。結婚せんかったんもあの女の入れ知恵や。達子は夜になったらこっそりあの女のところに電話をかけるんや。それでなんでも相談しよった。まるで拝み屋かなんかにすがるみたいにな。独立せいやの、自立せいやのと、いらんことばっかり吹き込んだんや」

そして顔を上げ、その声が震えた。「今度のことも、あの女がやらせたんや！　達子はそんな子やない。確かにだらしないところはありました。そやけど、そんな子やない」

美智子には、その母親の言葉は額面通りには受け取れなかった。森本家の馴染《なじ》みの酒屋からの聞き込みでは、この家は定期的にビールや清酒を買っている。従業員は、「奥さんの晩酌らしいです」と言った。近所の寿司《すし》屋の証言では、家族で食事に行っても、母親は酒を断っている娘の目の前で平然とビールを飲んでいた。その人間が、子を失った親の悲劇を一方的に演じている。彼女はいま、転嫁《てんか》できるところならどこにだってその責任を転嫁するにちがいない。

その蔑《さげす》みが、美智子の顔に出たのかもしれない。母親は突然叫んだ。

「帰ってくれ！　お前なんか、帰ってくれ！」

そのくせ、すがるように叫ぶのだ。「あの子は自殺なんかやない、殺されたんや！」

「でも以前にも、農薬を飲んでいますよね」

母親は瞬時に叫んだ。

「死ぬほどやない！」

そして母親はなおも言い続けた。

「飛び下りたあの日だって電話してたんですわ。小一時間も。こそこそ話す声がしてました。達子が飛び下りる前や。ちょっと外へ出て、すぐに戻ってきよったのが飛び下りる三十分ほど前のことやから、話しとったんはその前や。あの日もあの女と話しとったにちがいないんです」

美智子は静かに母親の言葉を言い直した。「仲良くしていた女性がいたんですね」

母親は「達子は神様みたいに言うてたわ！」と吐き捨てた。

死の直前まで達子と話していた人間——その女性なら、森本達子の近況を知っている。そう思った時、美智子の心の中で偽善などという思いは影も形もなくなっていた。

車が止まる音がした。立ち上がって窓から外を眺めると、テレビ局の中継車が一台、達子の家の斜め前に止まっていた。荒っぽくドアが開いて、人が下りてくる。その中の一人がこちらの窓を見上げている。美智子はそっとカーテンを引いた。

母親に接触できるのもこれが最後だろう。いかに母親が気丈でも、明日には雲隠れせざるを得なくなる。美智子は母親に優しい声を繕った。

「その女性の連絡先を教えてくださいな。当たってみます。そして必要なら、お母さんに報告します」

母親が持ってきたのは一枚の電話料金請求書だった。かけた先と、その時の電話料金が全《すべ》て載っている。

三日もしくは二日おきに同じ番号が並んでいた。時間は深夜の十二時から二時の間。一日のうち、昼間と深夜合わせて二回、三回という日もある。いずれも一時間以上、長い時は二時間に及んだ。

「この話は警察にはしましたか」

「言いました。そやけど」と母親は言葉を詰まらせ、そして再び怒号をあげた。「狡賢《ずるがしこ》い女やから！　わたしらをアホやとおもて！　あの女は刑事を丸め込むくらい、朝飯前や！」

「お母さん。この請求書、五月の分ですね」

母親はそれには答えなかった。「これだけ事件になってるのに、なんの連絡もよこしよらん。達子のことなんか、虫けらみたいな扱いや」

森本達子の名は伏せられている。母親もそれを十分承知のはずだ。

「事件のあと、電話をしてみましたか」

母親は黙っていた。その横顔は紅潮して、嘲《あざけ》りをうけた人間が耐え忍ぶような気配があった。かけたのか、それともかけられないのが悔しいのか。

美智子はその請求書を借り受けた。そして裏口から抜け出した。

峠を越したと思った。実名を伏せるにしろ伏せないにしろ、容疑者、森本達子について他社に後れを取ることはない。そして今、ここに自殺の直前に容疑者と話していたかもしれない人物があらわれた。

犯人、森本達子の実像が手に入る。

駅に向かうタクシーの中で、美智子は借り受けた請求書の明細をもう一度広げた。

電話代は四万円を超えている。

美智子はその番号をじっと見つめた。

記憶がある。

美智子は自分の携帯電話から、逢坂雪枝の電話番号を呼び出した。

番号が一致した。

2

ノイローゼの友人がいる。

雪枝はそう言った。

すぐにトラウマと言い出す人間に嫌悪を感じると、雪枝は言った。

森本達子のことだったのだろうか。

次の日、美智子は「逢坂塾」と掲げられた看板の前に立っていた。

雑居ビルの一階にその教室はあった。駅からは少し外れていた。道の向かい側は住宅地だった。前の道路は整備が行き届いていて、しかし交通量は多くはない。一階には雪枝の仕事場である塾の他に、クリーニング屋と薬屋が並んでいた。一番端に雪枝の学習塾の看板が掛かっている。時間は夜の八時を回ろうとしていた。クリーニング店はすでにシャッターを閉めている。薬屋はまだ開いていた。

教室から声が聞こえていた。

窓のほとんどは閉まっていたが、一番後ろだけが半分開いていた。そこから声が聞こえてくる。窓のガラスは半透明で、中の様子は鮮明には見えないが、机と椅子《いす》が一定の間隔を置いて並んでいて、そこにきっちりと並ぶ黒い頭が確認できた。窓の開いている、一番後ろの列には横に五つの席が見え、そのどれにも子供が座っている。窓に近い席には十二、三の女の子が座っていた。人間はなにかに熱中して知性や理性を働かせている時、おのずと端整な顔だちになるものだ。幼いながらに凛々しい顔をしていた。そしてまっすぐに前を向いていた。窓の隙間《すきま》から見ている美智子に気付く様子もない。

聞こえていた声は雪枝の声だった。切れ切れに聞こえ、彼女がなにか言うたびに子供たちの頭が一斉に同じように動く。全員が顔を上げ、前を向き、全員が下を向きテキストを眺め、ここ、チェックしといてねと聞こえた時には、全員の頭がまた下を向く。私語はなかった。一番後ろの席の女の子が神妙な面持ちでテキストに線を引いていた。少し立つ位置を変えると、黒板の前に立つ雪枝の姿がガラスの向こうにぼんやりと見えた。

気がつくと、道の停車車両が増えていた。数は六台になっている。皆ハザードランプを点滅させて道の端で止まっていた。今また一台到着して静かに停止して、点滅させ始める。

美智子は薬屋に入った。そこで飲み物とバランス栄養食を買った。

「あの車、なんですか?」

店主は笑った。「そこの塾の生徒さんのお迎えです。学年ごとの授業が入れ換わる時間なんです。道の前に車が止まると、もう八時なんやなと思います。お迎えの車を見たら、店を閉める準備をするんですわ」

「先生はどんな方ですか?」

主人がちょっと奇妙な顔をしたので、美智子は付け足した。「噂《うわさ》を聞きましてね、うちの子にもどうかと思って」

主人は笑った。「新しく越してきはったんですか。ええ先生ですよ。春、秋は窓を開け放して授業してはりますからね。教えてる声がようきこえるんです。子供が伸び伸びとしてますわ。若い先生というのは、ええもんやと思います」

そして主人は心配そうに声を落とした。「そやけどおたく、早うしはらんと、あそこは順番待ちですよ。定員を超えてはとりませんから」

十人ですねと美智子は笑ってみせた。そうですと店の主人も笑った。

気がつくと通りには子供たちが飛び出していた。子供たちが待っていた車に乗り込む。それと入れ違いに次々に車がやってきて、次の時間の授業を受けるのだろう、子供を下ろして去っていく。大きな声で挨拶《あいさつ》が飛び交って、ものの五分で静まった。

教室からは子供たちの談笑が聞こえた。雪枝の声がして、元の静けさを取り戻す。最後のクラスの女子は雪枝が車で送るのだと店主も言った。子供をそれぞれの家に送り届けて、雪枝は一人住まいのアパートに帰っていく。雪枝の他には採点用員に卒業生が一人、アルバイトにくるのだという。

子供の声が聞こえる。雪枝の声が時々まじり、時間が整然と流れている。路上の停車車両が消えて、通りの向こうには閑静な住宅街が広がる。薬屋は美智子と話し込んで、八時を二十分も過ぎてシャッターを下ろした。

安息があった。

美智子は借りてきた五月の請求書をもう一度広げた。

確かに電話代は四万円を超えている。

森本達子は隠れるようにして電話をしていたと母親は語った。「泥棒猫のように」と母親は表現した。「悪いことをしてないんやったら、なんで隠れる必要があるんですか。わたしが階段をあがったら、こそっと電話を切る気配がありますねん」。わたしはもう、そのやり方がたまらんかった――。

一時間もそこにぼんやりと立っていただろうか、美智子は向こうからやってくる男に気がついた。

片手に缶コーヒーを持ち、時々立ち止まりあたりを見回している。その後ろを、つき従うようにもう一人、若い男が歩いていた。二人は言葉を交わし、それは相談のようであり、逢坂塾の看板を見上げて立ち止まった。

塾の玄関口には三つ、道に向かって四十五度の角度で白色灯がついている。すずらんの形をしたシェードで、そこから発せられる光は、看板を見上げた路上の二人の顔を直接照らしていた。

五十前の男の方に見覚えがある。

森本達子が自殺したあの日、現場にいた男の一人だ。彼は遅れてやってきて、騒然とする現場に立ちすくみ、しばらくは森本達子の飛び降りた三階のベランダを見上げていたが、やがて白い手袋をすると、黄色いテープを潜《くぐ》って家へと入っていった。洗いざらした白い半袖《はんそで》のワイシャツが律儀《りちぎ》に見えた。

道路から塾の入口まで三段ほどの短いコンクリートの階段がある。彼はそれに片足を掛け、今にも登っていくようにも思われたが、その足をやがて下ろした。窓から勉強風景が垣間見《かいまみ》える。連れの若い男に一言なにか言って、建物から少し離れるような気配があった。男はあたりを見回して、美智子を見つけた。

「木部さんですか」

渡辺警部はそう言いながら、一瞬驚いた顔をしたが、やがてすぐにそれは苦笑いになった。

「逢坂さんの事情聴取ですか」

美智子の質問に渡辺は笑った。

「ほんまに雑誌の記者さんは怖いもんですなぁ。どこから仕入れはりました」

「森本達子の母親が彼女を目の仇《かたき》にしてますよね」

渡辺ははあはあと相槌《あいづち》を打った。美智子が電話代の請求書を見せると、渡辺は笑った。

「なるほど」、そしてたずねた。「森本達子の自殺の現場写真を撮ったの、おたくでしよ」

美智子はそうだとも言いかねて、黙っていた。渡辺は笑って続けた。

「現場に兵庫新聞の記者と、女の雑誌記者がおって、女性記者のほうが捜査員と一緒に駆け上がったいうてね。兵庫新聞の記者いうのは清水さん、そして連れの記者さんいうのは、おたくですな。捜査員より先に現場に踏み込まれるとは、なんたる失態や、現場確保もできんのかいうて、あとで現場のもんがえらい叱《しか》られてました。それにしても不思議ですわ。あれ、わたしらが身元を割り出してからほんの三時間あとです。どないして調べたんですか」

美智子は森本達子の住所を確定するまでのくだりを話してきかせた。渡辺は缶コーヒーを片手に、興味深げに聞いていた。そして「そら野田先生もご迷惑なこっちゃ。それにしても恐ろしいもんですな、おたくらのやり方は。わしらには真似《まね》できません」と感心した。

「森本達子に自殺癖があったというのは本当ですか」

「今度はそうきますか」

「でも達子は、警察が近くまで来ているのを知らなかったはずです」

確信はなかった。しかし渡辺は別に警戒する風もなく、ふんとうなずくと、つぶやいた。

「敏腕記者さんの鼻には、出来過ぎと匂《にお》うというわけですか」

その言葉には自嘲《じちょう》的な響きがあった。今、美智子の鼻にはむしろ、渡辺が事件になんらかのわだかまりを感じていると匂う。

「そやけどあれは自殺でっせ。おたくもみはりましたでしょ。あれはあきません。覆《くつがえ》しようがありませんが」

「それでも森本達子の母親の話を聞いて、逢坂さんのところに来たんでしょ」

渡辺はひょいと真顔になった。

「おたくほどの記者さんやったらわかるでしょ。わたしらもその請求書は見せられました。それで逢坂雪枝という女性にも話を聞きました。そやけどね、その請求書、なんで五月のもんか、わかりますか？」

美智子も気になっていたのだ。なぜ五月なのか。

「あのお母さんは、それこそ三年分ほどの請求書を見せてくれました。どれもえらい電話代で。それが今年の五月どまり。そのころから、森本達子はその逢坂雪枝という女性のとこに、ピタッと電話をせんようになったんです。六月分には、月初めまで通話記録があるだけでね。横山明の事件発生は八月十一日。早い話が、事件二カ月前から音信がなかったということです。あのお母さんは、逢坂さんのせいにしたいもんで、なかなか本当のことを言いませんでしたが、逢坂さんの方からは、この三年間、ただの一度も森本達子に電話してないんです。それは逢坂さんの了解をもろうて電話局で調べましたから確かです」

隣に立っていた若い男が渡辺の袖を引いた。渡辺の多弁を警戒したようだった。しかし渡辺はやめなかった。「隠したってしょうがない。ここに来てるということは、わしらが話さんでも、逢坂さん本人から聞くということや。あんたらがそうやって偉そうにするから、いざという時に捜査協力も得られんのや。偉ぶったってあかんのや、警察は事件を解決してなんぼや」そういうと、美智子に向き直った。

「そういうわけで本人さんにおたくも聞くんやろうから、話してあげますけど」、そしてニッと笑った。「なんせ一番はじめに森本達子の情報を流してくれたんはおたくやから」

諭された若い男は神妙な顔をしていた。年齢とその風体から、いわゆるエリート組だろう、数年すれば渡辺より上にいるに違いなかった。しかし少なくとも今は、渡辺から現場を学ぼうとしている姿勢が見えた。渡辺は話を続けた。

「逢坂さんに確認しました。突然電話がかかってこなくなった。ほっとしていたんだって。そう言いました。森本達子は事件を思いつき、熱中し始めてから、電話するところやなかったということですかなぁ」

「では事件のきっかけになった強姦《ごうかん》事件が、電話がなくなった、六月の初めにあったということですか」

渡辺はプツリと黙った。そしてむりやりのように笑みを繕った。

「森本達子は死んでますからね。確認はできませんな」

事件解決に光を見いだしている捜査陣の言葉ではなかった。それはなにかが闇《やみ》の中に紛れようとしている、それに対して打つ術《すべ》を持たない者の言葉だ。その言葉には明日にでも実名報道かと浮かれ騒いでいる報道陣とはかけ離れた陰鬱《いんうつ》さがある。美智子は、府警本部が送検への明言を避けたということを思い出していた。

「送検を見送る事情でもあるんですか」

渡辺は笑った。

「せっかちですな。捜査員に紛れて現場に飛び込むだけのことはある」

逢坂塾から子供の笑い声が聞こえた。声は波が寄せるように起き波が引くように静まる。その後には人の気配が残った。そこに確かに人がいるという、静かな温かみだった。部屋を見やって渡辺がつぶやいた。

「子供はよろしいな。見ていると心が和みます」

美智子は問うた。「逢坂雪枝さんは無関係ですか」

渡辺はうんと一度うなずいた。

「森本達子の母親がなんぼやっきになってもしょうがありませんわ。考えたらおかしくなった娘の話し相手をそれだけしてくれた唯一の友達のことを、ようもあれだけ悪《あ》しざまに言えるもんやと感心しますな。事情は言えませんけど、ああ見えて苦労人なんです。森本達子とのことも別に隠す気配はありませんでした。ただびっくりはしてました。電話では、変わった様子はなかったそうです。自殺というのには首を傾《かし》げてましたよ。そんな根性のある子でもないと思っていたて。ま、そこのところは我々も見解の一致するところですわ」

「農薬の自殺未遂は――」

「あれはどうも致死量やなかったらしい。母親が言うだけやなく、運ばれた病院でもそう言うてました。その時病院では、自殺未遂やとはおもてなかったんです。事故やと、聞いていた。自殺未遂やったら警察呼ばんなりませんから。事故で済むほどの量やと、我々も認識してます。そやけど、そんなこと繰り返してたら死ぬということへのハードルは低うなりますわな」

渡辺は言葉を切った。

渡辺の言葉の端々に見えるわだかまりはなんなのだろうと、美智子は思うのだ。渡辺は、美智子に対して捜査の愚痴をこぼしたかったのかもしれない。現場は厳しい。真鍋も、自分も、渡辺も、そしてこの若い刑事も、理屈では動かない現場というものに振り回されている。

渡辺は空になったコーヒーの缶をじっと持っていたが、若い刑事は黙ってそれを取り上げると、そばのごみ箱に捨てにいった。渡辺の携帯電話が鳴ったのはその時だった。

「えっ。ほんまかいな」

渡辺は「服部《はっとり》」と、若い男の名を呼んだ。男が駆け戻ってくる。渡辺の顔色は変わっていた。それを見て、服部と呼ばれた男は渡辺の受話器に耳を近づけた。

「……間違いないんやな」

渡辺の押し殺した声が聞こえる。そしてその声は、かたわらに立つ若い男に向けられた。「みたぞのいうたら、すぐそこやぞ」そして渡辺は再び、電話に向かって言った。

「帰る、帰る。ちょっと待っとってくれ」

二人がそそくさと帰っていく。「みたぞの」と聞こえた――。その時、そう思いながら二人のあとを見送る美智子の背後が急に騒がしくなっていた。

振り返ると、子供たちが教室から飛び出してくるのが目に入った。

時間は、十時半になっていた。授業が終わったのだ。

男子生徒たちは自転車にまたがって帰っていく。美智子のことが気になるようだった。出てきた女子生徒たちも、美智子を気にしていた。教室の電気が消えて、雪枝が出てきたのは、子供が出てきて二、三分後だった。美智子の姿を見つけると、雪枝は一瞬立ち止まって驚いたが、すぐに駆け寄った。

「森本達子のことでしょ。警察が来ました。電話をくれればよかったのに。留守電、聞かなかったんですか」

矢継ぎ早に雪枝はそう言った。路上では生徒たちが不安そうな顔をして、一かたまりになってこちらを見ている。雪枝は、とりあえず子供を送り届けてから戻ってくるまで、ここで待っていてくれと言うと、生徒を車に乗せて勢いよく発進した。「十五分、いえ、二十分待ってて」彼女はわざわざ美智子の前で一旦《いったん》車を停止させ、窓を開けてそう大きな声で言った。中から子供の声がする。「先生、なんなん?」——いいからと一方的な雪枝の声が、車が発進する直前に聞こえる。男子生徒の自転車が一台、雪枝の車の後を追った。しかたなく止まった車に、男の子の声がした。「先生、どしたん、なに? あの人、だれ?」行ったはずの自転車が二台、どこからともなくふらふらと戻ってきた。先生、先生と付きまとう声がする。ややあって、雪枝の車はむらがる自転車を振り切るように消えた。

——留守電、聞かなかったんですか。

美智子は石段に座って携帯電話を取り出すと、留守番電話の着信記録の中に『逢坂』を探した。が、雪枝からの伝言はない。『非通知』の着信が一つあるだけだ。九月十二日、午後三時五十二分になっていた。雪枝の電話なら『逢坂』と発信者名が通知される。一方で「みたぞの」ってなんだろうと心の中で言葉がめぐる。

雪枝は言った通り、二十分で戻ってきた。あの、タイヤの軋《きし》る運転だった。戻ってきた雪枝は興奮気味だった。

警察の訪問を受けたのは昨日の夜だったと雪枝は言った。

容疑者自殺はテレビでやっていたから知っていたが、まさかあの森本達子だとは思いもよらなかった。

美智子は、伝言が見つからなかったと言うと、雪枝は驚いて顔を上げた。

「今日の四時ごろです。携帯の電池が切れてしまって。教室の外の廊下の公衆電話からかけたんです」

美智子は思い出した。留守電に残っていた発信先『非通知』の伝言はよく聞きとれなかったのだ。

「森本さんとは友達の連れてきた友達という形で知り合いました。もう十二年になると思います。でももう三年、会っていません。森本さんがわたしにしょっちゅう電話をかけてきていたんで、その通話記録を頼りに刑事さんが見えたんです。そこではじめて彼女が自殺した容疑者だと聞かされました。驚きましたが、この三カ月は電話もかかってこなかったんです。刑事さんには色々お話ししましたが、事件のころの様子は全く知りません。森本さんが自殺した日、その直前までだれかと話していた形跡があると言われましたが、相手はわたしではありません。心当たりを聞かれましたが、心当たりもありません。以前入院していた時、親しくなった男性が二人いたと聞いたことがあったから、そのどちらかかもしれないとは言いました。そしたら若い刑事さんが顔色を変えて、横山と金岡じゃないかと言いましたが、それは違うと思うと言いました。確信はありません。わたしの知る限り、彼女に友達はいませんでした。『命の電話』に電話をしてみたと聞いたことがあったんで、それもお話ししました。刑事さんは調べてみると言って、帰っていかれました」雪枝はそう一気にしゃべると、大きなため息をついて階段に座り込んだ。

「――ほんとうにびっくりした」

それからしばらく、雪枝は黙り込んだ。

そして顔を上げた時には、笑みを繕っていた。

「なんでも話しますよ。取材に来たんでしょ。知っていることは協力します」

彼女は、とりあえずわたしの家に移動しましょうと言った。そしてその後、取り乱したり興奮したりすることはなかった。

雪枝の部屋に来るのははじめてではない。西岡高校のことを取材する時、部屋に招いてくれた。その時美智子は驚いた。

長い間一人暮らしをしていると、どんなに整理整頓《せいとん》を心掛けていても、部屋のどこかには雑多な生活の面影があるものだ。玄関に使わなくなったいろんな傘が立てかけてあるとか、靴箱に入りきらない靴の箱が積み上げてあるとか。彼女の部屋にはそういうものがなかった。冷蔵庫とテレビと電話と背の低いタンスとステレオ、そして長いソファが一つ。ステレオの横にCDが並んでいて、リビングとダイニング兼用の部屋に机が一つ。玄関のデッドスペースに、本のぎっしり詰まった本棚があった。それだけだ。あのとき雪枝は、物を置くと掃除が面倒になるんですよ、ものぐさなんですと、笑った。

絵を飾り、カーペットやカーテン、ソファのカバーの色などを揃《そろ》えている。それが一層、部屋を簡潔にしている。

雪枝は、森本達子の母親が雪枝を恨んでいたようなことを言っていたと聞いても、一向に驚かなかった。あの子は精神科に行くようになってから薬づけになった。精神科に行くように勧めたのがあの女だ。達子はあの女に吹き込まれたんだ――美智子から母親の言葉を聞いて、雪枝は寂しげに笑った。

「ええ。確かにわたしが勧めました。森本達子は異様に猜疑心《さいぎしん》が強くて。友人が財布を忘れて家に取りに帰ったのは自分に対する厭味《いやみ》だっていうんです。以前自分が財布を忘れた時、彼女にお金を借りたから、それを根に持って、財布を忘れたら取りに帰るものなんだということを、わざわざみせつけたんだとか。病院の喫煙所に椅子がなくなった時も、自分が煙草《たばこ》を外の喫茶店で吸ったから、それに対する厭味で病院が喫煙所の椅子を片づけたんだっていっていました。雑誌の占いで、今日は黄色と書いてあれば、絶対に黄色を着ます。そんなことは数えればきりがない。それでもわたしは、アルコール依存症だとは気付いていませんでした。ただ、最後にうちに遊びにきた時、じっと座っていることができなくて、ぐるぐると部屋を歩き回りながらしゃべっていたんです。

座るとすぐに立ち上がって、部屋を一周する。元の位置に戻って、座ったと思うとすぐに立ち上がり、また部屋を一周するんです。同じ速さで、同じことを繰り返していました。プログラムされたおもちゃみたいでした。見ているとこちらが変になりそうで。それで病院に行くように勧めました。余計なことを言ってくれたと思われているのは、わかっていました。彼女が安定剤と睡眠剤を手放せなくなっていった時、精神科に行くことを勧めなければこんなことになっていなかったんじゃないだろうかと考えたこともあります。それでもあの時、あの様子を見て、やっぱりそういうしかなかったと思っています」

「いつの話ですか」

「三年ほど前だと思います。それから彼女の通院が始まったんです。三年のうち、入院していた期間は延べ一年になるんじゃないですか。しばらく電話がかかってこなくなると、次の電話では、今病院だって言うんです。テレホンカードが切れるかもしれないとか。一度入院すると三カ月は当たり前でした」

「そんなに重症だったんですか?」

雪枝はうつむいていたが、顔を上げた時には美智子に対してちょっと笑ってみせた。

「いえ。彼女は病院を三回替わっているんです。どこからも入院するほどのものじゃないからと言われて、退院を勧告されて。そのたびに母親はお金を包んで病院に置いてもらい、その間に次の病院を探すんです。お正月の三日間ぐらいは家にいたかったらしいんですが、三十一日に退院して元日だけ家にいて、二日からまた遠い病院に入れられたと電話してきたこともありました」

美智子は子を失って荒ぶるあの母親を思い出す。美智子は問うた。

「なぜですか」

雪枝の表情から笑みが消える。そこには絶望だけが残るようだった。

「わかりません。多分家にいたらお酒を飲むからだと思いますよ。躁《そう》と鬱を繰り返して荒れるし。彼女の場合、親の注意を引くためにそれをするんですよ。相手にしないとエスカレートするし、相手にしてもそれはそれでエスカレートするし。家の人も疲れ果てていたんじゃないですか。わたしは電話を切ればおわりだからいいけど、家の人はたまらないだろうと思いました」

そしてその絶望的な瞳のまま、雪枝は言葉を続けた。

「仲のよかったのははじめの三年だけでした。森本さんは友達を失って、電話の相手をするわたし一人を頼りにするようになって。頼られればしかたがないと思い、昔の友人のよしみとしてできるだけのことはしてきましたが、本当は、もう彼女から電話がかかってこないんだと思うと、ほっとしているんです」

そしてまた、笑ってみせた。

「なんでも話してあげますよ。あたし、ああいう弱い人間は嫌いですから。あの家も嫌いですから。どんなに書き立てられても、同情しません」

近所の人が自分のことをのぞいていると言い、だれかが自分を殺しにくると言い、女医は嫌だと言い——雪枝はぼんやりと話し続けた。それは取り止めのない膨大な話だった。雪枝はそういう話をする時、微笑《ほほえ》んではいなかった。どこか遠い所に焦点を合わせ、ただ時々、思い出したように笑みを浮かべる。そういう時の笑みは、美智子に顔を上げる時にいちいち作ってみせるものとは違い、空虚だった。笑みとは呼べないものかもしれない。

「彼女の電話を聞いていると、最後にはいつも頭痛がしていました。彼女は二時間話しても、電話を切ろうとはしませんでした。でもわたししか話し相手がいなかったから。こちらからは切れなかった」

そして美智子のほうを向いた。

「男性に乱暴されたという話は聞いていません。それは刑事さんにも話しました」

そして微笑んだ。

「それどころか、彼女は乱暴されたがっていたんですよ」

美智子はぼんやりとした。言葉の意味がのみこめなかったのだ。

雪枝は立ち上がると、台所から小皿を一つ持ってきた。タンスの引出しを開けると、ライターと煙草の箱を取り出した。口の開いた煙草はずいぶん古いもののようだった。長い間煙草を吸うのをやめていたのだろう。

雪枝は一本取り出した。潰《つぶ》れて少し折れ曲がった煙草だった。そしてそれにゆっくりと火をつける。

「乱暴されたがっていたとは、どういうことですか」

雪枝は顔を上げると美智子を見つめた。

「この話は刑事さんにはしてませんけど、彼女、男性経験がなかったんですよ。それがひどいコンプレックスになっていたんです」

美智子は雪枝を見つめた。雪枝はまたぼんやりとした口調に戻った。

「三十六でそういう経験がないのが、彼女には惨めだった。わたしにさえ、初体験は十八の時だと言っていましたから。性体験がないと告白したのは、去年だったと思います。昨日刑事さんの訪問を受けて、思い出したことがありました。四年ほど前、まだ彼女が時々わたしの家に遊びにきていたころのことです。突然わたしの前に座って、とても重大な話があると言うんです。そして思い詰めた表情で、自分は胸が小さいんだと言ったんです。わたしは軽く否定しました。そんなことないでしょって。そしたら彼女――」

雪枝はぼんやりとどこか一点を見つめていた。煙草の灰が皿の端にぽとりと落ちる。

「触ってみてくれというんです」

雪枝は黙って皿の端で煙草をもみ消した。そして一息ついて、美智子を見つめると、静かに言った。

「目が光っているんです。わたしは追い詰められた気になって。それでしかたなく、セーターの上から掌で押さえてみせました。ほんの一瞬です。その時掌がはっきり感じた。彼女、ノーブラだったんです」

その瞬間、森本達子の部屋にあったレディスコミックと未修整のアダルトDVDが、美智子に思い出された。薄暗い部屋の中でそれらに見入る森本達子の姿——それがあの、アスファルトの道路に横たわったあの森本達子の最後の姿と重なる。めくれ上がったスカートのすそからのぞいた透けた下着と、重なる。

「その——」胸を触ってくれと言った——その生々しい言葉を美智子は口にすることができなかった。「要求にはなにか意味があったんでしょうか」

「わかりません。ただ彼女は赤ちゃん返りのような様相もあったんです。母親に添い寝してほしいということも言ってましたから。だから強いて、スキンシップを求めていたのだと理解しました」

——だから強いて。

雪枝はそのあと目を伏せた。

「わたしになにを求めていたのかはわかりません。ただそれがなんであれ、わたしには応《こた》えようがなくなっていた。彼女の孤独に応えることのできる人間は、もういなかったんです」

最後に雪枝は、殺された二人の男性と彼女の関係について、全く心当たりがないと言った。森本達子がこの町のスナックにアルバイトに来ていながら、自分の所に連絡を寄越さなかったのは、自分に知られたくなかったからなのだろう。今となってはそれしかわからないと。

その日美智子の携帯電話が鳴ったのは、夜中の三時だった。
寝入ってすぐだった美智子は、その音に飛び起きた。そして電話の音だと気がつく
と、ほっとした。奇妙な夢を見ていた。ハンサムな若い男性が、自分にすり寄ってく
る。美智子は夢の中で裸で寝ていた。男が手を伸ばしてくるのに、電話が鳴って、彼
がその電話に出てしまう。電話が切れて、男がまたすり寄ってくる。するとまた電話
の音がする。そして美智子は飛び起きたのだ。電話の音だけが、現実だった。奇妙に
後味が悪い。夢の中のあの若い男は、服部と呼ばれた若い刑事だ。なんという妄想な
のだ。そう思いながら電話に出ると、相手は名乗りもせずにこう言った。

「森本達子って、死んだ時、ワイン色の透けたショーツを履いていたんですよね」

中川の声だった。美智子は起き上がり、もう一度時間を確認した。深夜の三時だ。
しかし真夜中の電話にもかかわらず、いや、問いの内容にもかかわらず、中川に悪び
れた風はない。「下にしていたのは、右ですか左ですか」

まだ編集室にいるのだと思われた。

美智子は問いなおした。「なんの話？」

寝たのが二時だから、眠って一時間、頭はすぐに覚醒《かくせい》したが、口の回りの筋肉はまだ眠りについているのか、声が寝ぼけている。中川は答えた。

「死体ですよ。横向きで、右を下にしていましたか」

美智子の頭が段々とはっきりしてくる。ただ、なんのためにこの時間にはっきりさせなければならないかが不明のままではあったが。

しかし気持ちとは裏腹に、死んだ森本達子の画像が鮮明に蘇《よみがえ》る。「――右」

中川は一息置いた。なにかを考え込んでいるようでもある。あのねと中川は言った。

「あるサイトに奇妙な書き込みを見つけたんです。森本達子には、男性経験がなかったというものなんです」

そのおかげで奇妙な夢を見た。確かに渡辺の連れていた若い刑事はハンサムだった。そう思うのはわたしの勝手だと、自らに奇妙な言い訳をする。

「ええ。その話、実は数時間前に聞き込みました。でもだからこそ、彼女が初めての性体験が暴行という形だったことに怒りを覚えたってことも、あるでしょ」

中川はますます困惑した声を出した。

「いや。違うんです。そうではなくて」そして彼は声をひそめた。

「彼女は、暴行を受けていないというんです」

美智子は突然覚醒した。手が無意識に眼鏡をまさぐる。中川は続けた。

「いい加減な書き込み、多いですからね、頭から信用する気はないんです。でも」そしてまた一息置く。「死んだ時の状況、だれでもが知っているわけではありませんよね。知っているとすれば、警察関係者と、検死担当医――でしょ」

その書き込みには、死体の状況が正しく書いてあるのだという。履いていた下着の色から材質まで。首の骨が後方に折れ、右を下にしていた、と。

「『知ってる医者から聞いた話なんやけど』で始まるんです。書き込みは大阪弁なんですよ。伝聞として、森本達子は、暴行なんか受けていなかったと、そうあるんですよ。まさかとは思ったんですが、情報源は、森本達子が自殺した時、透けたワイン色の下着を履いていたということを知っているということでしょ、ガセだと決めつけるには、なんだか――」

美智子は答えた。「中川くん。その謎解《なぞと》きは簡単だよ。写真、うちの写真週刊誌が二日前に載せたでしょ。書店で完売したやつ」

中川はウーンと呻《うめ》いた。「わかっていますよ。でもあれ、白黒写真ですよ」

美智子は、憶測で書いたんだよと中川を慰めた。彼はそうですよねと言って、起こしてごめんなさいと謝った。美智子はいいのよと答えた。

一晩中、あんな夢を見せられたんじゃたまらない。

3

三田園町はハイテクパークと名付けられていた。交通標識にもそう書いてある。山を整地して、ハイテク工場を大規模に誘致し、そういう町を作ったのだ。工場といっても、町工場のようなものとは違う。工員のいない工場だった。コンピューター化され、最新技術の生産ラインが工場の中を走る。煙も出ないし音もない。町には人影もない。

バスも電車も走っていない。もちろん住宅など一軒もない。あるのはただ、宇宙都市のようにそそり立つ最新デザインのビル群と、まっさらの道路だけだった。広大なさら地に自由に作ればこれほど美しく作れるものかと思うほど、その道路は美しかった。

その真新しい道路の上を、車が整然と走る。道路が交差するたびに信号機がその流れを管理する。銀色のドームを被《かぶ》せれば、多分立派な宇宙都市だ。

山の一部を平たくしたという成り立ち上、ハイテクパークの周囲は山だった。それも、人の手の入っていない自然林だ。その山の手前で主要高速道路にアクセスできた。一般道から高速道への アプローチは美しい螺旋《らせん》を描き、側面にはツツジが一面に植えられている。その脇《わき》に大きな人工池があった。

水は山から流れ込む。周囲に木々が生い茂る。鳥が高く舞い、時折その影が水面に映る。秋は山が紅葉し、春は目の前に、木々の新芽が青く煙る。美しい四季を、水面は映し取る。

釣り人がよく集まるのだった。ときには恋人たちも集まるが、公園ではないので、ベンチも自動販売機もない。釣り人たちは池に糸を垂らし、ひがな一日座っている。

朝の五時だった。初秋のその時間は一日の内で一番清々《すがすが》しい。もうじき日が昇ろうかという瞬間、空気が白み、どこかで鳥が甲高い声を長く響かせる。夜の静寂に別れを告げる前に、池をもう一舐《ひとな》めするかのように湿気が山の端《は》に漂う。それはその湿気に押されるように、ゆっくりと流れてきた。

凪《な》いだ湖面で、なぜかそれだけがゆっくりと流れていた。長さは一メートル七十センチほど、幅は一メートルほど。

それは巨大なハムのようだった。

山の高みで鳥がチチと細やかに鳴く。湖面をのぞき込むように生い茂った雑木の影の下を、雑木が切れたあとの、霞《かす》んだ日の下を、影を受け、日を受け、それはゆっくりと流れていた。湖面に映る木々の影を静かに遮っていく。

九月十二日。釣り人がそれを発見したのは、午前六時のことだった。

翌十三日。

美智子はその朝、連日の寝不足で十時まで寝入っていた。朝刊には森本達子の名前が大きく出ていた。美智子はそれを確認すると、パソコンを立ち上げた。

「大阪ホテル殺人」。被害者の友人を名乗るもの、森本達子の同級生と称するものなどだれの手によるのかわからないたくさんの書き込みの中から、美智子はやっと中川の言っていた書き込みを見つけた。

それは思ったより簡単なものだった。中川の言う通り、知り合いの医者から聞いたものとして載っていた。死体の状況について数行書かれ、その後に、森本達子の下着について、露骨な言い回しがされている。女はワイン色の透けたショーツを履いていたと。

『知ってる医者から聞いた話なんやけど、その女、解剖の結果、性経験なんかなかったそうです。それを聞いて、警察が青うなったいうて、聞きました』

――警察が青くなる？

その時、兵庫新聞の岡部からの電話の着信音が鳴ったのだ。

「昨日午前六時、池で腐乱死体が見つかった。死後、推定二カ月から五カ月。断定は困難だということだ。破損が激しく、死因はわからないが、刺し傷が何カ所か確認できた。腹部に一カ所、背中に一カ所。それぞれ、かなり深かったと思われる。左手部分に表皮を切り裂くような形で長くて深い切り傷が一カ所。傷の数を確定できないのは、腐乱が激しくてわかりにくくなっているということだろう。男性。着衣なし。衣服については、はじめから着ていない状態で水に入ったか、腐敗の途中で膨張した体から千切れて流されていったか、わからない。ただいま行方不明人との照合を急いでいる――ということだ」

美智子は、自分の声が低いことに気付いていた。

「殺人ですか」

「そういうことだ」

そして岡部は、重いため息とともに言った。

「死体が発見された三田園町は、直線にして大山寺町から五キロの位置だ」

「――みたぞの」

昨日渡辺があわてて帰ったのはこのことだったのだ――。美智子は携帯電話を握りしめ、畳みかけた。

「発見は昨日の朝ですか」

岡部はそうだと答えた。「三日前、大雨が降った。死体の状況からして、どこかに引っかかっていたものがその雨で流されてきた可能性は高い。あのあたりは回りが全部山なんだ。雨が降るといろんな所からその池に水が流れ込むようになっているらしい。ただ、死体はかなり膨張している。そんな膨れ上がったものがすんなりと通るような水路はないんだと思う。それであちこちに突きあたって手足がもげて、だるまのようになったんだろう」

美智子は一瞬黙った。「原田光男ですか」「可能性はあるな」

岡部は、一息置いてつぶやいた。

今警察が確認しているところだろうと岡部は続けた。美智子は答えた。

「警察はもう確認しているのかもしれませんよ」

岡部は、どういう意味かと問うた。

「昨日の午後十時ごろ、偶然、大山寺町で渡辺警部に会ったんです。十時半ごろに電話がかかってきて、渡辺警部は、ひどく驚いて、『間違いないんやな』と確認したんです。そして『みたぞのいうたら、すぐそこやぞ』。そう言ったんです。それからあわてて帰っていきました。その電話は、その死体のことに違いないと思う。だとしたら、『間違いないんやな』というのは、原田光男に間違いないのかと確認したんだと思います」

岡部はじっと聞いていたが、ポツリと問うた。「なぜ発表しないんだ」

「それは――」美智子はそう言うと、黙り込んだ。

それは森本達子が犯行を行う、その順序が変わってくるからだ。

死後二カ月から五カ月ということは、原田光男が殺されたのは四月から七月の間のいつか。警察の筋書きでは、横山とスナック「みさと」で知り合った森本達子が、その後、『強姦を受けて』復讐《ふくしゅう》のために犯行に及んだことになっている。しかしその前に原田が殺されていたとすれば、そしてもしそれが一連の森本達子の犯行であるならば、動機となった『強姦』は原田が殺されるより前、七月中旬より以前でなければならない。そうすると八月に横山明と森本達子が面識がなかったということに、理屈に合わなくなるのだ。

シナリオの全《すべ》てが崩れる可能性がある。

だから警察は躊躇《ちゅうちょ》している。

しかし警察は原田の死体が上がる前から、なにかに引っかかっていた。だから送検を見送っていた。そこへ原田の死体が上がった。

そもそも警察が森本達子の送検を渋っている理由とはなんだったのか。

パソコンの画面が光を放っていた。

美智子の沈黙が長いので、どうしたんだと岡部の声がする。いえ、と美智子は答えたが、その目はパソコンの放つ淡く白い光を見つめていた。

『知ってる医者から聞いた話なんやけど、その女、解剖の結果、性経験なんかなかったそうです。それを聞いて、警察が青うなったいうて、聞きました』

三田園町で発見された死体の身元が記者発表されたのは、その日、十三日の午後四時だった。

原田光男。昭和四十三年生まれ、三十二歳。東区大山寺町在住。トラック運転手。六月八日から行方不明。帰宅途中に何者かに襲われ、殺害、もしくは負傷した状態で水のある所に投げ込まれ、死に至らしめられたと考えられる。

ちなみに原田光男の男性性器の有無について、異例の注釈が加えられた。

『原田光男の死体には性器がついていた痕跡《こんせき》が残っていた』

まわりくどい表現だったが、「性器が切り取られていたか否《いな》か」という一点に絞られていた記者たちの欲求を満たすには、十分だった。

原田光男の死体には目玉も鼻もなかった。長い間漂流していれば、柔らかいところから魚や鳥につつかれて、段々に形状を失う。男性性器については、そういう損傷はあったとしても、少なくとも、原田光男は男性性器を切り取られてはいなかったということなのだ。

清水は電話で告げた。

「死体が流れ込んだ経路は、池の端にある水の流入口です。直径一メートルほどの丸いアルミの流入口が池の端についていて、山から水路を通って集められた水は、そこからため池へ流れ込むようになっています。アルミ管の長さは約二メートル。そのアルミ管に、人間の肉片が付着していたそうです。死体がそこをむりやり通った時に付いたものだろうって。しかしその上流は水路ではあるんですが、川と呼べるほどのものではないです。近所の人の話では、一昨日は道路に、車に轢《ひ》かれたカエルの死骸《しがい》がたくさんあったそうです。ハイテクパークを取り囲む山には自然にできた池が結構たくさんあるんだそうですが、一昨日の雨で、その山の上の池が氾濫《はんらん》したんじゃないかって言ってます」

美智子は怪訝《けげん》な声を出した。

「山の中の池が氾濫したら、道路にカエルが出てくるんですか」

「ええ、経験ありませんか。雨の翌日は、車道に潰れたカエルが散乱しているっての」

要は、雨でかなり水量が増えていたということだ。それでどこかに引っかかっていた原田の死体が水路を通って一気に下の池まで流れてきた。

「しかしこれが森本達子の犯罪だったとすれば、強姦したのは三人。彼女が被害に遭った時期は、七月の中旬以前ということになる。そうなると、強姦事件の加害者である横山明が、被害者の森本達子と八月にスナック『みさと』で、同席して酒を酌《く》み交わすなんてことがありえますか」

そして清水は口調を変えた。

「それとね、奇妙な話があるんです。記者クラブで、森本達子の体に暴行の痕《あと》がなかったっていう話が飛び交っているんですよ。情報元ははっきりしないんですが――」

清水の話によると、原田の死体が上がったという記者発表の席で、一人の新聞記者が、大阪の連続殺人事件との関連について警察の見解を確認した。警察がそれに対してかかわりも含めて捜査すると答えると、それを待ち構えたように、たずねた。

では、森本達子に暴行の痕がなかったというのは本当か。

清水はいぶかしそうに言った。

「知り合いの新聞記者も首をかしげるんですが、常識的に考えれば性的暴行により傷が付いたとしても、数日しかその痕跡は残らないでしょ。たとえ暴行を受けていたとしても、自殺した九月六日時点の森本達子の体に暴行を確認できる痕跡がないのは当然のことだと思うんですがね」

美智子は清水の戸惑いには答えなかった。

「その記者の質問に対して警察はなんと答えましたか」

美智子の狙《ねら》い澄ましたような問いかけに、清水は少し面食らったようだった。

「広報担当の副署長は質問が要領を得ないという顔をして座っているんですがね、居合わせた捜査担当者は確かにたじろいだんです。記者が食い下がったものだから、捜査官が、今回は十二日未明に発見された刺殺体についての記者発表であり、そんなことは聞かれたってわからないって突っぱねたんです」

そして美智子にたずねた。

「その質疑応答にはどういう意味があるんでしょう」

「清水さん、その記者は、森本達子が性的暴行を受けたということはあり得ないんじゃないかと、そう言ったんです」

清水は、要領を得ぬ風に問い返した。美智子は答えた。

「あるサイトに、森本達子は性経験がなかったという書き込みがあったんです。そこには死体の恰好《かっこう》と首の折れ具合と、森本達子の履いていた下着の色が書かれていた。わたしの撮った写真は確かに写真週刊誌に掲載されました」

美智子は目の前の写真週刊誌の中の一ページを見つめていた。それはあの日、美智子が撮った写真だった。目の部分は黒いテープを張ったようにして隠している。首は後方に折れ曲がり、右を下にして、二本の足は横向きのまま膝《ひざ》を曲げた状態で三十度ほど開いていた。スカートがめくれ上がって、左の太股《ふともも》がむき出しになっていた。そこに張りついている小さな下着。森本達子の下半身は肉付きがよく、下着は伸びたようになってひどく小さく見える。

「でもあの写真からは下着の色の判別はできない。写真は白黒なんです。それが書けるとすれば、警察関係者、もしくは解剖医。わたしが知り合いのライターにこの話を流したんです。彼は大阪の新聞記者にもコネがあって、すぐにそれをリークした。今朝の十一時半です」

名城はその時、「それがほんとだったらえらいことになるよ」と人ごとみたいな声を出した。「そのまま特ダネにすれば?」。しかし美智子は、裏の取りようがない、検死担当医を割り出すだけで一苦労だと答えた。名城はその場で、三人の新聞記者に情報を流したのだ。

清水はぼんやりとしていたが、ふいに大きな声を出した。

「噂《うわさ》の真偽をただすために、新聞記者にネタを流したっていうんですか」

「正確には、警察に揺さぶりをかけるためです」

ちょっとまってくださいと清水はあわてた。

「それやったら、暴行されてないんやったら、なんで自殺なんかしたんですか」

美智子は携帯電話を握ったまま、じっとうつむいていた。森本達子の母親の言葉を思い出す。

――あの子は自殺なんかやない、殺されたんや。

翌日、関西の夕刊誌に、小さく大阪ホテル殺人事件の記事が載った。競馬と野球の記事が主であるその新聞の、三面の、「連載風俗最前線」と銘打たれたコラムの横に「信じたくないこの話」という欄がある。その文字に斜めに被るように「スクープ」と小さな字があった。

『暴行されて復讐のために二人の男を惨殺《ざんさつ》、もしかしたら三人目も彼女の犯行か⁉ なんて世間を騒がせている森本達子が、実は一度も男性といたしたことがなかったという話。ただの被害妄想なら殺された二人にはエライ迷惑な話。以前有名ストリッパーが、あの痛みをもう一度といって処女膜再生手術をしたなんて話があって、そんな膜、ほんとにあんのか？　と思ったものだが、女性はホーケイの実体を知らず、男性はショジョマクの実体を知らず。やって殺されるんならいざ知らず、やらずに殺されるなんて、信じたくありませんよね』

隣には「女性の使用済み下着、高く買います」と広告の文字が躍る。

大手新聞社の記者が解剖担当医の家に取材をかけにいくと、玄関先にはすでに三人の同業者が座り込んでいた。

――帰ってないの？

――夜勤。

――逃げてんでしょ。

――かもしんない。

そして美智子のもとに真鍋から電話が入った。

警察関係者からのリーク情報によれば、検死時、森本達子の処女膜は固く、無傷なまで残っていた。

4

「本当ですか」

美智子は受話器を握り直していた。

真鍋は言った。

「あのね、ぼくも知らなかったんだけどね、処女膜というのは抽象的な概念なんかでなく、実在の膜なんだそうだ。これが若くて、栄養状態のいい女性なら、かなりの弾力性があって、細い性器なら通ることもあり得るんだそうだが、年を追うごとに固くなり、弾力を失う。本当にぴしっと張ったもので、中央に通気口のように孔《あな》があいているという構造なそうな。初めての性行為においては、文字通り破るんだそうだ。個人差はあるが、なかなか苦痛を伴うものだそうだ」

美智子は眉根《まゆね》を指で押さえた。

「そんなことは知っています。女性ならだれでも知っています。いえ」と美智子は顔を上げた。「性体験のある女性ならだれでも知っています」

ああ、そうと真鍋は奇妙に気落ちした声で答えた。

美智子はそれで、と話を促す。

「いや、それでもなにも。検死の結果、彼女の処女膜は未使用だったってこと」

「暴行の事実はなかったということですか」

「そう考えるのが妥当でしょう」

それでは森本達子の自殺の原因が消える。全ての話の根拠が消えてなくなる。美智子は念を押した。

「間違いないんですね」

「そりゃ刑事さんたちも一様に、検死医にそう念を押したでしょうよ」

真鍋の警察庁刑事局の友人は、それでも森本達子が犯人であることは間違いがなく、ただ、動機の点において若干の修正が必要になるとの、大阪府警本部のつぶやきを耳打ちしたという。

「あのネットの記述は、間違いなく森本達子を検死した担当医から流れたものだ。だからって暴行がなかったことにはならないが、どちらにしても我々が言うところの暴行というものとは違ってくるということだな。被害妄想という方が早いかもしれん」

それにしてもと真鍋はぼやく。「だまされましたよ。だまされ続けていましたよ。

俺はねぇ」

酒場のぼやき親父《おやじ》の様相を呈していた。大昔、あたし初めてなのという女性との性行為を思い起こしていることだろう。あたし、初めてなの。おお、そうかい——ことはそんなに簡単じゃない。美智子の友人で、恋人との性関係を成立させるのに一カ月かかったなどというのはざらにいた。

痛がる女性をなだめすかして、大変な根気と忍耐を持って初めて成立を迎える——この女を愛したいという強い愛情、もしくは執着に裏打ちされた忍耐があってこそ、成立するものなのだ。そういう経緯を知らないということは、本人は処女を相手にしているつもりなだけで、現実には相手は初めてでなかったということだ。早い話が真鍋は初めての女性を知らないということなのだ。今ごろ気付いて茫然《ぼうぜん》自失している。

男の性の神話なんて、こんなものだ。

処女性は、後生大事に守っていても仕方のないものではあるが、かといって性体験の多さを女性としての自信にすり替える女性たちのいかに多いことか。

性体験の多さを自信にすり替える——。

美智子は自分のつぶやきに、不意に思考を止めた。

しかしその言葉は決して侮《あなど》れない実感覚ではないだろうか。

異性から相手にされていないと思うこと、また、人からそう見られていると思うことは、人間最大のコンプレックスではないだろうか。

美智子は「性的あぶれ者」という言葉を聞いたことがある。それは性行為にありつけない者という意味だ。その時、会話の中に何気なくはさまれたその言葉が、心の奥深くに沈み込んでいくような気がした。

現実に性関係を持っているかどうかではない。自分が意識する社会からの視線なのだ。どんなに実績を残していようが、もしくは人の尊敬を受けていようが、「性的あぶれ者」という言葉のもつ孤立感は、その全てを打ち砕いてもあまりある。

女は化粧し、洋装店で服を見立てる。日常的に自分が女であることを意識してやまない。呼吸するように、刻一刻意識し続けている。「性的あぶれ者」という言葉は、そのけなげな意識をあざ笑う。評価されているのはお前の仕事であり、脳であり、ただそれだけだと。女性としての充足感を、自分だけが与えられない。人並みな性機能をもちながら、まるで顧みられない。

美智子は深く沈んだ。真鍋の「欲求不満」という言葉が重く響いた。森本達子の部屋に散乱していた無修整のアダルトＤＶＤが悲しかった。過激なレディスコミックが悲しかった。

雪枝の話からは森本達子の歪《ゆが》んだ人生が見える。達子の部屋からは十五枚に及ぶ裏DVDが押収《おうしゅう》されていた。母親を憎みながら母親に添い寝してほしいといい、毎夜裏DVDを眺めながら性への妄想を膨らませていった三十六歳の孤独な処女。

雪枝はその事実を聞いたあと、じっとうつむいていた。そしてポツンとたずねた。

「二人の男は男性性器を切り取られていたといいましたね」

美智子はうなずいた。

「あたしは森本達子という女性と長い間交流がありました。彼女は思い込みの強い人で、その思い込みというのが、根拠がないんです。彼女は現実逃避をし続ける人でした。だから論理的な根拠を嫌うんだと思います。青色が縁起が悪いと聞くと、絶対に青いものを着ませんでした。でもお酒は肝臓に悪いと言ってもそれは信じないんです。そんなことはないって。母親を憎んでいるようなこととしか言わなかった。でもそれは、母親が自分を構ってくれない不満の裏返しです」

そういうと雪枝は言葉を切った。

あのなにもない部屋の中だった。ソファの上に座った雪枝は活動的に動いている時より小さく見えた。物思いに耽《ふけ》ると、思考が内へ内へと入っていって、それにつれて体も小さく内へと縮こまるのかと思うような。

「彼女が性体験を求めていたのは確かだと思います。でも彼女には性体験はなかった。望んでいたが与えられなかった。そして事実として、残酷な殺人がある」

美智子は森本達子の死の瞬間を思い起こしていた。スカートがめくれ上がって、挑発的な深い赤ワインの色の下着がむき出しになっていた、あのとき。

「場所も、相手も、具体的なことはなに一つ書かれていない遺書だったといいましたね。それは暴行の事実なんかなかったから。だから書けなかった」

「では、なぜ殺したんですか。ただの殺し方じゃありません。憎しみに満ちた殺し方です。常軌を逸した感情の決壊のような」

雪枝はちょっと笑った。

その時彼女は立ち上がり、窓の外を眺めていた。それはどことなく焦点を遊ばせるような眼差《まなざ》しで、そしてそのままの視線で、ふっと笑ったのだ。

「拒否された──」

美智子の脳裏に、小さな虫を焼き殺す情景が浮かんだ。夏の夜、迷い込んだ虫を捕まえて灰皿の中でそっと火をつける。自分の残酷さを楽しむ瞬間──そんな時、人はこんな笑みを浮かべているのではないだろうか。

「彼女は性関係を拒否されたんじゃないでしょうか。飲み屋の客なんて、出会い系サイトで遊ぶ時のような手軽さでセックスに応じてくれるものだと思っていた。少しは優位にことを運べると思っていたかもしれません。相手が自分と性関係を結べることに喜ぶとか、お世辞の一つも言ってくれるとか。――そう」

そう言うと、美智子に向けられた雪枝の顔は、明らかに嘲笑《ちょうしょう》を浮かべていた。

「望まれてセックスをするのだという優越感。そんなものも、期待していたかもしれません。しかし彼らは拒否した。もしかしたらベッドの中に入ってからかもしれませんね。三十六歳の生娘にその男たちは煩《わずら》わしさを感じたとすれば？　肉体関係を持てば、この先付きまとわれるかもしれないと思ったかもしれない。行きずりのセックスには、薹《とう》のたった処女は向いていない、と。横山明と金岡正勝の両方を一度に相手にしたとはいいません。もしかしたらそうだったのかもしれませんが。期待と興奮に身も心も張り裂けそうになっている三十六歳の女。その肉体に、男が目をそむけたとすれば」

そして雪枝は美智子をじっと見つめた。

「――残酷だと思いませんか」

裸で男と一つのベッドにもぐり込む。待ちに待った「快楽」に女の体は興奮しきって、今まさに人生のすべてが開けていくような錯覚さえ持っていた。その時男が、女が未経験であることに気付いたとすれば。

そして行為を中断して立ち上がって身支度を始めたとすれば。

男が捨て台詞《ぜりふ》を残す。侮辱的な言葉だったかもしれない。憐れみを含んだ言葉だったかもしれない。いや、なにも言ってくれなかったかもしれない。男はその時どんな顔をしているのだろう。蔑《さげす》みだろうか。落胆だろうか。驚愕《きょうがく》だろうか。これ以上にないというほどあらわな恰好で横たわる自分の体に、見切りを付けるように立ち上がって帰ろうとする男の背中を見ながら、女は我が身をどうすればいいのだろうか。

森本達子の悶絶《もんぜつ》が脳裏を閃光《せんこう》のように走った。

「今の世の中、性情報が氾濫し過ぎているんですよ。男性経験がないことがそれほどのコンプレックスでない時代もあったでしょう。少なくとも女性には、セックスを汚いものだと思う、もしくは神聖なものだと思う、そんな意識も入り込む余地があった。でも今は違います。セックスをするのがどうして悪いのかが転じて、しないのは相手にされないからだと思うようになった。セックスの話題が日常化して、ファッションと同じ位置まで下がってきた。それがどれほどの快楽なのだろうか――達子は安物のポルノ小説の中に自分に手の届かぬ世界への妄想を膨らませ続けていた。二十年もです。わたしは思い出すんですよ。去年、達子は、妹が結婚した四年前のことをこう言ったんです。『今ごろやりまくっているのかと思うと、腹が立って仕方がない』」

雪枝は笑った。

「もちろんこのままの言葉じゃありませんよ。わたしの口から言うにはこれが限界です。投げつけるように言いましたよ。そしてこうも言いました。『あたしもやってやってやって、やりまくりたい』。頭が変になるほどやってみたいって。実際やってみればそれほどのものじゃないと諭しました。でも経験のない達子の頭の中では妄想が膨らむばかりだった。そう言いたくなる達子の気持ちも、わからないでもないでしょ？

でも妹が結婚した四年前にはそうは言わなかった。『素直に喜んでやれない自分が嫌いだ』。彼女はしおらしい声でそう言いました。今それを思い出していたんです。彼女にしたら見事な言い回しだったと感心しながら」

美智子は雪枝の顔を見つめ続けていた。

性のあぶれ者になることを恐れている自分に気がついた。性を意識することを恐れる、その理由をも漠然と理解した。四十を過ぎて突然、転機を見つけて突破口を見いだそうとした自分の、不安と苛立《いらだ》ち、行き詰まりが、実際にはなんであったのか。

——自分の意識の中にうずくものの正体。

今、雪枝がそれを摑《つか》み出している。

美智子は性的未経験者ではなかった。それでも雪枝の言うことはよくわかる。蝶《ちょう》も亀《かめ》も、生物はなんであれ、性行為だけは知識としてではなく本能としてプログラムされている。本能を制御するはずの文化は今、その本能を刺激するばかりなのだ。この風潮の中で、それでもなお性体験を持たないものは、激しい疎外感《そがいかん》を覚えることだろう。社会人なら皆が知っていることを、あたしだけが知らない。皆が当然の如《ごと》く楽しんでいることを、あたしだけが知らない。

電車に乗って、回りを見回して、思う。この中であたしだけが性の快楽を知らないのだと——。

美智子は雪枝を見上げた。

端整な横顔だった。はじめて会った時に感じた、どことなく頼りなげな印象は、今はない。

美智子は頭の中がまとまらず、追われるようにたずねた。

「なにが見事なんですか」

雪枝は答えた。

「人はいかにうまく心の内をカモフラージュするかということですよ」

雪枝はじっと美智子を見つめた。やがて彼女の視線は穏やかになり、陰りを持った。

「結婚には引き返せない大きな義務と責任が発生する。しかし同時に性生活を持つと公言することです。達子が妹の結婚に複雑な感情を抱くと言ったのは、妹が伴侶《はんりょ》を得て将来設計をして船出したことを、姉として祝福しながらも、その旅立ちに嫉妬《しっと》を感じる自分の度量の小ささが情けない――そんな高尚なことではなかった。達子の頭にあったのはただ、妹が今夜するセックスの画像だけ。頭に浮かぶのは絡《から》み合う妹とその彼氏の裸体だけ」

雪枝は美智子を見つめた。

「妹が家庭を持つということが素直に喜べない、そんな自分が情けない――。これが昼の言葉で、今ごろやりまくっているのかと思うと、腹立ちと嫉妬でいてもたってもいられない――これが夜の言葉です。翻訳機が違うだけで、本人は同じことを言っている。達子は、遺書をその昼の言葉で書いたんですよ」

そして彼女は美智子を見つめた。その意味を理解しているか、見極めようとするように。

昼の言葉と夜の言葉。社会に聞き取りやすくカモフラージュした言葉と、皮を剝《は》いだ生肉のような言葉。自らの恥部を晒《さら》す言葉とそうでない言葉。翻訳機の違い。

雪枝は美智子をしっかりと見すえていた。

「相手にされなかったと言うより、レイプされたと言ったほうが、彼女には聞こえがよかった。自分が男にとって価値のある女であると主張することでもあるわけですから。殺人を犯し、自殺する理由として、彼女には社会的だった。無視されたということとレイプされたということは、性の問題において修復不可能なほどに激しく傷ついたという意味において、彼女には同じだったんです」

美智子には森本達子が男性性器を切り取った理由に行きついた気がした。これが自分を翻弄《ほんろう》しているのだという怒りが、その行為に及ばせた。これが、自分を拒絶したのだと思い詰めた。森本達子の思い込みの激しさ、論理性の無さ、そして被害妄想の強さ。加えてアルコール依存症による情緒不安定。社会からの疎外感。

「――でも」と美智子は頼りなげに問うた。「女性が一人で男を縛りあげることができるものでしょうか」

雪枝は美智子を見つめた。

「わたしにはわかりませんけど、できたんでしょうね」

そして雪枝は言った。「どう聞こえるかはわかりませんが、わたしには、彼女がレイプされて自殺したというより、拒否されて自殺したというほうが、しっくりくるんです。女性としての価値がゼロだと烙印《らくいん》を押されれば」

雪枝は美智子を見た。

「——考えるでしょ」

どこへももっていきようのない怒りと絶望感。それは自殺の引き金に成り得る。そう。成り得るのだ。

しかし美智子の話に、清水は得心しなかった。

「じゃ、原田光男の件はどうなるんですか。森本達子の連続殺人とは無関係だと言うんですか」

ストーリーは作りやすいところから作られる。原田光男が横山や金岡と同じ年齢で同じ高校卒業だったからあたかも三件は因果関係があるように思われた。しかしそれはただ、作りやすいストーリーだっただけかもしれないではないか。同じ年齢で同じ高校卒業ということは、ただの偶然であったかもしれない。

「そりゃ確かに、局部の切り取りはなかったかもしれませんが、原田もまた何カ所も切り付けられて殺されているんですよ」清水がそう、畳みかけた。

偶然で片付けることができないなら——原田の件はどう考えよう。美智子は仕方なく答えた。

「原田に性行為を拒絶されてまず殺し、それから横山、金岡に同様な惨《みじ》めな扱いを受けたので殺した——ということでしょうか」

他にはなにも思いつかない。美智子の煮え切らない態度に、清水は気のない声で「はぁ」と答える。確かに清水には気に入らない返事かもしれない。しかし現に森本達子は処女だったのだ。その事実は動かせない。そしてレイプされたという遺書を残して自殺した。その事実も動かせない。

彼女は確かに自殺したのだ。

彼女はベランダに出、回りをぼんやりと見回し、自ら踏み台を引き寄せ、手すりをこえ、落下した。なんのためらいもなかった。実に淡々とした行為だった。

最後に流れた赤い血の筋。

「——あなた、森本達子に言い寄られたら拒否しますか?」

清水は困惑したように答えた。

「はい。多分」

「なぜですか」

森本達子は美人ではなかったが、醜くもなかった。美智子は清水を見つめた。清水は理由を問われて、困惑の度を深めている。「シチュエーションの問題もありますよ」

英語に置き換えられた時、妙にはぐらかされたような気がするのはなぜだろう。現実感がなくなり、画一的などこかに場面転換を強制されたように感じるのはなぜか。

「ではどういう状況なら、どうだというんですか」

「いや、だからどういう状況でも、興味のない女性とそう簡単にはね」

「さっき状況の問題だといいませんでしたか」

清水は窮してため息をついた。「男によるとは思いますが、ぼくは拒否します」

「男の人は、だれでも、できれば得だと考える風潮があるんじゃないんですか。据え膳《ぜん》喰わぬは男の恥、などと言うじゃありませんか」

清水は美智子を見つめて、ポツリとつぶやいた。

「木部さん、なんか思い違いをされてません?」

清水は首の後ろに手をまわし、じっと考え込んだ。

「ぼくらだって、朝目が醒《さ》めれば前日に自分のやったことを回想します。昨日、俺、なにやったんやろうて。自己嫌悪《けんお》に陥ることもあります。次の日の朝そう思わんでええように、その日をやましいことがないように過ごす。ただやり得ばかりを考えているはずがないでしょ。世の中には男という域と、女という域と、人間という域があって、共通の人間ていう域で物事を考えていかんかったら、やっていかれへんのと違いますか。男は、レイプはひどいことやと思うだけで、どれほどひどいことかを実感として知ってるわけやないです。我々が実感として知らんということを逆手にとって、女の人らは攻撃するわけです。あなたたち男性は軽く考えすぎていると。確かにそうですが、見知らぬ女に突然言い寄られたらどうしますか、性的関係を持ちますか。持たないはずがないでしょ、だって据え膳喰わぬはなんとやら――それは男の、人間の部分を無視した偏見ですよ。男やというだけで、そんなに敵意をもたれないかんのでしょうか」

清水の困惑にはちょっとした悲しみがにじんでいた。しかし森本達子は敵意をもったのだ。だからそのシンボルである性器を切り取った。

美智子はつぶやいた。

「大衆文化は女性の性を解放したんでしょうか。それとも蹂躙《じゅうりん》しているんでしょうか」

あたしはなにを言っているんだろうか。暇を持て余す主人に芸をしてみせる犬――

作家になると言って東京を飛び出したあの時、美智子には、自分のことがそう思えていた。もしくは薬剤で興奮して箱の中を走り回るネズミ。なにかが空回りして、ふと、自分の信じていたものが蜃気楼《しんきろう》だったんじゃないかと思う。米粒くらいのことを拡大して、無理な講釈を付けている。気がつくと全体が見えなくなっている。そして既存の価値を全部否定することからしか、スタートが切れなくなる。そして挙げ句にこの清水の言葉にみられるように、相手を失望させる。

「なんか考えてはるんやとおもうんですけどね」と清水はおずおずと言った。

「いわゆる消費文化的な性感覚と、世代不変の情愛関係とは、別に考えたらどうですか。実際は別かどうかは知りませんけどね、とりあえず整理する。少なくともぼくに関していえばね、下半身用の女と上半身用の女は別ですよ。言いにくいけど、ここまできたらしょうがない。本音を言えば、性的興奮と、精神的安定を求める対象は、しばしば相反するというたらわかってもらえますか。そやけど、いうときますけど、だからって『据え膳喰わぬは』ということではないですよ。相反するものやなぁと思いながら、その矛盾に身を焦《こ》がしながら、日々、自己嫌悪に陥らんようにですねぇ」

たじろぎながら歯切れの悪い本音を言う清水の優しさが、美智子にじかに伝わった。本音は隠しておきたいものだ。若くてハンサムな刑事とのセックスを妄想したなど、口が裂けても言いたくはない。清水はしかし、自分の本音をそっと聞かせてくれた。美智子は感謝した。気恥ずかしい感謝だった。美智子はそれで、意地悪なことが言いたくなった。

「森本達子は下半身用でもなかったと？」

清水はそれに対して神妙に、今夜一晩考えさせてくださいといった。

その夜から、美智子は真鍋に送る原稿を書き始めた。

「取り残された性」

第四章　新たな犠牲者

1

診察の待ち時間は短い方がいいに決まっている。それでもあまりに短すぎると、いかにも患者が少なそうで沽券《こけん》にかかわる。だから待合室に患者の数が少ない時は、ちょっと勿体《もったい》を付けてみるものだ。例えば診察と診察の間に煙草《たばこ》を吸うなどしてな――

久谷医院の院長、久谷浜一《くたにはまいち》は、息子の明久《あきひさ》がはじめて実家の診察室の椅子《いす》に座る日、そう言った。

婆《ばあ》さんの患者は苦情を言い立てる。顔が火照《ほて》る、耳鳴りがする、なんとなく頭が重い。心臓がバクバクするような気がする――その年寄りの患者は週に三度やってきて、同じことを繰り返し言った。「お歳《とし》ですからね」何度そういなしても、彼女は一向に納得しない。

「息子の嫁が脳のレントゲンをとってもろたというてね」

検査で健康体だとお墨付きを与えると、彼女の不満は膨れ上がる。どうやら自分も脳のＣＴ検査をしてもらいたいらしい。

「耳の中が鳴るんです。わたしは気持ちわるうて」

九十歳を過ぎてはじめて耳鳴りを経験するなど、幸せな人間だと明久は思う。血糖値正常、血圧正常範囲内、脈拍極めて良好。この結果の全《すべ》てが彼女には気に入らない。

「眠れませんのやけど」

「お年寄りは夜寝つきにくくなるものですよ。そのうえ長い間昼寝するんでしょ。だからですよ」

彼女の後ろにもう一人待っている。それが終わってやっと昼飯にありつける。それでも焦《あせ》ってはいけないのだ。若先生は院長先生より不親切だと風評がたっては、小さな医院には命取りなのだ。

看護師が顔を出した。

「日進薬品の営業の方がさっきからお待ちですけど」

「あれは親父《おやじ》に会いにきているだけだから。親父は昼からしか出てこないって言ってくれてるんでしょ」

父親の医院に戻ってまだ一年だった。それまでは父親一人がやっていた医院だった。二十七歳の明久が戻ってきて医者が二人に増えた。ワンマンの父親が、薬剤のことなど自分にかかわらせるはずがないのだ。父親から言ってこないことを、明久から聞くということはない。どちらにしても先々は全て自分の手中におさまるのだから。

婆さんは渋々立ち上がった。自分が病気であると言ってもらえないことが不満でならないのだ。どこかが悪いと言われたほうが、家族にも大事にしてもらえるのだ。それでも彼女は間違いなく健康体だった。彼女の不都合は、家族にも医者にも自分が求めるほどに構ってもらえないという、ただその一点だった。

――年寄りには触診を忘れるな。彼らは医者に触ってもらうと満足するのやから。いまどき、ああいう年寄りの肌に触ってやるのは医者くらいしかおらんやろ。触診すれば、また来る。

父との情愛は薄い。父親の浜一にとって、子は、医院の後継者という位置づけでしかない。患者に向けるにこやかな仮面の下の、家庭を顧みず、やりたいだけ女遊びをしていた父親の顔を明久は知っている。傲慢《ごうまん》で恥を知らぬ顔。あらゆることを金で解決することにいささかも痛みを感じぬ男の顔。そのために母が一時鬱病《うつびょう》の症状さえ見せていたことも、父親は気にしなかった。それでもそういう父に憎しみはない。多くを期待しなければ、おのずと憎しみは湧《わ》かない。父親の敷いたレールの上を走っていることにも、格別の嫌悪感《けんおかん》はない。むしろ生まれた家が開業医であったことを恵まれていると理解している。なぜなら、考えれば人生にこれといった志のない自分だから。

あらがうまい、波風を立てまい、自己主張すまいとするのは、父親の強権の下で息を殺すようにして生きてきた長い子供時代に身に付けた習性でもあった。父親に理屈は通らない。事情も斟酌《しんしゃく》しない。気に入られれば無理も通った。反抗すれば、力でねじ伏せられた。

しかし今、父親と争わないのは、医院を順調に運営するためなのだ。

父親が老人には触診を欠かすなというのなら、それに従うだけだ。大学時代に培《つちか》った医者の良心とプライドは、診療の中にさえ示せばいい。今はただ経験と技術を積んで、来《きた》るべき自分の時代に備えるのだ。

「阿部さんて方からまた電話が入ってますけど」

看護師が困惑気味に診察室に顔を出した。

「どうしましょう。こちらに回しましょうか、それともお断りしましょうか」

最後の患者を診察室に呼び入れた直後だった。明久は返答しかねた。看護師は返事を待っている。そして患者は座っている。

「お断りしましょうか」

「いや。そっちで取る」

明久は受付の電話口に立った。

女の声は細いが、沈痛なほどの緊迫感をはらんでいた。

〝調べてもらえましたか〟

製薬会社の営業が二人並んで待合室の椅子に座っていた。製薬業界の営業には、熱心さを売り込むことも大切な仕事なのだ。出てきた明久に一礼する。明久は視線を気にしながら、答えた。

「わかりません。前にも申し上げたように、知らないんです」

〝話がしたいだけなんです〟

「ですから、わからないんです」

〝手紙か名刺か、なにかあるでしょう〟

父親に内緒で兄の登の所在地を知らせてくれというのだ。阿部節子という女性には覚えがあった。彼がまだ小学生の時、この医院で働いていた。大学を出たばかりの大層な美人で、そのうえ人当たりもよかった。父の浜一に内緒で兄の連絡先を教えてくれ——彼女はそう、懇願した。

迷惑はかけません。どうしても登さんに会わなければならないんです。

彼女の電話はこれで五回目になる。

一回目には、ただ知らないと答えた。

二回目には、兄とは絶縁状態なのでと説明したが、彼女は引き下がらなかった。そ

れで渋々父親の住所録を調べてみると言った。

三回目の電話の時に、目に付くところにはなにもないと答えた。が、電話はやはりおさまらなかった。四回目の電話を受けて、明久は丁寧に、しかしはっきりと、引導を渡した。

「父に直接言ってください。私は兄とはこの十四年、顔を合わしたことがないんです」

絶縁状態とはいえ、父親が兄に少しずつ送金していることはうすうす知っていた。二度と家の敷居をまたぐな——それが送金の条件であろうことも、それとなく察していた。家の中から兄の存在は抹殺《まっさつ》され、家庭は平穏を取り戻した。それもこれも、父親の強権によるものだった。

明久は本当に、父の住所録の手帳をめくったのだ。父親のやり方が、どこかでだれかを傷つけてきたことは、推測できた。女性の声はしっかりとしていたが、内心震えるような窮地の中にあるだろうことは、その声の調子から推して知れた。事情はわからなかったが、同情を誘った。この女性の窮地に、力を貸せたらと思った。

なぜ兄がそれほどまでに父親に疎《うと》んじられたのかは知らない。興味もない。ただ、その女性に、家族としての責任のようなものを感じたのだ。しかしなにも見つからなかった。兄が時々町に戻っていることは知っていた。なにかのコンサルタントを名乗っているとも洩《も》れ聞いた。名刺の一枚もあるかもしれない。それをあの女性に知らせたとて、なんの罪だろうか。しかしその名刺さえ、なかった。

父親は兄を捨てたのだ。もしくは、家族の外に追い出したのだ。

陰鬱な気分に襲われたことを覚えている。ただ父親に、身の回りをかぎまわっている印象を与えるような冒険はできなかった。医院の収益に興味を持ったと思われるかもしれない。診療方針について、反旗をひるがえす準備をしていると勘繰られるかもしれない。

そしてこの五回目の電話に、明久は同情はしたが、これ以上の協力はできないと思った。

「とにかく、わからないんです」

患者を待たせていた。苛立《いらだ》った明久の声に、目の前で営業の二人が驚いて顔を上げた。電話を受けた看護師は素知らぬ顔で仕事を続けていたが、会計を待っていたさっきの婆さんが、あきらかに興味を感じていた。しかし女の確固たる口調は変わらなかった。

〝娘の命にかかわるんです〟

はじめて聞いた言葉だった。兄の所在が子供の命にかかわる——その言葉が明久を動転させた。しかし婆さんの目は輝いていた。九十歳の暇を持て余した健康体は、ゴシップの臭《にお》いに鋭い嗅覚《きゅうかく》を発揮している。彼は思わず言葉を放った。

「それなら警察に行きなさい」

自分の突き放すような鋭い語調に、明久自身がたじろいだ。

〝お父さまの手帳になにか〟——明久は解放されたかった。自分は父親の目を盗んで調べたのだ。電話に出ないという選択もあったのに、こうやって相手をしているのだ。できるだけの誠意は見せたのだ。この久谷の家で、せめて自分一人でも、人間の心のある存在でありたかったから。

〝連絡先があるはずです。それを調べて〟明久は女の言葉をさえぎった。

「そんなことはできない」そして呼吸した。

「今、診療中なんです。失礼ですが」

明久は一方的に電話を切った。

——娘の命にかかわるんです。

兄、登が阿部節子の娘の生命を左右するとはどういうことなのか。電話を切ったあとに、切迫感のある女の声が残った。

昼から父が、同じ敷地の中にある自宅から医院に顔を出すと、製薬会社の二人の営業が立ち上がって父を出迎えた。明久は父親を見ようとはしなかった。父は兄のことを話題にすることを嫌う。だから母も一切話題にしない。

一度母に、兄の消息を聞いたことがあるが、母も所在を知らされていないようだった。母が兄の所在を知れば、こっそり会いにいくかもしれない。父がそんなことを考えているのは容易に知れた。そして母は父には逆らわない。それはちょうど、明久自身が父親の強権の下を生き延びて身に付けた習性と変わらない。母が父の機嫌を損ねるのを恐れて、子供への愛情すらなし崩しに失っていくことに対しても、明久は格別の失望を感じなかった。抑圧された人間の自我喪失は、希望や意志のみならず、憎しみの感覚さえ失わせる。明久が辛うじてその呪縛《じゅばく》にからめ捕られなかったのは、大学に入学した十八歳から久谷の家を離れたおかげだった。

お父さまには内緒に。

明久は二人の営業をつき従えて空いている診察室に入っていく父を決して見ようとはしなかった。

——自分は確かに父と仕事はしている。しかしそれは、利害の一致のうえにあるものに過ぎない。父に逆らわないのも、父に屈しているからではなく、すなわち一人の人間としての思考、判断を牛耳られているのではなく、目的の為《ため》の手段に過ぎない。大学で別の世界に触れ、医師という職務を得て、自分は生まれ変わったのだ。今、人間としての自分は父によっていささかも去勢されてはならない。

明久はその日一日を平静を装《よそお》って過ごした。ただ小さな怒りの火が心の中に灯《とも》っていた。阿部節子という女性の電話によって思い起こされた、過去における抑圧に対する怒りであり、失われた家族の形に対する怒りであり、裁かれることのない父の傲慢なあり方への怒りだった。

その夜は寝つけなかった。抑えていた感情が堰《せき》を切ったようだった。整理が付いていると思っていた自分の心の中に、これほどの憎悪が渦巻いていたということに、改めて恐れも感じた。そして兄の気持ちを、改めて肌身に感じた。

子供のころ、愛情は兄が一身に受けていた。兄は活潑《かっぱつ》な子供だった。成績も優秀で、父の意識は兄一人に向けられていた。明久の存在は常に陰になり、父が明久に話しかけることなどなかった。明久は母に似たのか、父の無神経な豪放さがなんとなく恐ろしく、父になじめないでいた。それが父が明久を疎んじた遠因であるのかもしれない。父のその豪放さと、兄のわがままともいえる活潑さには似たところがあった。その父が、兄に冷たくなったのは高校受験の失敗がきっかけだった。第一志望校に落ちた兄に、父は突然興味を失ったのだ。そして兄を医者にすることに見切りをつけた。それは子供の目にも、掌《てのひら》を返したような仕打ちだった。兄、登が私立西岡高校に入学することになった夜、父は帰ってこなかった。そして父の意識は突然明久に向けられた。忘れていたものを思い出したように。

兄の気持ちを今思う。突然突き放された兄の気持ちを、大人になった今、しみじみと思いやることができる。

あの当時は明久自身が必死だった。父の期待が自分に向いたと感じた時、喜びよりプレッシャーのほうが強かった。明久は懸命に努力した。兄のように見切られるのが怖かった。ただ良い成績をとることだけが、明久の切なる思いだった。兄が荒れていく。兄が非行に走っていく。それを家族として、心配したり思いやったりする余裕など、全くなかった。

父とうまくやること。父の機嫌を損なわないこと。

夜中の三時を回っていた。明久は眠れず、とうとうベッドの上に座り込んだ。

今と同じだ。

兄が問題を起こすと、母が学校に謝りにいった。そして警察沙汰《ざた》になりそうだと、父が手を回して金でもみ消した。それは兄への愛情からではない。久谷医院の名を出さないためだ。久谷の面汚《つらよご》しだ――兄が問題を起こすたび、父はそう言って兄を罵倒《ばとう》した。やがてその罵倒すら、しなくなった。

しかし兄をそのような根気のない人間に仕立てたのは、甘やかし続けた父親ではなかったか。家庭を根底から壊したのは、父ではなかったか。

明久は立ち上がって水を飲みにキッチンに行った。

兄が家庭内暴力を起こさなかったことが、兄の忍耐の証《あかし》だったかもしれない。いや、突き放されてもなお、腕力にうったえて逆らうということのできなかった、一人の子供の哀れさだったかもしれない。

町では原田光男の変死体が上がったと噂《うわさ》になっていた。横山明、金岡正勝とともに、彼もまた学生時代に兄と交遊があった。顔は見たことはあるが、口を利《き》いたことはない。明久は三人の相次ぐ死に意識的に興味を持たなかった。その事件についてだれとも、意見を交わすことはなかった。ちまたでは、原田の変死体についてとやかく囁《ささや》かれていることは知っていた。しかし死体が水につかっていれば膨れ上がるものだ。原田の腐乱死体が醜悪な様相を呈していたとして、それが原田という男の人間性になんの汚点となり得るだろうか。

そして一本の電話が自宅にかかってきた。

呼びだし音が鳴って、はじめに母が出た。すると電話は無言で切られた。母が電話を置くと、その二分後にまた電話のベルが鳴った。母が出るとまた切れた。三度目に鳴った時、明久は別室でその電話をとった。見当はついていた。阿部節子に違いない。

彼が別室で電話をとったのは、母に話の内容を聞かれたくなかったからだった。明久には阿部節子、当時の内海《うつみ》節子の記憶はおぼろげにしかない。節子から病院に電話がかかるようになって一度明久は節子のことを母にたずねた。母はその名にひどく反応し、動揺を隠せない様子だった。阿部節子が美人であったこと、父が女遊びの激しかったことを考え合わせた時、十七年前、節子が医院に勤めていた当時、父と節子の間になにかあったのだと、その時感じた。

しかしその女の声は、阿部節子のものではなかった。

その女の声は節子より涼やかだった。絵に描いたようなかわいらしい赤ん坊が現実にはいないように、その声は、想像の中にしかないような——現実にはあると思えないような、清楚《せいそ》でありながらほんのり甘く、そして知性を思わせる強さがあった。

「お兄さんのことでお話があるんです」

阿部節子の声には、事件に巻き込まれている人間だと思わせる緊迫感があった。しかし今、この女の声には、事件を目撃した第三者が問われて状況を説明しているような明快さがある。

「阿部さんて方から電話が入っているでしょ？　わたし、阿部節子さんの友人です。是非会って、お話ししたほうがいいと思うんです」

明久は返答に窮した。心の半分で何ものとも無関係でいたいと思い、しかし残りの半分では、深く突き刺すように自分に問いかけた。——いつもそうやって無関心を装ってきたのではなかったか。母親でさえ波風を立てまいと思うあまり、わが子である兄の苦境に目をつぶった。息をひそめ、父の顔色だけを見ていたあの時代。保身のために、あらゆることを見て見ぬ振りをしたあの時代。

自分は今も、あの時代から抜け出していないのだろうか。いや、大学生のとき一度は確かに抜け出した。そうだとすれば、この家がまた、自分をあの時代に引き戻そうとしているのだろうか。

自分は、今また登の弟であることを拒否しようとしている——心の半分が、そう明久を冷たく分析した。

母親がドアの外に立った気配がした。そっと中の会話をうかがっている。娘の命にかかわることだという阿部節子のあの一言が思い起こされ、明久の心を決めさせた。

「ええ。事情を御存じなら」

明久はその時、生まれてはじめて、家族の一員としての役割を担《にな》った気がした。なんて簡単なことだろう。自分は兄の消息を聞きたいと思っている。兄の巻き込まれたトラブルを知りたいと思っている。それをただ、素直に口に出せばいいのだ。ただそれだけのことだったのだ。

「突然ですが、急ぎますのでこれから、十時四十五分に榎坂《えのきざか》の裏にある空き地にきてもらえますか。あの、採石場跡です。時間は取らないと思います」

女は明久の車の種類をたずねた。明久は白のセドリックだと答えた。

では、車の中で待っていてください。

十時三十五分を指していた。榎坂の裏の採石場跡まで車では五分で行ける。ええ、わかりましたと明久は答えた。

「失礼ですが、お名前は」

明久は最後にそう聞いた。相手が電話を切ろうとする瞬間だった。女は明朗に答えた。

「お会いしてから申し上げます」

女の声がこれほどに魅力的でなかったならば拒否していたかもしれないと、明久は不意に思った。澱《よどみ》のない、澄んだ水を思わすような声だった。

明久は支度をして家を出た。背中に母の視線を感じた。

登の頭の悪いのはお前の血だと父から罵倒され続けた母。明久の覇気のないのも、お前の血だ——。母はそれを、事実だから仕方がないとつぶやいて生きてきた。陰気になっていっても、明久にだけは時々笑ってくれた。たわいないことで、昔の若かった母を彷彿《ほうふつ》とさせる笑みを浮かべてくれた。母は今、息子がこんな時間からどこに行くのだろうと気がかりでありながら、それを言葉に出すことができないでいる。母の哀れが頭の中一杯に膨らんで、明久は振り返った。

「榎坂の裏の空き地だよ。ちょっと人と会ってくるだけだから」

明久は母に対して笑みを浮かべて見せた。

九月十八日の夜のことだった。

2

阿部節子が、女から最後の電話を受けたのは、九月十八日の午後三時だった。電話の相手先を知るために、節子は自宅の電話機をナンバーディスプレイの機種に買い換えた。しかし女はいつも非通知で電話をかけてきた。そのランプがついた時、節子は、悪魔が笑う気がする。

九月十八日の午後三時、電話のベルが鳴り、ディスプレイには非通知ライトが灯った。

「お嬢さんがそろそろ帰る気になったようなんです。でもママの機嫌を気にしていましてね。迎えにきてやってくれませんか」

いつもの優しげな声だった。ほんの一カ月前、八月十六日、その声が言ったのだ。──久谷登の居所を調べてほしいんです。娘が失踪《しっそう》しただの、変死しただのと、そんなことになったら嫌でしょ。

テレビで、金岡正勝の殺人事件が報じられた日だった。娘の失踪から、二カ月が経《た》っていた。

女は決して娘を電話口に出そうとはしなかった。それでも彼女は、娘のいなくなった日時、状況、そして服装まで言い当てていた。

――おわかりでしょ、そろそろいろんなことが。原田さんと横山さんと金岡さんはお気の毒でしたね。でも皆さん、事情は理解なさいましたよ。納得したかどうかは知りませんけど。

その電話がかかった時、まだ原田光男の死体は上がっていなかった。節子は受話器を握りしめた。

――昔から、体裁を取り繕うのはお得意でしたものね。「勝ち組」の誇りでしょ？ 騒いだって春菜ちゃんは帰ってきませんよ。でも、騒がなくったって帰ってくるんです。だってそうでしょう。あの三人は、事件の首謀者じゃありませんもの。犯人はね、首謀者に事情を理解してほしいんですよ。その気持ち、わかるでしょ？ いい家に住み、安物でも外車に乗って、一人娘は念願の私立中学に通学させて。このままお約束通りの「勝ち組」の人生を謳歌《おうか》したいんでしょ？ 昔、父親ほど年の離れた医者の愛人やってて、いいマンションも、高級な車も、その当時身に付けていたブランドもののすべてが、その「お手当て」だったとか、実は高圧的なばかりでもう一つ満足を与えられない医者だけでは飽き足らず、当時十七だった息子ともデキてただとか、そんなことをいまさら人に知られたくないでしょ？　それだけではないですよ。殺人事件の証拠隠滅と犯人隠匿《いんとく》。

その時、節子は真っ赤になって思わず大声をあげた。「わたしはただ」

女は静かにその言葉を引き継いだ。

——わたしはただ、車を貸しただけだと？　ええ、そうだったでしょう。そしてほんの一言、仲の良いカップルの話をした。幸せそうな人間を見ると感情を抑えられなくなる久谷登の状況をよく理解していたし、彼が弟の中学受験の合格を妬《ねた》んで、弟の前途に泥を塗るために、なにか事件を起こしたがっていることもよく知っていたけど、とりあえずは車を貸しただけですよね。でもね、これで死亡者はほぼ片手に近いんです。警察は根掘り葉掘り調べますよね。「事件の背景」というものを。警察よりやっかいなのが週刊誌とテレビの記者です。そうなると、実際に事件を起こした当時十七歳のグループより、その後ろで糸を引いたあなたが、恰好《かっこう》の取材対象になるでしょうね。未成年者をそそのかしたとか言われて。あなたの勝ち組の人生、終わりですよね。

節子は体が震えた。女はそれをどこかから見ているような醒《さ》めた口調だった。

——あなたの名誉を傷つけることは犯人の目的には入っていないと思いますよ。もちろんその人物にとって、あなたの娘さんのことなんか、どうでもいいでしょ。生きても、死んでも。大切なことは、目的を達成することですから。しばらく我慢なさいな。そうすれば元の人生の続きが送れます。少し取り繕えば、何事もなかったように暮らせます。十五年後には品のいいおばあさんになって、孫を抱いています。でも忘れてはいけませんよ。人は、家庭が円満でないと羨《うらや》みません。円満なふりをするんです。晴れやかに振る舞い、幸せを享受《きょうじゅ》している顔をし続ける。そうしていれば、お嬢さんは帰ってきます。もう少しの辛抱ですから。くれぐれも、自滅の道を歩まぬように。あなたは勝って勝って勝ち抜いた、「勝ち組」じゃありませんか。

氷のような冷たい言葉だった。娘がいなくなった時から節子は娘の命と自分の人生を秤《はかり》に掛けていた。なんのために子供を産んだのか——子供がいなければ円満な家庭の図にならないからだ。春菜が期待していたより顔だちが愛らしくないことで、挫折《ざせつ》感《かん》を覚えた。期待していたより頭がよくなかったことについては、世間をごまかすことはできると考えた。しかし育つほどに顕著になる娘の凡庸な姿形は、彼女のプライドを著しく傷つけていた。

男が二流だったからだ。しかしあの時、選んでいるいとまはなかった。忌《い》まわしい事件から遠くへ、安全な場所へと身を移す必要があったのだ。

それでも心のどこかが満足だった。

竜野晴彦《たつのはるひこ》――彼は自分のものにはならなかった。しかし結果的にわたしは、彼とともに生きるという幸福を、満足感を、他のだれにも渡さなかったのだ。

いまでも時々晴彦の姿を思い出す。伸びやかでがっしりとした体軀《たいく》に優しげな眼差《まなざ》し。学業は優秀で前途は有望であり、スポーツは万能で、そのうえ顔立ちがよかった。彼は口数が少なくて、品がよく、趣味がよかった。同性にも信頼を得ていた。彼さえ手に入れれば、自分の人生に恐れる物などないはずだった。あの黒い瞳《ひとみ》に見つめられて性の絶頂へと登っていく自分をなんど想像したことだろう。

しかし彼はわたしを選ばなかった。愛情の全てを注がれ、まるで永遠の恋人のように見つめあったその相手は、わたしではなく、わたしの友人だったのだ。晴彦だけではない。全ての男どもがマドンナを見るような眼差しで見つめたのは、わたしではなく、わたしの友人だったのだ。

九月十三日早朝、原田光男が人工池から醜く膨れ上がった姿で発見されたとニュースで聞いた。

電話の女の言葉は全て真実だったと知った。

勝って勝って勝ち抜いた勝ち組――。洋風の家を手に入れ、銀色のベンツに乗り、一人娘は受験を無事通過して小中一貫の私立の学校に進学を果たした。理知的で社交的な人妻との名をほしいままにした。

年寄りの医者の愛人、お手当て、息子との姦通《かんつう》、なにより、友人への強い嫉妬《しっと》。男性性器を切り取るという事件の前に、それらが白日の下にさらされる。

節子は身じろぎできなかった。そして母性の欠落を自覚した。

わたしは我が身がかわいいのだ。

耐えるのは、我が身がかわいいからなのだ。

この生活を得るために犠牲にしてきた事々を、無益にはしたくないのだ。

ただの一度も愛したことのない男と共に暮らしたこの十五年の虚無感が突き上げた。砂漠の中を一人彷徨《さまよ》うようだった自分の渇きと孤独を思った。娘が九歳の時、娘のバレエの発表会で、娘よりよい役をもらった仲良しの友人宅に、一カ月間無言電話をかけ続けた。夜中にこっそりと抜け出して、外の公衆電話からかけた。相手は怯《おび》え、しまいにはあなたはだれなのと金切り声をあげた。

——あなたはだれなの。

だれもあたしを知らない。あたしの心を知らない。あたしの孤独を知らない。

節子は深夜の公衆電話のボックスの中で、ぼんやりとそう思った。

だれかを愛してみたい。

無償の愛を感じてみたい。

逢坂雪枝が感じたような。竜野晴彦が与えたような。

今、節子はぎりぎりと身を打ち震わせた。

孤独と忍耐――それと引き換えに今の生活を手に入れたのだ。わたしにはこの生活を守る権利がある。

わたしには、自分を守る権利がある。

女から再び電話がかかってきた。

電話の中で女はその澄んだ声で静かにしゃべった。

――条件は久谷登の住所。

弟の久谷明久に聞いてごらんなさい。父親にばれれば登の住所は手に入らなくなるでしょう。明久に、個人的にお願いするのです。うまくやりなさいな。そうすれば、全てが元通りです。

わかっている。登の父親が他人にどれほど冷酷か。物柔らかな医師の仮面の下に隠された素顔を節子は知っている。彼は人の死を悼《いた》まない。彼は人を思いやることを、知らない。

女にそう言われた日から、節子は久谷医院に電話をかけ続けた。父親に知られてはならない。手切れ金は十分すぎるほど渡しただろうと、彼は言うだろう。結婚相手もあてがっただろうと、彼は言うだろう。我が身は我が手で守らなければならない。人は他人に愛情を持たない。子にさえ愛情を持たない。愛とは幻想だ。節子はそういうことを、久谷兄弟の父親、久谷浜一からたたき込まれたような気がする。

登の弟の明久が、温和で聞き分けのよい子供であったことは知っていた。だから節子は明久に懇願した。

我が身がかわいいのか、娘、春菜がかわいいからなのか。

わたしの行動は、今、なんのためなのか――。

節子は明久からことごとく拒絶された。それで女からかかってくる電話に、節子はありのままに告げた。

それでも女は何度も同じことを要求した。

――調べるのです。聞き出すのです。あなたの人生がかかっている。

九月十八日午後三時のその電話は、全ての終わりを告げる電話のように聞こえた。

「お嬢さんがそろそろ帰る気になったようなんです。でもママの機嫌を気にしていましてね。迎えにきてやってくれませんか」

女はその電話で、久谷登のことには一切触れなかった。まるで家出娘を保護したような口調だった。帰りたがらない少女の説得に骨を折った善良な人間――電話の向こうの女は自分の役どころをそのように節子に了承させようとしているようだった。

なにもなかったことにしようじゃないか。

女がそう持ちかけていると思った。

「どこに迎えにいけばいいんですか」

――大山寺町の榎坂の裏の採石場跡。川原のそば――といっても、その川原はもう埋め立てられて、影も形もありません。広場のようになっていますよ。採掘用の重機が数台放置されていて、雑草に覆《おお》われた場所です。御存じでしょ。あそこは十五年前からあのままですから。あのころはまだ、水の流れがあったかもしれませんね。そこに午後十時半には来ておいてください。わたし、忙しいものですから、あなたが時間に遅れたら、帰ってしまうかもしれません。でもわたしが遅れても、あなたは待っていてください。車の中で。車から下りないで。車のライトは消しておいてください。人の出入りする所じゃありませんから、目立つんです。お互い、人目は避けたいでしょ？　だから、広場の奥の端に、例えば重機の陰などに、人目に付かないようにそっと止めておいてくださいⅰ。復唱してみてくれませんか。

節子は復唱した。大山寺町の榎坂の裏の採石場跡に午後十時半。車の位置は人目に付かないように採石場跡の奥の、陰になる所。車のライトを消して、車から下りないで。

少女の声が電話の向こうから聞こえた。その少女の声の背後から水音が聞こえた。シャワーの音だった。少女の声は水の音に紛れて、なにを言っているのかはわからない。だがひどくはしゃいで聞こえた。バタンという、扉を閉める音がして、水音も少女の声も同時にかき消えた。

――そう。合図するまで車から下りないで。お嬢さんの声を聞かせてあげたいんですけどね、今シャワーを浴びているんですよ。今から身支度に時間をかけるんでしょうね。

節子は頭の中が真っ白になった。

娘が笑っている。

頭の中に少女の華やいだ声が響いて、節子は混乱に立ちすくんだ。その混乱の中に、カシャという音がして電話は切られた。

娘はただ、薄情な母親に反旗をひるがえしただけだったんだろうか。これは、狂言誘拐《ゆうかい》だったんだろうか。だとすればあの女はだれなのか。なぜ、十五年前の事実を知っていたのか。

――娘は母の罪を知ったのだろうか。そして、母が娘の安否より自分の秘密の保持を優先したことを知ったのだろうか。娘に秘密を握られたまま、生きていくのだろうか。

娘が父親にすり寄るたび、その笑った瞳に、ささやきを感じるのだろうか。

パパにいろんなことしゃべったって、いいんだよ。

久谷登が父親にむかってニヤリと笑ったように。――親父。節子に車買ったりマンションあてがってるって、おふくろに言ったっていいんやで。

そして自分にも言ったように――節子。お前が俺ともやってるって、親父にしゃべってもええんやで。

いっそ娘が死んでくれれば。それも大山寺町で起こっている事件とはかかわりのないところで、ひっそりと、その秘密を抱えたまま冷たくなってくれれば。

引き取りに行かなければならなかった。節子はやつれた顔に化粧を施した。

自分の心に血が通わなくなったのは、いつからだったろうか。

3

月も出ていなかった。夜の闇《やみ》があたりを塗り込めていた。

久谷明久が榎坂の裏の採石場跡に車を止めた時、車の中のデジタル時計は午後十時四十一分を示していた。

採石場跡には数カ所、街灯のような灯かりがあり、人気のない広場を頼りない光で照らしている。前方に白っぽい車が一台止まっていた。放置された重機の陰になり、後部の一部が見えるだけだった。明久はその車が電話をかけてきた女の車ではないかとは思ったが、彼女が車の中で待っていてくれと言ったのを思い出し、動かなかった。エンジンをかけたままライトを消した。

前方の車からは人の下りてくる気配はなかった。外車だと当たりをつけた。ベンツに違いない。価格の一番手ごろなタイプだ。自分は確かに、白のセドリックに乗っていくと言った。だから電話の女が明久の車とあのベンツを間違えることもないだろう。

時計の数字が四十四に変化した。その時だった。

明久の助手席側の窓ガラスがトントンと二回ノックされた。見れば女性が中をのぞき込んでいる。かしこまった顔をしていた。

大きな瞳をした、美しい女性だと思った。

女が静かに明久が助手席のドアを開けるのを待っている。自分はこの女性からなにを聞かされるのだろうか。なにを聞かされても、もう逃げまい。いちどきに父と相対することはできないかもしれない。それでも時間をかければ、人間としての信頼関係が――。

明久が助手席のドアを開けた瞬間、冷たいものが全身に降りかかった。冷たさよりすさまじいのはその臭いだった。よく知った臭いだと思う間もなかった。女がバケツの液体を自分に対してぶちまけたと認識する視覚情報と、強烈な臭いだという嗅覚情報は、体に火がついてはじめて認識された。そして女がなにかの火種をポンと車内に投げ入れたと認識したのは、火達磨《ひだるま》になったあとだった。

――信頼関係が。

明久の意識はそこで途切れた。

女がパタンとドアを閉める。それはノックした時と同じ、品のいい軽やかさだった。

ここで女と会う約束をした。

阿部節子から、何度も電話がかかってきていたからだ。

今、俺はこの榎坂の採石場跡で人を待っている。では、この火達磨になっているのは、だれだ――明久の思考が逆回りしていた。

軽やかなパタンという音が、途切れた思考を封じ込め、認識が、閉じられたままの世界をゆっくりと逆回転していく。

明久の体は悶《もだ》えていた。無意識に運転席側のドアを開けた。その瞬間、炎が酸素を吸い込んで轟音《ごうおん》を伴った。顎《あご》を、目玉を、炎が焼き上げた。痛みはなかった。ただ、ほんの数秒前まで人を待っていた自分と、今、表皮から火を噴く自分が意識の中をすれ違い続けた。もがくように彼は記憶の中の言葉の切れ端を摑《つか》む。

――信頼関係が。

パタンというささやかな音が耳元の炎の轟音より鮮明に残っていた。身を焦がしながら、彼は意識を持ち上げた。

――信頼関係が。

前と後ろのない言葉が明久の意識の最後だった。

阿部節子が後方に光の球を発見したのは午後十時四十五分になろうとする瞬間だった。

節子は後方に車が止まったことには気付いていた。後方で車のタイヤが砂利を踏みしめる音がしたのだ。十時四十分のことだった。

節子は息を止め、バックミラーを凝視した。しかし車体はミラーには映らなかった。サイドミラーの角に辛うじて、車のタイヤが小さく見えた。

月光のような薄明かりの中でタイヤは砂利を踏みしめたまま、斜めにかしいで止まっている。

人が下りてくる気配はなかった。三分経った時、節子は不安に襲われた。

あの女の車ではないのかもしれない。無関係な車があるから、女はこの空き地に入ってこられないのかもしれない。それとも自分の車が見えないのだろうか。

タイヤの下部の一端がサイドミラーの中でピタリと止まっている。

深夜、人気のない採石場跡に車を乗り入れて、下りるつもりのない運転者。恐怖小説の中にいるような錯覚を持った。見知らぬ人間がそこにいるということが、そして息をひそめているということが、たとえようもなく不安だった。

節子はその車からだれかが下りてくる気配を、もしくはあのタイヤが再び砂利をきゅうきゅうと踏みしめながら動き始める気配を、耳をすませて待ち続けた。

その時、突然背後から火の球が上がったのだ。

轟々《ごうごう》と音がしていた。節子が飛び出すと、車内がオレンジ色の炎で満ちて、目を射るようにまぶしかった。車の中に人の頭がはっきりと見えた。運転席のドアが開いた時、暴れる炎は開け放たれたドアからそのオレンジ色の手を高く夜空に上げた。もがいている人影が車の中に見えた。

炎の中で、人がもがいている。

春菜——。

節子は車に向かって走った。

そして節子は走りやめ、後ずさりし、やがて踵《きびす》を返した。

あれは男だ。炭のように黒くなりながら、踊るように手を揺り動かしているのは、炎の轟音に悲鳴を飲まれているのは、まるで咆哮《ほうこう》するように顔を上げ、焼き尽くされているのは、男だ。

ガソリンの臭いが充満していた。自分の車のドアにしがみついた節子は、しばらく茫然《ぼうぜん》とその車の燃える様を見ていた。足がすくんで動けなかったのだ。男の、あえぐように上げた顎の線——その体の奥から噴き出すような恐怖と悲鳴。てらてらと節子の額にまで熱気がまとわりつく。そして遠くに人の騒ぐ声を聞いた。その声に節子は我に返った。

なにが起きたのかはわからない。ただ、ここにいてはいけない。

節子は車に飛び乗った。そして全速で走り出した。背後で爆発音がした。バックミラーの中でオレンジ色の炎に包まれた車体が、黒い骨格となっていく。

採石場跡の入口を乱暴に飛び出した。

入口で対向車が驚いて急ブレーキをかけた。段差になった入口を減速せずにつっきったので、節子の車体がわずかにバウンドして、相手の車のヘッドライトが直接目に飛び込んだ。

目に突き刺さる白いヘッドライトの光の中にさえ、節子は男の黒い影を見いだす。

火達磨とは黒いものだ。火を噴く黒い達磨だ――。

4

『容疑者、遺書を残して自殺。性被害による怨恨《えんこん》か⁉』

週刊誌各誌は一斉に派手な見出しを並べた。それは待ちに待ったくす玉でも割るようだった。

『加害者女性は独身、アルコール依存症患者』

自殺した容疑者、森本達子の処女膜に損傷がなかったという事実は、報道関係者の間にまたたく間に広がった。しかし真鍋の友人が大阪府警本部のため息として伝えた言葉通り、警察当局には森本達子の容疑そのものに疑いを持つ動きはなかった。それを受けて、殺人は森本達子の妄想ともいえる被害感情から引き起こされたものであり、仮に性的な接点があったとしても、暴行といえるものではなかったと、各メディアは事件の解釈を改めた。この解釈は、性的暴行の犯人であるはずの横山と、被害者の森本達子が、スナック「みさと」でいっしょに酒を飲んでいたという疑問点を解決するものでもある。そしてそのセンセーショナルな事実は報道に拍車をかけた。

「極度の被害妄想がかの惨劇を生んだ」から始まり、彼女がここ十年はほとんど引きこもりの状態にあったことや、その彼女の部屋に無修整のアダルトDVDが数多くあったことを、よりおどろおどろしく伝えるものや、「母親の異常な言動」をピックアップしてアピールするものもあった。曰《いわ》く、母親は取材陣に対してビール瓶を投げつけた。曰く、母親は娘がアルコール依存症でありながら娘の目の前での飲酒を決してやめようとはしなかった。曰く、母親は娘を面倒に思い、医者に金を包んで精神科への入院期間を二カ月延長させた。曰く、不安定な娘を一人残してパチンコ屋に入り浸っていた。曰く……。

昼間のワイドショーだけでなく、深夜のニュース枠でも特集を組んだ。あるニュースでは、当初被害者の男性たちがあたかも性犯罪の加害者であるかの如《ごと》く取り扱われたことについて、被害者の受ける二次的な報道被害についてしかつめらしくコメントし、一方で、精神科の医療のあり方そのものを批判したのだった。

森本達子とその母親の親子関係に至っては、「許されざる蛮行」と言われたのは母親であり、殺人鬼森本達子を生み出した背景にいる母親について、無知、無自覚、薄情、無責任と、各コメンテイターは他社の使っていない言葉を探して表現を競い、週刊誌は、森本達子の生い立ちはもちろん、母親の経歴から父親の人柄まで身ぐるみ剝《は》がしていった。その中で森本達子が農薬を飲んだ時、母親が娘を病院に連れて行こうとしなかったこともまた、鬼のような扱いで書かれていた。

木部美智子はその容赦ない攻撃を遠巻きに眺める。

あの農薬を飲んだ事件は、母親が大きな音でテレビをつけていたことから始まった。母親が自分に嫌がらせをしていると思い込んだ森本達子は、母親がそのころ凝っていた園芸に使っていた農薬を飲んだ。母親が大きな音でテレビを見ていることへの腹いせであり、注意を自分に向けてくれない母への挑発である。当時森本達子は、母が自分にかまわず園芸を趣味とすること、すなわち自分が苦しんでいるのに母だけが趣味を持とうとすることに激しい怒りを覚えていた。

農薬を飲むという行為は、死を意識していたものではない。母への厭《いや》がらせに過ぎない。母に罪悪感を持たせようとするもの。自分に注意を向けさせようとするもの——母親はそれに対して「死にたいんなら死ね！」と叫んでいる。それは、娘の行為の根源にあるものをいやというほど知っていたからこそ発せられた言葉だった。テレビの音がうるさいのなら、小さくしてくれと言えば済むことだ。それを、農薬を飲んでみせるという娘の甘えに、母親の怒りが爆発したものだろう。

母親は、娘である森本達子に、病院に連れて行ってくれと頼むまでは連れて行かないと言い放った。森本達子は嘔吐《おうと》を繰り返しながら、「おかあちゃん、病院に連れて行って」と泣いて頼んだ。

これがその事件の真相だった。

母親が、達子を元日一日しか家に置かず、病院を探しては金を積み、入院許可を取り付け、嫌がって泣く娘を引きずるようにして入院させたというのも、彼女が家にいれば必ず飲酒することを知っていたからだ。それらの事実を美智子は逢坂雪枝から聞いて、知っていた。

それらのことは歪曲《わいきょく》され、興味本位に脚色された。

猟奇殺人の犯人は正視できないほど異常であってほしいという、読者の潜在的欲求に応《こた》えるためにまず森本達子を血祭りに上げ、森本達子だけを悪者にするという図式に読者が反感を覚える前に、母親に問題をすり替える。週刊誌は常に抜け道を用意しながら浮かれていた。

森本達子は原田光男と横山明、金岡正勝の三名に性行為を拒否され、激情的に犯行に及んだ。精神状態の不安定だった彼女には、男性性器を切り取るということで復《ふく》讐《しゅう》を果たした気分を味わいたかったのか、もしくは行為そのものに興奮を感じる要因があったのか、とにかく森本達子はサディスティックに一連の犯行をやってのけた。そして自殺願望に後押しされて自殺。それが今の論調だ。

被害者の一人、横山明に「色目を使っていた」という部分は、執拗《しつよう》なストーカーを思わせるように書かれ、原田光男がいかに家庭的であったかを、残された生後十カ月の娘にかぶらせて悲劇的に訴え、金岡正勝については、その人柄の温和さ、真面目《まじめ》さを強調し、当初、あたかも加害者のようにさえ噂された三人の被害者はとうとう絶対的被害者となり得た。

『性的妄想がひき起こした殺人』

『内攻する狂気』

森本達子が過去に男性経験を持ち、処女膜が破られていたなら、これらの物語は逆転していたのだ。男たちは暴行魔と言われ、森本達子は哀れなる被害者であり、母親が森本達子を病院に長い間入れ続けたことも、「愛情」の一括《ひとくく》りで済んだことだろう。森本達子の母の愚行はアルコール依存者を抱えた家庭の崩壊という悲劇にすり替えられ、特集は「犯罪に巻き込まれる社会的弱者」くらいに収まり、アルコール依存者の孤独がクローズアップされ、過去における養護施設の性的暴行が掘り起こされて、「社会の成熟度を問う」という結論で落ち着いたであろう。

哀れであるはずの彼女に暴行の事実が認められなかったということが、ジャーナリストたちを無法地帯に放り込んだ。彼らは欠落した「犯行の動機」を補うものを探して迷走した。

そういう中にあって、木部美智子の原稿「取り残された性」は、第一稿の時点で真鍋に熱烈に評価された。

「いいですね。他のどの記事とも違っている」

真鍋は開口一番、そう言った。

「追い込まれていく女性心理がよく出ている。アルコール依存の女がやったというのでなく、ある女が追い込まれてアルコールに溺《おぼ》れた。そう捉えれば、これは特殊な人間の起こした特殊な犯罪ではなくなる。この犯罪が、ただのスプラッタ映画のような非日常的な、かつ突発的な事件でなくなる。そのうえその追い込んだ原因というのが、処女であることに対するコンプレックスだったというのが、現代の性意識を象徴しているじゃないか」

彼が身を乗り出している様が見える。

「ちょっと小説っぽいし、議論になりそうなところがいいね。本質的に女性が女性であろうとすることと、文化的に女性が解放されようとすること。社会の発展と個人の幸福感が根っこのところで通じ合わない。そういう文化観というのは、知的刺激としては面白いと思いますよ。

世の中には先へ行くものと取り残されるもの、進歩する社会の恩恵を受けるものと受けられないもの、いつだってなんにだって二つのグループがあるんだよ。大体はね、強者が弱者の立場を代弁して、それをもって社会的なあり方を先導することが圧倒的に多いんだけどね。故《ゆえ》に宿命的に、大体が偽善的なのよ。有利な位置にある人間がかわいそうな人の哀れを慮《おもんぱか》って、以《もっ》て自分たちの自戒とするという構図だからね。全然痛みを伴わないの。じゃあ本当の弱者がなにか言うかといえば、悲しいかな、彼らは言葉を持たないから。自分たちの不幸を社会的な位置づけの中で客観的に捉えるこ

とができないから。それができれば逆に、もう弱者から三歩ほど足を踏み出している
わけだから。
彼らに自分の不幸を語らせれば、黙り込むか、逆上して、自己の正当性をやみくも
に主張する。
彼らにちょっと頭の回る編集者がついて、三日も酒を飲ませると、編集者の望む通
りの絵柄を、あたかも自分の頭の中から出たことのように錯覚して、見事に画一的な
『弱者論』を繰り広げてくれるようになる。こうなると、もうリアリティがないんだ
よ。それで結局、識者諸氏に弱者の代弁をお願いしたほうがまだましということにな
るわけ。でも君のこれは、痛みを伴っているところがある。文化の名のもとにねじ曲
げられていく本能の行き着く先を、未発達な人間のなれの果てとしてではなく、そう
いう軽侮ではなく、なにかこう、同性として、身に引き寄せた痛みとしてですね
――」
真鍋の話は長くなりそうだった。
おそらく彼は、自分が美智子を送り込んだことに勝因を感じて満足していることだ
ろう。
痛みのある性――ちょっと文学的な掘り下げ。美智子がこの事件に適していると見

極めていたのだ。だから待った。そして彼は今、自分の判断に満足している。美智子は真鍋の言葉のほとんどを聞き流していた。

彼はどの雑誌とも違う、独自性のある原稿を手に入れたという達成感に満足している。美智子は、彼がこの原稿が訴える本当の痛みを聞き届けていないことは気にならない。彼は雑誌の出来に対して責任を持つ立場の人間であり、自らの好みにかかわりなく、載せる価値のある原稿なら載せる。そして美智子は仕事としてそれを請け負い、載せる価値のある原稿を書き上げるために神経をすり減らす。だから美智子は、真鍋のそれらの言葉で満足すべきであることはわかっていた。それでも美智子には、充足感が湧いてこないのだ。

心の中にわだかまりがある。

わだかまりはいくつかの素朴な疑問だった。

彼女は「みさと」に通勤する間、どこに泊まっていたのだろうか。交通費はどうやってやりくりしたのか。

彼女の仕事明けは夜中の二時だった。もちろん終電には間に合わない。となれば、駅のホームに寝泊まりするか、どこかに宿を取るかだ。しかし彼女には自由になる金がなかった。母親は、酒にかかわるという理由で、彼女に金を一切渡さなかった。彼女は病院に通院する時の電車賃さえ、母親からその日ごとに貰《もら》っていた。そして現実に、警察の捜査によれば、近辺に森本達子を泊めたと思われるホテルはない。

なぜ原田光男だけが他の二人より二カ月も前に殺されたのか。

警察は、原田の殺害を、不明になった当日だろうとみている。夜勤明けで会社を出たのが午前九時過ぎ。いつもなら原田光男は、最寄りのバス停から九時十三分発、大山寺前の停留所に九時半に到着するバスに乗り、十時前には家に帰り着いている。

しかし原田光男が所在不明になった六月八日、森本達子は藤崎病院の野田医師の診察を受けているのだ。ならば九時から十時の間に彼をどこかでキャッチし、殺害し、戻って藤崎病院に診察を受けに行ったということになる。森本達子の家から大山寺町まで二時間強。森本達子が六時に家を出れば、九時に現場に行きつくことは不可能ではない。しかし、そのような犯行を行った日、なぜわざわざ病院に行く必要があったのか。

森本達子の母は、達子が帰ってこない夜などなかったと頑強に言い張っていたが、今では、自殺の一カ月ほど前に、週に数日、家に帰ってこない日があったことをしぶしぶ認めている。しかしその母親は、原田光男が不明になった六月八日、森本達子が病院に行く以外はずっと家にいたという主張だけは曲げないのだ。

「酒食らって寝とりました」――警察は母親の証言を、信憑性《しんぴょうせい》なしとみている。森本達子は日常的に酔って寝ていた。だから母親はそうだと思い込んでいる。その六月八日にもそうであったと言い切れる証拠を、母親は持っていない。その日に限って早朝、もしくは前日から家を抜け出して、昼過ぎに戻っていたとしても、母親にはわからなかっただろう――。警察はそうみている。

そして横山明、金岡正勝の事件より二カ月前、スナック「みさと」と金岡鍼灸院《しんきゅういん》に電話をかけてきた女はだれなのか。

「取り残された性」は、森本達子を犯人だと確定したうえでなりたっている。その根底が、煙幕で覆われているように不確かになっていく。

わたしの仕事は文学的想像ではない。あくまで事実の追究だ。切れた写真を張り合わせる作業だ。それを、文学的なオブラートに包んで逃げたような気がしてならない。

つなぎ合わされた写真はピカソの絵のように歪《ゆが》んでいるではないか。

「――この話にね、金岡正勝の、生真面目に生きていた一面とを重ね合わせてですね、加害者の女性に同情を呼ぶだけでなく、現実に起きた悲劇、殺された側の無念をもピシッと書いてほしいのよ。どういうんでしょうか、ある種の二重螺旋《らせん》的なですね」

真鍋はすっかり言葉遊びにはまっている。歪んだピカソの絵はひねり回す喜びを与えるのかもしれない。しかし美智子は作家ではない。雑誌の記者だ。光を当てるのは、抽象的な観念にではなく、具体的な事実にでなくてはならない。

「第二弾は週刊誌から月刊誌の方にまわしますから、好きなだけ書いてください。よろしくお願いしますよ」

新聞紙面の広告欄の中で、週刊誌の見出しが躍っている。

『容疑者、遺書を残して自殺。性被害による怨恨か⁉』

――なにか、筋違いを走っている。

美智子が清水から電話を受けたのはその翌朝のことだった。

久谷明久。二十八歳、医師。焼死。

気味の悪い事件が続きますよと清水は電話でつぶやいた。それでね、今日、死んだ森本達子の身辺調査に付き合うってぼく、言ったでしょ。でも、休み、取れなくなったんです。申し訳ありませんが一人で行ってください。

朝の八時だった。昨夜は遅くまで原稿の手入れをしていたので、ひどく頭が重かった。鉛でもつまったような頭の中に清水の声が入ってくる。

「焼死ってなんですか」

「他殺やと思いますよ。警察発表はまだないですけど。昨日の夜の十一時ごろのことです。自分の車の中でガソリン被《かぶ》って、焼け死んどったらしいです。運転席を中心に焼け方がひどくて。場所は、大山寺町の北に榎坂いうところがあるんですが、そこの裏の採石場跡です。目撃証言があるらしいです。それに久谷医院に、女性から頻繁に電話がかかっていたそうで、その日も、自宅にかかってきた電話で呼び出されたようです。詳しいことはまだわからんのですけどね」

昨日の夜の十一時といえばちょうど真鍋からの電話が切れた時間だ。あの時うららが送られてくる車の音がしたから覚えている。そういえば、あのあと十分ほどして救急車がけたたましいサイレンを鳴らして走っていった。そのあとパトカーのサイレン音が続け様にしていた。階下でうららや母親が騒いでいたのは覚えている。「採石場跡やったら今通ってきたとこや」とうららの声がして、彼女はすぐに友達に電話をかけた。うららの父親はサンダルを突っかけて飛び出していった。上からのぞいた美智子に、パジャマ姿の母親が「お父さん、野次馬みたいでいややわ」と弁解めいたことを言った。うららの声が興奮気味に聞こえていた。

クルマが燃えてるて。採石場跡でクルマが燃えてる。見に行くか、お母さん――。

榎坂ならここから車で五分もかからない位置だ。

「電話ってなんですか」

「なんか揉《も》め事を抱えとったみたいです。女性から何度も電話がかかってきて、被害者は迷惑そうやったというような話ですけど」

久谷——「久しい谷と書くたにですか」

「ハイ、その久谷」

なにかが恐ろしく不気味だった。

「その電話をかけていた女性って、だれですか」

清水は美智子のその低いつぶやきに、たじろいだようだった。

「いや、その女がだれかはすぐわかると思いますよ。警察はその氏名も身許《みもと》も摑んでいるような口調でしたから。現場を走り去る車も目撃されているみたいですしね」

「被害者は間違いなく二十八歳なんですね」

清水は力強く言った。「それは間違いありません。警察発表ですから」

美智子は受話器を握ったまま、机の上に高く積まれた資料やファイルをなぎ倒すようにして、一番下から名簿を取り出した。

私立西岡高校卒業名簿。

美智子は名簿をめくった。久谷という名には記憶がある。特進クラスのことについて雪枝と話をしていた。一九八六年卒業の二十八期生の中に、金岡正勝以外にもう一人、大学に進学しなかった生徒がいた。その時、雪枝が言った。「その、もう一人ってだれですか？」そう言われて、不意に思った。当時、学校は特進クラスの生徒たちを、金で推薦枠を買い取ってでも有名大学に進学させていた。それほどの意地をもって作ったたったひとつの特進クラスで、二人もの脱落者を出した事情とはなんだったのかと、そんなことが頭をかすめたことを思い出したのだ。

久谷登。

名簿の中にその名前を見つけた。

「清水さん。今度の事件で亡くなった久谷明久の父親の名前、至急調べてくれませんか」

はあと頼りない声がする。「どうしたんですか」

絵はピカソの絵のように歪んでいた。なぜなら見つけた写真の切れ切れが、元あったところにおさまっていないからだ。なにかをこじつけている。なにかが足らない。

「西岡高校の一九八六年の卒業生の中に久谷登という生徒がいます。保護者の名前が焼死した久谷明久の父親の名前と一致すれば、被害者は久谷登の弟ということになります」

清水はしばらく黙っていた。「お安いご用です。でもね、一連の事件とは無関係ですよ。森本達子は死んでいるんです。ぼくらはそれを見たじゃありませんか」

それは美智子を気づかうような声だった。しかし清水は気づいていない。森本達子には綺麗《きれい》な標準語はしゃべれそうもないのだ。

「見ました。でももし、その久谷明久が二十八期卒業生の久谷登の弟だとすれば、どう思いますか」

沈黙が続いた。美智子はそっと言い足した。

「関係があるはずがないと、そう割り切ることができますか」

「──一致すれば」と清水は言った。しかしその先を言いあぐねていた。清水のその先にある言葉。

美智子は、清水が言いよどむその先を言ってみせた。

「一致すれば、私たちの組み立てたストーリーが間違っていたということですよ」

名簿の中の久谷登の保護者名は久谷浜一。

久谷明久の父親名も久谷浜一だった。

二つの名前が一致した時、美智子の頭の中で、空虚な眼差しで、透けた赤い下着をのぞかせてアスファルトの地面に横たわった森本達子の、口許《くちもと》から流れ出た一筋の血の色が蘇《よみがえ》った。それは落日の光を受けて光り、生き物のように毒々しい精気を持って彼女の頬を這《は》う。

それは死者の魂などではない。生者の意志だった。

強固な意志がまだ仕事をこなしているのだ。

老婆《ろうば》のように疲れ果てた横山明の妻を思った。決して開かぬ金岡正勝の家の門と、森本達子の母の落ちた肩。原田光男の妻、圭子のうつろな瞳と横山明の断末魔の悲鳴。頭の先から弾丸のように落ちていった森本達子。その全ての感情や悲哀をものともせず、確実にこなしている。

——犯人は、森本達子ではない。

第五章　奪われた腕時計

1

犯行時、車が赤く燃え上がっているその時、一台の車が現場から走り去るのが目撃されていた。採石場跡の広場から音と炎があがるのを見て、驚いて現場へ乗り込もうとした通りがかりの軽トラックが、公道に出ようとする車と行き違ったのだ。出てくる車はかなりあわてていた。衝突しそうなほど接近したその車に、軽トラックのヘッドライトがあたって、相手の運転者の顔がはっきり見えた。

中年の女性。身ぎれいな感じ。髪は肩までのロングでカールがかかっていた——。

運転手は、その車を、小型のベンツだったと言った。彼は警察でベンツのパンフレットを見せられて、「色はこれだけ？　じゃ、銀色だよ。銀色のこれ」と言った。

久谷医院に、明久を指名して何度も電話がかかっている。看護師はそれを「アベセツコ」と名乗る女性からだったと証言した。——ちゃんと名乗りましたよ。「アベと言いますが」って。

看護師というのは、外部からの電話を簡単には医者に繋《つな》がない。明久に繋いでくれという女に、看護師は用件を聞いた。「十七年ほど前に久谷医院に勤めていたアベセツコといいます。旧姓はウツミです。ウツミセツコとおっしゃっていただければ、わかります。明久先生に折入ってご相談したいことがございまして」

そのアベセツコから何度も電話が入り、若先生は迷惑そうだったと看護師は話した。はじめて医院に彼女からの電話がかかってきたのは、九月十三日、火曜日。

十七日、正午前にかかった電話では、明久の言葉は看護師だけでなく、そこに偶然いあわせた製薬会社の営業の二人にも記憶されていた。

——とにかく、わからないんです。

——それなら警察に行きなさい。

抑えた声だったが、怒りと苛立《いらだ》ちを含んだ声だったという。

そして大阪在住の、阿部節子が浮上した。

阿部節子、旧姓内海節子。四十歳。久谷医院をやめたのは正確には十七年前であり、それまでの約二年間、節子は久谷医院に勤めていた。その後、出入りしていた製薬会社の営業と結婚。大阪に転出。

捜査員は、彼女の洋風住宅の駐車場に、軽トラックの運転手が指さしたのと同じ型の銀色のベンツを見つけた。

――被疑者否認。

自宅の通話記録から久谷医院に五回の発信が確認された。軽トラックの運転手は彼女を見て、困惑しながらも「あの女だったと思う」と答えた。

それでも被疑者は否認した。

阿部節子の近所に住む数人が、十八日、事件当日、少なくとも七時ごろから深夜にかけて駐車場に車は止まっていなかったと証言した。晩夏の夕方、子供たちは路上で遊ぶのだ。遠くで遊んでいた子供たちが夕方に家の前まで戻ってきて、そのあと路上で遊ぶ。日の傾いた路上に子供の影が長く伸び、家から「ご飯よ」と声が聞こえてくるたびに一人、二人と帰っていく。

子供を呼ぶ時、子供がいまだにボール遊びに興じているのを見ると、親は車に気をつけるんですよと無意識に思う。そして次に「そのボールをご近所の車にあてないでね」と思う。とくにピカピカに磨き上げた車なんかに当てたりしたら大変なのだ。相手が引っ越すことも自分が引っ越すこともない分譲住宅地区では、つつがない近所付き合いというのは炊事洗濯と同様、必要不可欠だった。

阿部節子の家の駐車場は道路に対して平行に車を置くようになっていて、車の側面が道路に面している。そのうえ、駐車場と道路を区切るフェンスはない。加えて彼女の一人娘は小さい時から私立小学校に通っていたため、近所付き合いが希薄だった。母親たちはいつも心のどこかで、あそこに車があることを忘れないでと念じている。あの車に当てないで。あの黄色くて派手な家の上品そうな奥様とトラブるようなことだけはやめてちょうだいな。どこのおうちも駐車場の前にフェンスがあるのに、あそこだけはまるで地続き。お庭は広く見えるでしょうけど、ボールはとっても当たりやすい。

その日、子供を呼ぶために路上に顔を出した母親たちの、それぞれが心の内で思ったのだ。

あれ？　車がない。

銀色のピカピカのベンツが、ない。

子供のボールが、いつもなら車が止まっている、その庭先にころころと転がり込む光景を、ちょっと不思議な面持ちで眺めた。母親は、七時から始まる子供向けテレビ番組でその日の曜日を認識する。今週の、七時から探偵もののアニメが流れていたあの曜日の六時五十分、向かいの駐車場には車は止まっていませんでした。

判で押したような返答だった。

その日車は深夜になっても戻っていなかったと数人は記憶している。

それでも被疑者は否認した。

清水は、入手したことを電話越しに、けんめいに美智子に伝えた。

「それがまた、ややこしいんです。阿部節子と久谷医院とのかかわりは二十年近く前に遡《さかのぼ》ります。彼女は大学で教育学部にいたんですが、教員採用試験に落ちて、卒業後、久谷医院で受付をしていたんです。そこで出入りする製薬会社の営業と結婚。今は大阪に住んでいます」

金岡正勝の妹は西宮に住んでいた。兄のもとにやってくる不良が怖くて家に帰れなかった、当時十四歳だった少女も、結婚して一児の母になっている。

金岡正勝の妹は、高校時代の兄の交遊関係にあまり記憶がないとしながら、卒業写真にはっきりと一つの顔を指さした。

「あたしが覚えているのは、この男です」

久谷登。

「車で兄を迎えにきていました。クラクションが二つ鳴ると、兄が渋々立ち上がるんです。母のタンスからこっそり通帳を持ち出すのも見たことがあります。この男は白い車に乗っていました」

彼女は、車に乗っていたのはいつも他に一人か二人はいたと言った。その男が一人で来たことはない。いつもだれかをつれていた。ただ、彼らの顔は覚えていない。

美智子は、母親から当時の不良仲間について詳しい話を聞き出して連絡してもらえないかと頼んだ。

その時金岡正勝の妹は美智子にたずねた。——なぜいまさらそんなことを聞くんですか。

「あの町でまた一つ殺人事件が起きました。被害者は久谷明久」

事件は御存じですねと美智子は言った。妹はハイと答える。

「久谷明久は久谷登の弟なんです」

妹はじっと美智子を見つめていたが、不思議そうな声を出した。

「久谷明久を殺した犯人は捕まったんでしょ？」

「容疑者は否認しています」

「昔、久谷医院に勤めていた人だと聞きました」

「ええ。十七年前です」

「兄を殺したのは森本達子という女なんでしょ？　そしてその女は自殺した」

美智子はまだ、彼女を納得させる言葉をもたない。

阿部節子の娘、春菜が三カ月前から家出していることは、大阪で妻の実家に居候《いそうろう》している名城が暇に任せて取材をしてくれた。退屈していたのか二つ返事で出かけた彼は、電話口で言った。

「三カ月前といったら、ハイテクパークの池で——三田園町だったかな、腐乱死体が上がったっしょ。あの——だれだっけ」

「原田です。原田光男」

「そう、その原田が不明になったころと重ならないか？」

「不明になったのは六月八日です。そのころなんですか」

「うん。近所回りでは、六月の中ごろって話だよ。残念ながら生活安全課にコネがないから、届けを出した正確な日付は聞き出せない。いや、しかし奥さん連中って、人の家のことをよく知ってるものだね」

電話が遠くて、名城は大きな声でそう言った。人の家のことを気にするというのは、いいことなんですよと美智子は言い返した。名城は笑った。

対して兵庫新聞デスクの岡部聡は困惑した。

「未確認なんだが、実際にいなくなってから警察に届けるまで二週間ほど時間差があるらしい。これ、どういうことかね」

十四歳の娘が家に帰ってこなくなった時の母親の反応としては極めて特異だと思うと岡部は言った。「なんか心当たりがあるか——事情があるか」

「警察は今度の久谷明久と、原田、横山、金岡の事件との関連、加えて森本達子の自殺について、つながりを認めているんでしょうか」

岡部は一瞬渋った。

「……どうもね。中で割れているらしい。というより、すべて森本達子の犯行だという説に得心できないとしてる人間が少数いたのは確かなんだ。横山と金岡の事件の犯人は森本達子だが、原田の事件と今度の久谷明久の事件はそれぞれ別件だという筋と、森本達子が一番はじめに手にかけたのが原田で、そのあとに横山と金岡を殺して自殺したんじゃないかという線と。しかし少なくとも、今度の久谷明久の事件を、前の三件すべてとかかわりがあると口に出すやつはいない。実際にどう考えているかは別として、この四件を連続殺人としたならば、犯人はどうなるかってことだよ。森本達子の遺書と自殺が宙に浮くでしょ。一番論理的に見えるのは、横山、金岡殺しは森本達子の犯行、原田は別件、久谷明久殺しは阿部節子が犯人で、やはり関連がないという見方やな」

「『論理的に見えるのは』とおっしゃいましたね。どういう意味ですか」

岡部はちょっと困った声をだした。「いや――俺も清水から木部くんの指摘を聞くまで、うさん臭いが関係ないやろと思てた。しかし久谷明久の件を関連なしというのも確かに無理がある。そこを警察がどう考えているかということやが」そしてひと目をはばかるように小声になった。「真鍋さんからはなにも情報が入ってないの？」

「真鍋編集長はおかんむりです。四件に関連があるなら、あたしの書いた原稿はボツですから」

そのころ清水は金岡正勝が警察に連れていかれたという十五年前の事件について新たな事実を入手していた。

金岡正勝の母親は、以前取材に来た清水を覚えていて、正勝が警察に呼ばれた十七歳当時の話を、妹を通じて清水に知らせてくれた。押平《おしひら》町二丁目の雑貨店「まつおか」横の自動販売機荒らしと、隣町の栄町五丁目にある古本屋「サンブックス」での万引きでは、いずれも被害者に謝罪し、弁償したため起訴はされなかったが、警察で調書は取られた。その事情聴取に、保護者として同席した母親は、記憶する当時の息子の不良仲間に横山明と久谷登の名をあげた。

清水は、「まつおか」と「サンブックス」を取材に訪れた。古本屋のほうはもう十年も前に衣替えしてリサイクルショップになり、当時の状況を聞くことはできなかったが、雑貨屋であった「まつおか」は、改装して「スーパーまつおか」と名前を変え、いまだ地元で商売している。五十を過ぎた店主には、清水の新聞記者の名刺がものを言った。

「店主は当時のことをよく覚えてましたよ。自販機荒らしの被害ははじめてやなかったそうです。警察から連絡を受けて、犯人が捕まったことを知ったそうですが、だれがやったかということは、未成年者やからということで正式には知らされんかったんだそうです。その後、被害届けを取り下げる話を持ち出されて、弁護士を中に立てて、取り下げた。首謀者が医者の息子やということは気付いていたというてます。『将来のある若い者のしたことやからという弁護士の言いぐさには腹が立った、ただ、大層な金を包んできたんで、めくじらたてるのも阿呆《あほ》らしくなった』。その医者というのは、久谷医院のことかとたずねたら、そうだと答えました」

子も子なら親も親や。なんでも金で片づけよる。あんなもん少年院かどっかに放り込んでしもたらええんや——と、「まつおか」の主人は憤《いきどお》った。

「どこでどんな悪さしとるかわかるもんかい。わしらかて八回被害にあいましたんやで。そのうち一回ですわ、捕まって、謝ってもろたの。それでも本人が来るわけやありません、弁護士が来るんでっせ。そいでその弁護士も、やったガキの名前かてはっきりさせません。未成年ですからとかなんとか言いよって。それで癪《しゃく》に障るから、八回分まとめて元がとれてその上お釣りがくるほど吹っ掛けてやりました。家の前、レース場と間違えとるみたいにばーばー単車飛ばしやがってな。ほんまに。『こいつらがやりました』いうて店の前で三日ほど晒《さら》しものにさせてくれるんやったら、金なんかいりますかいな。あの久谷の馬鹿《ばか》息子、あっちこっちで悪さしとるんですわ。車乗り回して。ほんまに。高校生がなんで車の免許もっとるんですか。警察もええ加減なことしてもろたらいかんわ」

清水の取材音源から流れてくる店主の言葉には終わりがなかった。

久谷登はその豪気に見える振る舞いと資金力から一目置かれる存在になったが、そのうち人が離れた。原因は、彼が口先だけで、現実には手を汚そうとしないということが明白になったからだった。

——口ではいっぱし悪ぶるが、いざという時には恐れをなして逃げ出す。暴走行為には参加するが、殴り込みを掛ける時などは、当日にやってこない。怪我《けが》をするのが怖かったんでしょうと仲間の一人は侮蔑《ぶべつ》的な笑みを洩《も》らした。また、別の一人は言った。

「どうせ特進クラスやから、ワルやりながらでも将来のこと、考えとったんとちがいますか。決定的な悪さはひかえとくというんか」

鈴木和美という飲み屋の女性が言った「特進クラスと普通クラスの亀裂」の構図が見られた。久谷登は勢いを失い、あとは彼らの記憶の中からも姿を消している。

久谷医院、横山、金岡、原田の軌跡が重なるのはここ、大山寺町の十五年前だけだった。もし関連があるのなら、その時しかない。しかし小さな医院の受付嬢の姿など、だれが覚えているだろうか。

ところが阿部節子の調査は思ったより順調に進んだ。美智子は、当時を知る元看護師から話をきいた。

阿部節子は明るい、人付き合いのいい女の子だったという。——「最初は医療事務も知らない学生のアルバイトだったんです。教員試験に落ちて、そのまま二年ほど仕事を続けていたと思います」

そこまでは清水の初期取材と同じだった。ただ、阿部節子が久谷医院をやめた時期が違った。取材に応じてくれた元看護師は、自分の二人目の孫が生まれた年だったから、十七年前だったと言ったのだ。

十七年前なら横山、金岡、原田、久谷は高校一年で、まだ不良グループになっていない。四者の関係に阿部節子を含むことには無理が生じた。美智子は落胆した。「阿部節子さんが大阪に行ったのは、十五年前ではなくて、十七年前なんですね」

元看護師は美智子の話の細かさと落胆ぶりに驚いたが、はあと息を吸い込んで「いいえ」と言った。

「内海さんは、久谷医院をやめてからもしばらくこっちにおりましたよ。それどころか、仕事をやめてからのほうがえらい羽振りで。もともと身に着けているものは全部ブランド品という子でしたけど、やめてから高級なマンションに住み替えて。綺麗《きれい》な真っ白い車に乗って。それからしばらくして突然結婚したんです。久谷医院に出入りの薬の営業の人でしたわ。その結婚を機に、大阪に行ったんです。そやからおたくの言わはる通り、内海さんが大阪に行ったのは、十五年前ですよ。ええ、それくらいです。大阪に行ったんは、やめて二年くらい経《た》ってましたから」

——十五年前。

彼女が語るには、大学のミスコンテストに出た節子を、久谷浜一が自分の医院の受付に座らせたという。院長、久谷浜一の評判は芳《かんば》しくない。特に女癖の悪さは、事情通には知れ渡っていた。

「その内海さん、電話なんかは標準語でしたか。それともこちらのお言葉でしたか」

元看護師はにっこりと笑った。「いやまぁ、テレビのアナウンサーか電話セールスかと思うような、綺麗な標準語でしたよ」

彼女はそう言うと、医院に勤めていた十七年前当時の写真を見せてくれた。

制服姿の四人の女性が並んでカメラに向かって笑っていた。その中で内海節子はひときわ垢《あか》抜《ぬ》けていた。背が高く、当時はやりのストレートな長い髪で、にっこりと笑っている。

「卒業大学はどこですか」

「このそばにキャンパスがあったんですよ。今は移転してありませんが」

それは名の通った国立大学だった。美智子は改めて内海節子の写真を見直した。

横山はだれかの傘の下にいることでしか日々をしのぐことができないのに、役立たずと言われ、グループから爪弾《つまはじ》きにあっていた。そして原田は付き合いがよかった。久谷はその二人を自分のそばに寄せた。原田と横山に自分をボスと崇《あが》めさせるためには、二人に、顎《あご》で使える子分を作ってやることが必要だった。それで同じ特進クラスの金岡をグループに引き込んだのではないだろうか。

「久谷登は当時、横山や原田と不良仲間を形成して、そのグループの最下層に金岡がいたという図だと思うんです」

清水は困惑気味に美智子を見る。

「ええ、そうかもしれません」

「阿部節子の取り調べはどうなっているんでしょうか」

「相変わらず否認しているそうですよ。現場に行ってもいないし、医院に電話もしていない。ニュースで聞くまで事件のことは知らなかったって。阿部節子の家から久谷医院への通話記録も五回、残っていて、看護師の記憶とも日時が一致しています。久谷明久焼死の十八日、午後十時四十五分、自宅に節子の車はないんです」

清水は少し考えて問うた。

「やっぱり子供の家出にまつわることでしょうかね――」

「その、子供の家出の件は？」

「通っていたのは私立の、いわゆるお嬢様中学で、学校では特に問題のある子供ではなかったそうです」

「明久がかけられたものは、ガソリンと石油を混ぜたもの。引火、燃焼力が大変に強いものだそうです。犯人はそれを事前に用意している。すなわち殺すつもりで現場に行ったということですよね」

清水はうなずく。「犯人は久谷明久に対して相当の殺意があった」

「しかし数日前の電話では、阿部節子はわざわざ自分の氏名を名乗っています。ある時点で突然殺意を持ったということですか」

「どうだかわかりませんが、久谷明久が子供の行方不明にかかわりがあるとするなら、殺してしまっては事情がわからないじゃないですか。子供はまだ帰ってきていないんですよ。呼び出された時間と殺された時間が近いんです。明久は現場に到着して、ものの五分でガソリンをかけられたことになる。話し合いの時間もみとめられない。そもそも春菜の行方不明の際、警察で母親は、子供は家出だと言い張っていて、いまも阿部節子は現場にも行っていないの一点張りだそうです」

美智子はぼんやりと言う。「節子は子供の居場所を明久が知っていると思っていた。

それで問い詰めて、明久は、『知らない、わからない』と答えた」

「だとしても殺しませんよね。警察に言いますよね」

「森本達子は『みさと』に出入りしていた一週間、どこに泊まっていたんでしょうか」

清水はちょっと困惑した。

「ネットカフェでも、カラオケ店でも、その気になればどこでも寝られますよ」

確定できていないということだ。

清水は即席で新たな仮説を立てる。

「節子と明久が不倫関係で、節子は離婚も考えていたとか。だから娘の家出など眼中になく、しかし相談しているうち、感情がこじれて、憎しみを持った」

それに対して美智子が気のない声でつぶやく。

「ええ、そうだったのかもしれませんね」

美智子は、まだ手に入っていない事実があると思う。そしてその事実のどこかに久谷登の存在があると思うのだ。

阿部節子は教育学部に在籍し、卒業年度に教職員採用試験を受けている。美智子はそのころの資料がなにかないかと、大学に赴いた。ただ、雑誌記者の取材となると大学側は警戒する。美智子は清水に同行を求めた。——阿部節子が出たミスコンテストの写真を手にいれれば、それはそれでスクープですよ。美智子が囁《ささや》いたその一言に清水は簡単に同意した。

清水は大学職員を相手にしながら資料室で写真を探した。「大学名は伏せます。ハイ。大学祭の余興ですか。そうでしょう、流行《はや》ったころがありましたからね。どこかではリンゴ娘コンテストとかいうのもありましたね。ああいうのは、選ばれても嬉《うれ》しくないかもしれませんね」と、懸命に女性職員の機嫌をとっていた。

ああいうのが嬉しくないのは清水のほうの事情で、なぜならリンゴ娘コンテストには水着審査がないからだ。美智子はその隣で古い資料をめくっていた。内海節子は一九七八年教育学部入学。一九八二年卒業。

有名大学を出た彼女が、なぜ地元の小さな医院の受付などをしていたのか。美智子は、阿部節子の卒業そのものに疑惑を持っていた。が、卒業者名簿には間違いなく内海節子の名がある。卒業年度をもう一度確認しようとページをはじめに戻していて、美智子は手を止めた。

「まあ、ここの大学を出て、そのうえミスコンテストに入賞していたとなれば、人も羨《うらや》む才色兼備ですものね。いや、いいですねぇ」——清水ははしゃいで、懸命に時間を稼いでいる。

美智子はその名簿に一つの名前を見つけた。

清水がそっとすり寄ると、美智子につぶやいた。

「見つけましたよ。ミスコン写真。ばっちり、水着です。これ、ほんとにスクープですか」

美智子は名簿から視線を外さなかった。見入る美智子に、清水が気付いた。

「どうかしましたか」

「いえ。偶然知っている人の名前を見つけたものだから」

「だれですか」そういうと清水は同じく名簿をのぞき込んだ。

「逢坂雪枝」

美智子がそうつぶやいた。

2

逢坂雪枝。

一九七八年神戸大学教育学部入学。

一九八二年卒業。

同年四月に神戸市立高津小学校に勤務。

一九八五年退職。


一定の場所に人が住み続けている小さな町では、必然的に人間関係は交差する。逢坂雪枝が阿部節子と同じ大学の卒業者だったとして、なんの不都合があるだろうか。逢坂雪枝には事件当時のアリバイがあり、被害者たちとの間に関連もない。

それでも美智子は名簿の中の「逢坂雪枝」という名を見つめ続けていた。

大学の資料室に残っていた美智子の躊躇《ちゅうちょ》を断ち切ったのは、先に写真を持って社に帰っていた清水からの電話だった。

「さっき聞いたんですけど、久谷登が、殺された弟の葬式に戻ったらしいです」

清水が続けて言う。「明久の聞き込みで顔見知りになった看護師さんが今、電話で教えてくれたんです。登は今、久谷医院にいます。ぼくは今、別のイベント取材のために移動中で、先に登のことがわかっていたら断ったんですけど。今夜は取材先から帰ってこられないと思います」

それに対して美智子がただ、そうですかと言うと、清水は一息置いて、「登に――」と口ごもった。

「登に会いに行かんのですか」

駅からかけているようだった。発車を告げる構内アナウンスが大きく会話に割り込んだ。それに負けじと清水の声が大きくなった。

「登が事件にかかわりがあるって言い出したのは、木部さんですよ。いまなら登は取材陣からノーマークですよ。いいんですか」

「わかりました。行きます」

しかし美智子はそのまま名簿をめくり、電話を数件かけた。そして大学の資料室を出たあとに向かったのは、久谷医院ではなかった。

登がこの地に戻ったのは、成り行きではない。何者かの意志によるものだ。

美智子がタクシーを下りたのは、市内の小学校の前だった。彼女はそこに男性教師を訪ねた。彼は逢坂雪枝と同時期、高津小学校で教鞭《きょうべん》をとっていた。美智子は、急な取材依頼の電話について詫《わ》び、彼は快くそれに返事をする。彼は逢坂雪枝のことを覚えていた。彼女は熱心で評判のいい教師だった。

「やめた時の事情をなにか御存じでしょうか」

「事故にあわれましてね」

「事故？」

「交通事故です」

相手の口は重い。

「どういう事故ですか」

「まあ、不幸な事故で。それでお友達を亡《な》くされましてね」

相手の言葉はひどく歯切れが悪かった。

「自動車事故ですか」

「まあ、自動車事故――というんでしょうか」

逢坂雪枝が教職を退いた引き金となった事件について、男性教師は言葉少なに語った。

十五年前、雪枝と彼女の婚約者が連れ立って帰る、その途中、車に乗った少年グループに襲撃されて、彼女をかばった男性がバットで殴り殺された。彼女は、怪我《けが》そのものは完治したが、心理的ショックが大きくて、仕事に復帰できなかった、残念だった。

「その男性は弁護士を目指して勉強していた人で、その年の春に無事合格して、秋には結婚することになっていたんです。お金がないから盛大にはできませんけどって、逢坂先生、とても幸せそうでしたよ。大学時代から四、五年付き合っていたらしい」

彼は夏だったと答えた。「確か新聞にも載りました」

美智子は近くの図書館に飛び込んだ。新聞の縮刷版をめくる。

昭和六十年、一九八五年。夏——。

日航ジャンボ機一二三便が御巣鷹《おすたか》山に墜落して五百二十人の犠牲者を出した年だった。

八月十二日から以降は、全国紙紙面はその記事一色となる。翌日三光汽船倒産。その一方で、小さい記事ではあるが、少年犯罪報道が目についた。十七日には松本市で高校二年生が職務質問の警官を刺殺。——全国紙でないほうがいいのかもしれない。地方紙、例えば兵庫新聞のような。しかしこの年、少年犯罪は社会問題になりつつあった。だから逢坂雪枝とその婚約者の事件は全国紙でも恰好《かっこう》の記事になったはずだ。

美智子がそう思った時だった。日航機事故の惨状を伝える紙面の裏側に、小さな記事を発見した。

十七日午後十時三十分頃、神戸市東区宮下町六丁目近くの路上に男女二人が倒れているのを通行人が発見、警察に通報した。男性は収容先の病院で十一時二十分死亡、女性は腰椎《ようつい》骨折の重体。死亡した男性は神戸市北区本田町二丁目竜野晴彦さん（25）、女性は神戸市東区宮下町三丁目、小学校教諭、逢坂雪枝さん（25）と判明。現場の状況から、轢《ひ》き逃げとみられるが、死亡した竜野さんの遺体には殴られた形跡があり、殺人の疑いもあるとして捜査を開始した。なお竜野さんは大学を卒業後、本年四月に司法試験に合格、修習中であった。

事故現場の宮下町は大山寺町から電車で三駅の場所だった。雪枝が勤めていた高津小学校まで、直線で二キロメートルもない。

美智子はつてを頼って竜野晴彦の大学の卒業者名簿と、一九八五年の司法試験合格者リストをメールで転送してもらうと、そのプリントアウトを片手に、図書館の下にある喫茶室の片隅で電話をかけ続けた。司法試験は狭き門だ。同年同大学合格者であれば、少なくとも面識はある。ものの三十分で竜野を知る人間に辿《たど》り着いた。

竜野晴彦は旧友の記憶にもいまだあざやかだった。

背の高い青年だったとその友人は語った。人柄は穏やかで、人には干渉はしないが、曲がったことはしなかった。スポーツはなんでもこなし、成績は優秀だった。本人は自分のことを堅くて面白みのない人間だと思っていたようだが、女によくもてたと、友人は語った。

しかし女性には奥手だったのか、大学二年の時飲み会で知り合い一目惚《ひとめぼ》れした逢坂雪枝に交際を申し込むのに一年かかっている。

——竜野は雪枝ちゃんのことが好きなのにそう言えないし、彼女のほうも男に慣れていないというか擦れていないというか。見ているほうがじれったくなるほど進展しない。

二人の恋はまるで大昔の物語のようだった。ともに学業も忙しく、手練手管もなく、加えて竜野晴彦は口達者ではなかった。しかし二人は初冬の夕暮れ、キャンパスの隅のベンチに座って缶コーヒーで両手を温めながら、時間を忘れて話し込んでいたという。

美智子は思うのだ。自分たちは二十年前、どんな青春を送ったのだっただろうかと。自分たちの前には開かれた未来しかなかった。懐《なつ》かしくてまぶしい、遠い昔——。

キャンパスの隅のベンチに座る二十歳の雪枝の姿が目に浮かんだ。

大学卒業後、晴彦は司法試験の勉強のかたわら、アルバイトで法律事務所に勤め始め、雪枝はその近くの小学校に教師として赴任。

――アルバイトの身分のままだと結婚しても不自由をかけるから、司法試験に通ったら、って竜野は考えていたんです。他の連中は収入のいい予備校の講師なんかをしながら勉強するんですけど、竜野はそんなこともせずに一心に勉強していましたよ。

一九八五年八月十七日でした。

美智子は新聞の切り抜きを眺める。

犯人不明――。

しかし竜野晴彦はアルバイトとはいえ法律事務所に勤め、事故にあったときには司法試験にも合格していた。弁護士仲間からすれば身内に起こった事件であり、彼のために事件を解決しようと奔走したのではないか。少なくとも、理不尽な結末に泣き寝入りしなければならないような境遇ではなかったはずだ。

美智子は弁護士、葛西《かさい》に電話した。阪神圏内の数少ない知己の一人だった。

葛西は竜野晴彦の名こそ忘れていたが、十五年前の司法修習生の身に起きた不幸な事故については、おぼろげに記憶していた。

「少年犯罪で、暴走族の仕業と目星はついていたと思います」彼は記憶をたどって当時竜野晴彦が勤めていた事務所に連絡を取り付けてくれた。

晴彦がアルバイトをしていた南条法律事務所に向かってタクシーを飛ばす途中、車内から兵庫新聞社の岡部に電話を入れた。折り悪《あ》しく岡部が不在だったため、美智子は伝言を残した。

十五年前、一九八五年、昭和六十年八月十七日に起きた、未解決の殺人及び傷害事件について、資料があれば全部欲しいんです。被害者名は竜野晴彦、当時二十五歳。もう一人は逢坂雪枝、同じく二十五歳。事故現場は東区宮下町。

「不良グループに襲撃されて男性が命を落としている未解決事件です」

南条法律事務所の看板は街を見下ろす位置に掲げてあった。

南条は自ら喫茶店に電話をすると、コーヒーの出前を二つ頼んだ。仕切りの向こうにある応接スペースに彼女を通した。使い古された応接セットは質素なもので、頑丈な木目が持ち主の人柄を思わせた。彼は美智子の向かいに座ると、彼女に多くを問わなかった。

「容疑者はたくさんいましたよ。たくさん過ぎるほどにね。それで絞れなかった」

彼は膝《ひざ》を組み、鷹揚《おうよう》な感じで座っていた。五十前だろうか。ならば事件当時は三十半ば。今の美智子よりまだ若かったはずだ。彼の落ち着きはらった態度に美智子は戸惑った。

「同伴者の記憶にあるのは、白い車、セダン、金属バット、スニーカー。犯人の年齢も人数もわからない。多分高校生くらい。それだけです。あのころはこの地区では特定の学校同士の小競《こぜ》り合いが多かった。全国的に学校の荒れた時期だったんですよ」

美智子にも覚えがある。学生の暴力が教師に向かった、第一次の教育崩壊といわれたころだ。中学生は窓ガラスを割り、教師を小突き、卒業式をボイコットした。前々年八三年一月に横浜で中学生ら十人がホームレスを襲撃して三人が殺害され、十三人が重軽傷を負った。翌月には東京都東村山市の中学で男子生徒二人が鉄パイプを持って職員室に乱入、教師五人が負傷した。その月、町田市では教師が襲ってきた生徒を刺し逮捕されたが、二カ月後に正当防衛が認められている。生徒たちは、卒業式には覚悟しておけと教師を恫喝《どうかつ》した。その年、警察警備の中学卒業式が千二百二十五校と警視庁が発表した。当時の文部省の校内暴力調査では、被害教師千八百八十人。美智子はそのころ駆け出しの記者で、そういう事件を追いかけていたのだ。

校内暴力という言葉が社会的認知を得て、学校崩壊、教育崩壊が叫ばれた。当時は、学生運動対策の名残りで、学校が極めて強引な生徒管理をしていたことが直接的な引き金となったといわれていた。荒れた子供たちがそのまま高校へと進学していく。竜野晴彦の事件は、その翌々年に起きている。

「当初、三グループくらいに絞れていたんです。しかしどれも事件にはかかわってい なかったという結論でした。我々がいかに彼の無念を晴らしてやりたいと思ってもど うしようもなかった」

静かな物言いだった。しかし眼光はまっすぐで、その視線にはいまだ苛立ちと憤り があった。

竜野晴彦は車から下りてきた若い男に殴られ死亡。同伴者の証言によれば、彼は、 車が走り去ったあとも二、三十分息があった。

「同伴者というのは、逢坂雪枝ですね」

南条の表情にわずかに戸惑いが浮かんだ。警戒かもしれない。彼は注意深く美智子 を見据えて、そうだと答えた。

「逢坂雪枝さんは事故当時、どんな状態だったのですか」

事故の唯一《ゆいいつ》の証言者である逢坂雪枝のことを聞くことは、決して不自然ではない。 美智子はそう、自分に言い聞かせた。

「竜野さんの息があった、その二十分間、どんな状態だったんですか」

南条の挑戦的にも見えた冷たい視線が揺らいだように見えた。言葉はなお理性的だ ったが、自分の心の痛みに触れているかのように、緊張を伴っていた。

「車のバンパーは雪枝さんの足に当たったんです。転倒して、頭を打ち、そこに倒れたまま動けなかった。腰の骨を折っていたんですが、意識はあったそうです」

南条は言葉を止め、美智子は黙ってその先を促した。

「倒れた彼女の視界に入ったのは車のタイヤと男の靴、男が手に持っていた金属バットの頭の部分」

そして、屈《かが》んで晴彦の手首から時計をもぎ取ったその手。

時計——南条がそう言った時、美智子になにかが閃《ひらめ》いた。

時計。どこかに記憶がある。だれかが時計の話をした。

しかし思い出せなかった。

「犯人は竜野さんから時計を奪ったのですか」

南条はうなずいた。

「車から下りてきたのは一人だそうです。竜野君の胸ポケットから財布を奪った。それから、竜野君に必要以上の怪我をさせたことに恐怖を感じたのでしょう、急いで現場を離れようとする、そのときに竜野君の腕から時計を奪った。車を止めてから逃げるまでほんの二、三分のことだったと思われます。車がセダンだったというのは、車が二人に当たる直前、背後からのヘッドライトの光に驚いて振り返った雪枝さんが、車体を一瞬見たんです」

車のスピードは大したことはなかった。逢坂雪枝は転倒して動けなかった。しかし竜野晴彦には犯人に立ち向かう力が残っていた。

「竜野君は逢坂さんを守ろうとしたらしい。竜野君は背の高い、がっちりした男でしたからね。犯人は自分に向かってくる竜野君に脅威を感じ、バットを振り回した。彼は殴打による打撲で死亡したんです。もし彼が頭を抱えてじっと時を過ごしていたならば、死ぬことはなかったと思います」

キャンパスの隅で、缶コーヒーで手を温めながら語らっている二人の男女が、路上の二人に重なった。人見知りな男と女がそっと安息を見いだす。晴彦は小柄な雪枝がいとおしかったのだろう。彼は守ろうとし、殺された。

数人の高校生グループ。白いセダン——。

時計という言葉が浮かんでは消えた。通り過ぎざまに見たような、脈絡のない記憶——風の通る部屋だった。女が髪を搔《か》き上げている。やつれているような気がする。なにかをかわいらしいと思った。なにをだろう。

思い出せない。

「どんな時計でしたか」

その瞬間、南条の瞳《ひとみ》がなにかの確信に光ったような気がした。

「スイス製の、大変高価なものですよ」

南条は立ち上がると、背面にあった書棚を開いた。スチール製の書棚にはファイルがびっしりとつまっている。南条はその中から一つを抜き出した。背表紙にマジックで「1985 竜野晴彦」と書かれていた。彼はそれを美智子の前に開いて、置いた。

そこには一枚の時計の写真が貼《は》ってある。

丸形ボディの男物の腕時計の写真だ。パンフレットを拡大コピーしたもので、美智子の掌《てのひら》ほど大きかった。その下に、それに似つかわしいほどの大きな字で「スイス製ショパール社」とマジックの書き込みがある。

「これが竜野君がつけていたものと、同種の時計です」

一枚下に英語の商品説明がある。パンフレットの写しだろうと思われた。その下部に日本語の説明が手書きで書き込まれている。

それによると縁は本物の十八金、ガラスはサファイアグラス。デザインはひどくシンプルだった。拡大コピーのざらついた写真には、丸縁に、数字の代わりに鉛筆の芯《しん》のような金の楔《くさび》が十二個打ってあるだけだ。美智子はファッションに関する情報量が少ない。ショパール社という名を聞いたことがなかった。ただ、そのシンプルな時計が、高級品だろうことはよくわかった。

「百八十万円だそうです」

美智子は南条を見上げた。

「彼が大学に入った時、おじいさんが買ってくれたものだそうです。あんまり高いものなので、気が引けて学生時代はほとんどつけていなかったそうです。僕も覚えていますよ。いい時計でしたからね。目が吸いよせられるように、そこにいってしまうような。でも若いのにあんまり違和感もなくて。そういうものが似合う、上品な青年でした」

――あまりに犯人に結びつく証拠が少なかった。当時から、この時計の線で犯人に行き着かないものかと、我々も必死に調べてはみた。おじいさんは入学祝いに車を買ってやりたかったんだそうです――「それでも車は数年で乗り換えるものだし、第一大学入学当時、竜野君は運転免許を持っていなかった。それでおじいさんは百八十万円の時計をプレゼントしたんです。竜野君は車のほうがよかったのにと苦笑いしてましたよ。そういう事情で、彼はこの百八十万円の時計を持っていた。十五年前、そんな時計を持っている人はそうはいない。この時計から犯人が割れないかと最後には一縷《る》の望みも懸けました。しかしいくら未成年とはいえそれほどバカじゃない。おそらくしまい込んでいたんでしょう」

——おそらくしまい込んでいたんでしょう。

その瞬間、美智子は思い出した。

時計の話をしたのは原田光男の妻だ。かわいい赤ん坊を抱いていた原田の妻、圭子。

彼女が言ったのだ。夫は高い時計は腕にはめずに机の引出しの奥にずっとしまってい
たと。光男の趣味は時計集めだった、そして彼女は、光男が失踪《しっそう》する直前に光男に内緒で彼が大切にしていた時計を売ってしまったことに咎《とが》めを感じていると、そう言ったのだ。

十五年前犯人は晴彦の腕から時計を奪い取った。原田は机の引出しの奥深くに時計を持っていた。原田の妻、圭子が時計を売ったあと、原田は行方不明になっている。

そして阿部春菜が家から姿を消したのは、その数日後。

そういえば、あの看護師は、阿部節子、旧姓内海節子が当時、白い車に乗っていたと言った。そして金岡正勝の妹は、久谷登が十七歳当時、白い車に乗って家の前に乗り付けてきていたと言っている。

高校生が無免許で車に乗る場合、友人の車である場合が多い。

久谷登が乗り回していた白い車が阿部節子のものであったなら。

南条は続けていた。時計の裏には「竜野晴彦」と、漢字でネームが彫ってあった。竜野晴彦は、それを見てまた苦笑いしたものだ。ローマ字のほうがカッコよかったのに――。普段は端整な顔だちなのに、笑うと恵比寿《えびす》様のように目尻《めじり》の下がる青年。

南条は静かに言った。

「その時計は、見つかれば、彼のものだと特定できるのです」

原田の妻、圭子は、その写真を見て、自分がガソリンスタンドの女性客に売った時計に間違いないと言った。あの時計を一度つけてみたかったんです。というか――。その経緯を話すとき、圭子は言葉を切った。

主人は時計を集めるのが好きで、半分ほどは中古品でした。引出しを開けると、いいものもおもちゃみたいなものもざらっと並んでいて、わたしも時々使っていました。主人も、わたしがつけていると、ちょっとうれしそうでした。でもあの時計だけは箱に入れてあって、主人はその箱をわざわざネットオークションで買いました。あの日、時計の引出しをあけて、長い間あけられていない時計の箱を見て、ふと、つけてみたいと思った。日のあたるところに出してやりたいというのでしょうか。この時計はこんなにきれいなのに、ずっとここにしまわれたままで、時計だって初夏の日を見たいだろうというか。この時計も、元の持ち主の手元にあれば、今ごろ外を見ているだろうというか。そんな感じがして、つけたんです。

そして美智子は、圭子がその時計を売ったのが、夫光男が失踪する前日であったことを確認した。

彼女はその時計が夫のもとにあった真相を聞いてはいなかった。美智子は、裏に名前がなかったかと問いただした。圭子はぼんやりと美智子を見た。

「裏は——削ってありました。ネームがあったのは確かだと思います。それを削ってあったんです。主人は質流れの品だと言っていました。最後の一文字がかすかに読み取れました。『彦』と」

美智子は買っていった女性の人相と、乗っていた車を聞き出した。それは逢坂雪枝の顔立ちと彼女の車に符合した。

——名前が削ってあるようなもの、人の思いがこもっているみたいで恐いと光男に言ったこともあります。あれを売ってくれと言われた時、正直ほっとしました。

名前はヤスリのようなもので削られていた。

「彦」

それを雪枝は手に入れたのだ。

雪枝はこの時計を手に入れて、当時の犯人たちを知った。

3

阿部節子が久谷明久殺しの重要参考人として出頭した。

節子の車のタイヤから、大山寺町榎坂裏の採石場跡にあるものと同様の成分の泥が検出された。夜の十時だった。興奮気味の清水からの電話に、美智子は言った。

「久谷登から目を離さないように渡辺警部に伝えてください」

美智子は夜の道を尼崎へとタクシーを飛ばしていた。

美智子は、原田の妻、圭子が時計を売った経緯について語ったことを思い出す。

それは夫、光男が帰ってこなかった日の前日、七日の午後三時ごろのことだった。

その日はレディスデイの水曜日だった。ある女性客に声をかけられた。彼女は圭子がしている腕時計を指して、売ってくれと突然言った。夫に無断で持ち出した圭子は渋った。女性はそれを手にとり丹念に眺めて、五十万円払うと言った。そして車を出し、二十分して戻った時には銀行から下ろした五十万円を持っていた。子供を二人抱えて、圭子の家の通帳の残高は三十二万円しかなかった。五十万円は大金だった。それでも圭子は、主人に聞いてみないと、としり込みしたが、女はにっこり微笑《ほほえ》んだ。

「大丈夫。もう忘れていますよ」

女が渡した五十万円を、圭子はそのままタンスの中にしまっていた。その袋には銀行名がある。六月七日の午後、スタンドから車で十分圏内にある、該当銀行の支店で、五十万の金を引き出した人物が、圭子から時計を買った人間だ。警察なら五分でつきとめられる。しかしその前に、どうしても確認しておきたいことがある。

「わたしは阿部節子を調べます」

清水は聞いた。「大阪ですか」

「いえ。わたしが調べるのは、十五年前の節子、大山寺町にいたころの旧姓、内海節子のことです」

久谷医院の看護師の話では、内海節子は人当たりのいい明るい美人だった。が、大学時代、学部を同じくしていた友人、尼崎に住む時田洋子《ときたようこ》の評は微妙に違っていた。時田洋子は節子のことを、人に本心を打ち明けるタイプではなかったと言った。

「派手で付き合いはいいけど、それだけって感じでした。派手であることに満足を覚えるというか」

内海節子は男性関係も派手だったが、それを隠そうとしていた。「そりゃ男の子にもてたいからでしょ。いい結婚相手を見つけるため。なんでも、そういうことを計算して動いているような感じのある人でしたよ」

内海節子は飲み会やゼミで一緒になる男子達のことを「あんなのは一山いくらってタイプだ」と言って憚《はばか》らなかった。彼女には親友と呼べる人間はいなかったと、時田洋子は言った。自分じゃ美人で、賢くて、センスがよくて、人当たりもよくて、パーフェクトだと思っていたんだろうが、近くにいる人間から見ればただの計算ずくな八方美人だったと。

「節子さんが久谷医院に勤めていたことは御存じですか」

「ええ。教員採用試験に落ちてね。節子の家は実家がお金持ちなんです。仕送りも多くて。それであわてて就職する必要もなくて」

「アルバイトをやめたあとも生活は派手だったと聞いたんですが」

彼女は、そのころになるとあまり付き合いがなくてと言葉を濁した。「でも一度会った時にはいい車に乗っていましたね。白のスカイライン。颯爽《さっそう》としていましたよ」

美智子は時田洋子の顔を見つめた。

「白のスカイライン――大型のセダンですね」

洋子はそうだと同意する。

美智子は慎重に聞いた。「間違いありませんか」

「ええ。間違いありません。スカイラインはあのころの大学生には憧《あこが》れの車だったんです」確かに白のスカイラインは大学生のステイタスだった。ちょうど実業家がベンツを持とうとするように。

「それが内海節子さんの所有する車だったんですね」

洋子は怪訝《けげん》そうな顔をして、はっきりと同意した。「そうです」

「正確にいつごろのことか、わかりませんか」

あたしが結婚する前の年ですからと時田洋子はちょっと考えて、そして美智子に顔を上げた。「十五年ほど前です」そして続ける。

「でもその車もすぐに廃車にしたんですよ、ぶつけたとかで。また新しい車に乗っていましたよ。こっちは結婚資金をためるのに苦労していた時期に」

――廃車にした。

「その年の八月に、友人が事故で亡くなって、そのお葬式の時に顔を合わせたのが、節子と会った最後だったと思います。そのあとすぐに節子も結婚してね」

そして洋子は曖昧《あいまい》に笑った。「その結婚相手は彼女のいう『一山いくら』系の男だったんです。日ごろ男の値踏みにうるさい節子だったんで、意外でした。付き合っているなんて話もきいていなかったし。竜野くんが死んで、戦意を喪失したのかしらなんて陰口を利《き》いた覚えがあります」

「竜野くんって――」美智子は再び洋子の顔を眺めた。

「八月に事故で死んだ友人って竜野晴彦さんのことですか」

洋子は驚いた顔をしたが、ハイと答えた。

「――節子さんは事故で死んだ竜野晴彦さんに好意を持っていたというんですか」

「好意というより、竜野くんを彼氏にしたくてうずうずしていたというほうが的確でしょうね。当時、竜野くんは女の子の憧れの的でしたから、目立つ竜野くんを自分の彼にしたがっていたって感じでした。本当に好きだったかといえば、どうだか。でもどちらにしても、竜野くんにはちゃんと好きな子がいたんです」

「逢坂雪枝さんのことですね」

洋子は驚いたが、それでもまた、ハイと答えた。

「――もしかして、節子さんは逢坂雪枝さんとも知り合いだったんでしょうか」

「知り合いもなにも。節子に親友と呼べる人間がいたとすれば、彼女くらいじゃないですか」

美智子は言葉を失った。

時田洋子は当時の状況をこう語った。内海節子は竜野晴彦のことが好きで、彼を誘い出すために飲み会を企画したりして、積極的に接近を図っていた。しかし晴彦が好きになったのは、節子に誘われてやってきた逢坂雪枝だった。以降、晴彦は雪枝のことを知ろうと節子に接触し、節子は晴彦の気を引くために彼の求めに親切に応じた。雪枝のスケジュールを教えたり、誕生日を教えたり。節子は自分に分があると信じていたから。

節子からみれば、雪枝はただの田舎者だった。節子にとって勉強は大学へ入るための手段であり、入ってもなお真面目《まじめ》に勉強をする雪枝を、彼女は馬鹿《ばか》にしていたのだ。ところが雪枝は男子学生にも同性にも好かれた。「華やかな自分」でありたいのに、思うほど人からちやほやされない自分と雪枝を比べて、節子はいつも密《ひそ》かな苛立《いらだ》ちを感じていた。

それでも節子は雪枝のことを認めようとはしなかった。逢坂雪枝は小柄で地味で人見知りだった。はやりのワンピースを着てくることもない。一つの鞄《かばん》を、飽きもせず使い続けた。そんな女に自分が劣等感を持つ理由がない。節子は晴彦と雪枝の仲を取り持つような素振りを見せることも厭《いと》わなかった。

「彼女は最後まで、竜野くんにふさわしいのは自分だと信じていた。竜野くん以外目にはいらなくなっていたともいえるんでしょうが」

雪枝と晴彦がだれの目にもつきあっているとわかるようになっても、節子は二人のそばを離れなかったという。雪枝は教員試験に合格し、高津小学校に赴任、竜野晴彦と逢坂雪枝が晴彦の司法試験合格を待って結婚すると決めてもまだ、その事実を認めなかった。その間節子は教員試験にも不採用となり、久谷医院での受付の仕事を続けている。

節子は、事件当時の八月、事件時に目撃されたと同じ特徴を持つ白い大型セダンを手放し、晴彦の死の直後に製薬会社の営業の男性と結婚した――。

「最後に妙なことをお聞きしますが」と、質問するに際して美智子は前置きした。

「その車、だれかに買ってもらったなどという話、聞きませんでしたか」

彼女は一瞬黙った。その間の悪い沈黙は明らかに一つの解答だった。

「車にしても、マンションにしても、内海節子さんの派手な生活を支えていたものがなんであるか、心当たりをお持ちですか」美智子は間を置かず続けた。「はっきり言えば、だれかお金を出してくれていた人がいたとか」

時田洋子はため息をついた。美智子は畳みかけた。

「大事なことなんです。不用意に他言はしません」

彼女はあきらめたのか、サラリと言った。

「久谷医院の院長となにかあるというようなことをほのめかしていましたよ。あの人、男の子の前ではぶりっ子ですけど、同性にはあけすけでしたから。でももう十五年も前の話です」

美智子は立ち上がると、電話をかけた。

「木部といいますが、渡辺警部をお願いします」

電話に出たのは、服部というあの若い刑事だった。渡辺は今、席をはずしていると、彼は答えた。あらいざらい説明する時間が惜しかった。しかたなく美智子は服部に言った。

「久谷登が実家に戻っていますね。今すぐに保護してください。事件の関係者で残っているのは登だけなんです」

服部は困惑していた。

残っているとはどういうことですか。

「十五年前の竜野晴彦の撲殺事件です。これはその復讐《ふくしゅう》劇なんですよ」

なんのことだかわかりませんが、伝言は伝えておきます。

「待ってください、伝えるだけでは手遅れになります」

服部はため息をついた。

「久谷登は昨日から連絡が――」

「連絡が――とれない？　それは所在がわからないということですか？」

「渡辺には伝えておきます」

そう言って、電話は切れた。

所在不明。

美智子は身震いした。

4

登のもとに一本の電話があったのは、登が大山寺町の実家に戻った日の午後三時のことだった。

登は東京から朝一番の新幹線に乗り、昼前には実家の久谷家に戻っていた。ずっとこのままなりを潜めていたいのだった。横山と金岡と原田の変死は、心当たりがなくても気味が悪い。あの三人はもともと仲がよかったわけではない。金岡がグループから逃げ出したいと願い続けていたのは明らかだったし、横山と原田だって格別仲がよかったわけでもない。大体横山と仲のいい人間なんていなかった。原田が卒業後、横山とかかわるまいとしていたのは、横山の話からうかがえた。原田は同じように自分ともかかわりを避けていたのだ。それは卒業後ではなく、卒業前年の夏に起きた騒動のあとからだった。原田がその日を境に心を入れ換えたとはいわないが、彼は横山と違って事の重大さは認識していた。

あの事件のあとも登と三人はなに食わぬ顔でつるんでいたし、だれもその話に触れようとはしなかったが、もう仲間などと呼べるものではなかった。お互いを監視しあっていたようなものだ。同じ後ろ暗さを共有しあっていたというほうが早いかもしれない。

だから三人が殺された事件を聞いても、登はピンとこなかった。いまさらあの三人にどんな共通項があるというのだ。彼らは道ですれ違っても、知らぬ顔をしたいと思っている人間たちなのだ。事実卒業以来、金岡とは音信不通であり、原田は自分を避けていた。地元に戻っても、声をかけたときにやってくるのは横山だけだった。小銭をやると喜ぶのだ。横山だけが昔のような兄貴気分を味わわせてくれた。もちろん、多少の「口止め料」の意味もある。横山はそんなことはわかっていなかったかもしれないが。

だから薄気味悪いのは事実だった。しかし問題は、遺産なのだ。

久谷医院の資産。

地味な遊び方であれば、一生遊んで暮らせるほどの財産はある。そして明久が死んだ今となっては、その全財産の後継者は自分であるはずなのだ。

問題は、今、その権利が決して安泰ではないということだった。なにせこの十四年、一度も久谷の家の敷居をまたいでいないのだから。

親戚《しんせき》一同が寄れば、彼らは勘当同然の俺の話題を囁《ささや》き合うだろう。それを聞いて父親がなにを思うかわからない。養子を取ると言いだすかもしれない。少なくとも、自分の立場は非常に悪いものになる。それはまずいのだ。弟の葬儀に顔を出さないというのは、ひどく危険に思えるのだ。

後継者としての自分を皆に知らしめなければならない。

それには真面目なところを見せなければならないのだった。

心を入れ換え、真面目にやっている姿を演出して、父親ばかりでなく、親戚一同に見せるのだ。弟の死を悼《いた》み、老いた父母の身を案じ、自分の不徳を悔い、許しを請《こ》う——そのような姿勢だ。親父《おやじ》にだって跡取りは必要なのだ。自分の老後に、面倒をみさせる子供の存在は不可欠だと思っているだろうし、なにより人間、老いると心細くなるもの、昔のような強権をいつまでも保てるはずもない。

いまなら付け入るすきがある。しおらしい顔で葬儀に参列するのだ。

そして父に取り入るのだ。

実際、登の中に家庭に対する憧れが頭をもたげるようになっていた。子供を持つのもいいかもしれない。三十を過ぎた時、子連れを、疎《うと》ましさではなく、温かさを持って眺められるようになっていた。あれほど嫌いだった幼児の薄汚さが、奇妙に甘い匂《にお》いを発し始める。親子連れの姿を見ると、それに自分の将来の姿が重なる。目の前のあの子供がわが子、そしてその隣の父親が自分。――ふとそんなことを考えている。

「殺人」という言葉に圧迫感を感じる時、登は思う。

もう時効だよ。

考えようによれば、関係者が死んだということは、俺の身は以前よりなお安泰ってことかもしれないし。

そして忘れることにした。

帰って、いい顔を売って、つつがなく久谷医院の後継者という身分を確保するのだ。

帰郷する前に、地元の大山寺町の友人に電話で話を聞いていた。だから大体の状況は飲み込めていた。新聞報道、雑誌報道も知らぬわけではない。連絡を入れると父は不機嫌に言った。

「奇妙な殺され方をして、相続人のお前が顔を出さんとなにをいわれるかわからん」

――全くだ。

明久には申し訳ないが、それはそれ、自分には第二の人生が待っているような気もした。東京の水は所詮《しょせん》、肌にあわなかった。新幹線の中から西へ下る風景を見ながら、縁の薄かった弟のことに心が半分、彼の死によって転機をもたらされた自分の人生に心が半分。不思議と、だれが殺したのだろうとは考えなかった。十四年も会ってない人間の抱えたトラブルなど、わかるはずもない。

葬式が終ったらやっぱり東京に戻ろうか。それとも慣れた土地に居すわろうか。

もしかしたら父親が女医を嫁にとれと言い出すかもしれないと思った。用が済んだらさっさと町から引き上げたいとも思うが、居すわるのも悪くないかもしれないという気もする。

登の東京の仕事は、名刺上は経営コンサルタントだった。その仕事と父親からの送金でなんとかそれなりの暮らしを送ってきた。ブランドもののスーツを着て、女にもてる程度のマンションに住み、外車に乗った。その生活を続けるために、クラブでホステスと遊んでいる時にも、携帯が鳴ると腰を低くして対応しなければならなかった。大慌《おおあわ》てで店を出ながら、はい、さようですかとべんちゃらを言う。しかし口先一つで遊び暮らしているわけだから、やめる気にはならない。接待の最後には、客に女をあてがう。頼まれて借金の取り立てもやった。どこかの小さな企業の社長の愛人を一カ月ほど匿《かくま》ったこともある。離婚がスムーズにいくように、細君に男を近づけてはめたこともある。全《すべ》ては、仕事がうまく回るように些事《さじ》を受け持つ「経営コンサルタント」の仕事の一部だ。

裏事情に通じてくると、金の儲《もう》け方も女にありつく道筋も見えてくる。そのうち片手間に、ホステスの斡旋《あっせん》まで手がけるようになっていた。そうすると、一人一人を一晩かけて吟味するお楽しみがついてくる。いい女にはバッグの一つも買ってやってそのまま付きまとう。資金繰りが悪くなると、そんな女の一人に貢《みつ》がせることもある。女の元締めみたいな顔をしていると、半端《はんぱ》な男どもが「兄貴」などと見え透いたお世辞を言って寄ってくる。大きな顔をしていると地回りのやくざと渡り合うはめになる。一週間ほど姿を隠してお茶をにごすか、「企業提携」と称して和解する。そうするとまた、仕事のすそ野が広がる――浮草稼業《かぎょう》ほど楽な商売はない。明久のやつは朝から晩まで勉強して医大に入り、朝から晩まで勉強して医者になり、朝から晩まで働いて大学病院に勤め、親元に戻って父親に顎《あご》でこき使われた。あいつは外車の一台も持っていない。女にもてた話も聞かない。友人の話では、白衣の下にはボタンの取れたワイシャツを着ていたという。

そのくせ新幹線の窓を流れる風景を見ていると、転居を繰り返し、ホステスの味見をしながら、一生を終えるのだろうかとぽつんと思う。

死んでも大した感慨を持たない弟のことを考えながら、西へ西へと走る新幹線の窓に見入る。

久谷の家の玄関は堅く閉められて、裏口から入るしかなかった。ひっそりとしていた。母は泣いてはいなかった。登の顔を見て、泣いた。それは明久を失った悲しみからでなく、再会の感動の涙のようだった。十四年ぶりの母だったが、登は涙がでなかった。いつもの陰気な母だった。それでも母は喜んでいる。なんだか全てが遠くて、感情が干上がって久しい自分に気がついた。

東京にもこの家にも、奇妙に居場所がない。そして居場所がないことが寂しい。

いっそここに居つこうか。

警察が顔を見にきた。――いいえ、事件にかかわりのないことはよく存じています。

ご心配なく。長い間音信不通だったとのこと。それより阿部節子って女、御存じですか。

「阿部節子？」

「はい。旧姓、内海節子です」

登は喉《のど》の奥がぐっと締まる気がした。

横山と金岡は森本達子という女に殺された。原田はだれかに殺された。弟もだれかに殺された。だれに殺されたかは知らない。それでも横山、金岡、原田、そして内海節子と続いたら、どうしたって怨念めいたものを感じるではないか。

「昔うちでアルバイトをしていたんじゃないでしょうか。はっきりと記憶はありませんが」

刑事はふうんと答えた。

「本人もそう言っています。あなたが記憶があるということは、明久さんも彼女のことを御存じだったんでしょうね」

「明久はまだ小学生か——中学に入っていたか。いや、僕だってはっきりとした記憶があるわけじゃないんです。明久は覚えていなかったんじゃないですか」

自分が試されているような気がした。嘘《うそ》のつき方なら一通りは心得ている。地回りのやくざ、怒鳴り込んでくる債権者、ホステス、いろいろなものを相手に嘘をついてきた。一貫性が大切なのだ。加えて、すぐばれる嘘はよくない。

刑事が自分を眺めているのは、自分を観察しているようで実はそうでなく、考え込んでいるだけなのだ。そしてあわよくば、自分の顔色が変わるところを目撃して、より情報を聞き出せるかもしれないということくらいは思っている。登は慎重に問うた。

「その、内海節子がどうかしたんですか」

刑事はじっと登の顔を見た。できるだけさりげなく問うたはずだ。興味を持たないほうが不自然だ。だから、その程度の興味と見えるように、さりげなく、そう、今の俺の言い方に間違いはない。

「はい。事件の前に明久さんのところになんどか電話をかけているんですよ。いずれお耳に入るでしょうから、先に言っておきますが、彼女は事件現場にいたらしいんです。本人は否認していますが」

また改めてお話を聞かせてもらいます、その時はよろしくと刑事は言った。それから帰りがけに、いろいろ取材の人間が来ていますけど、あんまり相手になさらんのが賢明でしょうな。ご忠告までにと言い残した。

登は部屋に入って焼酎《しょうちゅう》を飲んだ。

節子は美人だった。そして親父の愛人だった。

子供が生まれたと聞いた時、親父の子じゃないのかと思った。しかし生まれ月から逆算して、あり得ないことだった。なにより親父はそんなへまをする人間ではない。親父は、事情を知らない製薬会社の営業の男に節子を押しつけた。節子がこの地に舞い戻ろうとするはずがない。親父がそれほど節子に執着するはずもない。

節子はなぜ、いまさら明久に連絡を取ったのか。

女の体を知ったのは、節子がはじめてだった。節子は愛人の息子である自分を、さしたる煩悶《はんもん》もなく受け入れた。あんたのほうが話が合うと言った。父親とは年が三十近く離れていたが、登とは八つしか違わなかったのだ。

俺はなぜこんな人生なんだろうか——。夜逃げ同然の転居。やくざの使い走りのような仕事。いい女からボスにまわし、お余りをいただく生活。

あの日、節子が言い出さなければ。

登は焼酎の瓶を握りしめた。ドアの向こうで電話が鳴っていた。葬儀屋、警察、雑誌の取材。お悔やみかもしれない。弁護士かもしれない。寿司《すし》屋の出前かもしれない。

あいつはなぜ殺された。

あいつはただ、勉強ばかりをしていた。いい車にも乗らず、ボタンの取れたワイシヤツを着て、女と遊び呆《ほう》けることもなく、子供のころはいつも俺のダシにされ。

あいつはなぜ殺された。

電話が切れた。

そしてまた鳴り始めた。

節子かもしれない。

いい女だった。ただちょっと痩《や》せ過ぎていた。大きな乳房があいつの自慢だった。

あいつは自分が全てを備えていると思っていた。そしていつも不満を持っていた。

――こんな田舎にいい男なんているはずがない。

それやったらなんで都会へいかんのや。

電話が鳴っている。

節子は、そう問うといつも黙っていた。

あの男がいたからだ。節子はあの男がいつか自分に振り向くと思っていた。背の高い肩のがっしりした男。振り返りざまの、その目元がやけにすっきりした男。

電話が鳴り続けていた。登は立ち上がった。

――節子はずっと、あの男に未練があったのだ。

登は受話器を上げた。

〝久谷登さんをお願いしたいんですが〟

綺麗《きれい》な声だった。すずやかだが落ち着きがある。年のわからぬ声だった。そして極めて美しいアクセントだった。

「登はぼくですが」

〝弟さんのことはお気の毒に思います。わたし、阿部節子の友人です。事件を起こす前に、彼女から相談を受けていたんです。御存じですか、彼女、今、警察なんです。わたし、警察に行って事情を説明しようと思うんです。このまま知らん顔はできませんから。ただ少し――〟と女は言葉を切った。

節子が警察にいる。それは登を愕然《がくぜん》とさせた。一番はじめに思ったことは、節子が十五年前の事件に触れることはないだろうかということだった。そして次の瞬間、かっと頭に昇ったことは、節子が自分に都合のよいことばかりをしゃべるにちがいないということだった。二つ目の思いは、吹き上げる噴水の水のように登の脳天に突き上げた。

――十時ごろあの道を通るカップルがいるの。とっても幸せそうな。

裸のまま、節子は甘えるように、そうつぶやいた。目が挑発していた。とっても幸せそうな――それは一つの暗示だった。幸せそうなやつを見ると我慢がならない。節子は、そういう俺のことをよく知っていた。綺麗に積み上げられた積み木を見ると、壊さないと気がすまなくなる。ベソをかく相手の顔を見てやりたい——節子はそういう登をいつもどこかで焚きつける女だった。そしてあの夜も、ベッドの中で焚きつけた。

十時ごろあの道を通るカップルがいるの。とっても幸せそうな。確かにあいつの言ったことはそれだけだったかもしれない。人が聞けばそれだけの話だ。しかしその言葉の意味は、節子と俺との、二人だけの了解事項だったのだ。言葉と目と、そしてその声色と。彼女は、男ならあたしのためにその幸せを壊してきてよと言っていた。あいつらにベソをかかせてよと、節子の目は強烈に示唆《しさ》していた。

節子の惚《ほ》れた男。あの弁護士野郎。かわいい彼女を連れている。あの男は弁護士になった。そしてあの小さなかわいい女を妻にするのだ。そしてかわいい子供を得て、幸せな家庭を作るのだ。——幸せを上から順にかっさらっているような、その男に泣きっ面《つら》をかかせてやりたい。泣いて命乞《いのちご》いをさせてみたい。女の前で無様な姿を晒《さら》させてやりたい。

あの小さな女が節子の親友だったというのは、あとから聞いた。

電話の女の声が続いた。

〝お耳に入れておいたほうがいいかと思うことがありまして〟

節子は自分に都合のよいことばかりをしゃべるのだ。あの女があの日そう言わなければ。

節子は父親の浜一にさえ、登が勝手に車の合鍵《あいかぎ》を作り、勝手に車を持ち出したのだと言った。親父に二人の関係がばれればどんなことになるかわからない。だから登は黙っていた。事故の直後、登は帰りに車を止めて、公衆電話から節子に泣きついた。

「死ぬかもしれん。やり過ぎた」

その時あの女はこう言った。――だれかに見られたの。

登は答えた。いや、大丈夫だと思う。

体が震えた。仲間の三人の前では精一杯平静を装《よそお》っていたが、電話ボックスにはいった瞬間、ダイヤルを回す手が震えた。節子は見られていないことを再度確認すると、まるで人が変わったように声を荒らげたのだ。

「やっちゃったんならもうどうしようもないでしょ、戻ってこいよ、このバカ!」

まだ生きていたと思うのだ。節子に通報してほしかったのだ。あの道は人通りがない。女は気を失っているように見えた。男は息絶えかけていた。車のヘッドライトが路上の二人を照らしていた。血に濡《ぬ》れた男と、小さく身を折り曲げた女――。

車が走り去る時、闇《やみ》の中に沈んでいく横たわった男の姿が、その小さな女をかばっているように見えた。

あの日——。

登は自分の生活を思った。あの瞬間から崩れていった自分の人生を思った。

——節子が自分を焚きつけなければ。あの日節子があぁ言わなければ。

登に怒りが突き上げた。

あの女は、自分に都合のいいことばかりしゃべるのだ。なんだって、自分の非はなかったことにするのだ。俺はあの女に利用されたのだ——。

そして次には恐怖に捕らわれた。

この電話の女は節子から相談を受け、その内容について警察に行くと言っている。知らん顔はできないから。でもその前に、俺の耳に入れておきたいこと。

〝会えますか〟

心臓がどくどくと鳴った。頭が熱くなるのに、背中は冷たくなる。登は声を繕った。

「なんのことだかわかりませんが、弟にかかわりのあることなら一応お伺いしたい」

我ながら、カラリとした理性的な声だった。では、と女は言った。「書き留めてください。行き違いがあると困りますから」

登は電話の横のメモに時間と場所を書き込んだ。そして登はすぐに家を出た。

それは、木部美智子が渡辺に、登を保護してくれと伝言する、前日のことだった。

5

「事件を起こした車は阿部節子のもの。暴行をはたらいたのは久谷登ら不良グループ。逢坂雪枝と竜野晴彦が襲われたのも偶然ではない。事件があまりに大きくなったことに恐れをなした阿部節子は大阪に逃げたんですよ」

九月も終わりに差しかかろうとしている。残暑は厳しかった。深夜の兵庫新聞社会部の一隅で、二人の男と一人の女は、沈み込んだままぼんやりとエアコンの音を聞いていた。

岡部はなにも言わない。うつむいて、じっと腕組みをしたままだった。缶コーヒーの飲み口についたコーヒーのしずくが乾きかけている。美智子の言葉は長く途切れて、室内に残った数人の記者たちが仕事をしている、その物音が耳に入るようになった。遠くで電話が鳴る。だれかがとる。清水が、ポツリと言った。

「逢坂雪枝にはアリバイがあるんですよ」

美智子は黙っていた。清水は続けた。

「横山明と金岡正勝の殺害時刻は双方、自宅に電話のあった午後七時三十分以降です。逢坂雪枝は七時から、二時間も離れた大山寺町で授業をしています。終了は、午後十時半。それから生徒を送っている。十人の生徒たちが全員証人です」彼はそう言うと、岡部を見た。岡部は清水と目を合わせたあと、その視線を美智子へと向けた。美智子は、なにものも見ず、ただ床に視線を落としていたが、やがてポツリと言った。

「あれをやったのは、やはり森本達子でしょう」

清水はいらだたしげに座り込んだ。美智子は静かな口調で語った。

「竜野晴彦の時計が女性に購入された翌日、その持ち主であった原田光男が失踪した。その四日後に阿部節子の娘が失踪。その二カ月後、十五年前に原田と遊び仲間であった横山明、金岡正勝が殺害され、久谷登の弟が殺された。節子は教えてほしいことがあると何度も明久に電話をしています。明久はそれに対して警察に行けと言っている」

美智子は淡々と続けた。

「原田光男は一刺しで殺されたわけではありません。竜野晴彦の時計を見つけてはじめて犯人に行き当たった逢坂雪枝は、光男から当時の仲間を聞き出さなくてはならなかった。しかし女の力でどうやってそれをするか。彼女は、命は助けるといって情報を聞き出そうとしたんでしょう。一刺しごとの苦痛と恐怖が光男に真実を語らせた。そして森本達子を利用して自分と関係のないところで第二、第三の犯行を行わしめた」

美智子は息をついた。

「森本達子が男とホテルに入ったのはいずれも四時です。四時から八時まで、その四時間の長さは不可解でした。それは逢坂雪枝が自分のアリバイを作るために必要な時間だったんですよ。非常階段を使ったのだと思う。四時直後に逢坂雪枝もホテルの部屋に入ったのだとわたしは思います。油断した男を二人して縛り上げた。一時間あれば、新たな情報を聞き出すことはできる。横山明も金岡正勝も、原田と同じように苦痛と恐怖を味わわされたのでしょう。彼女は五時ごろ、大山寺町での授業に間に合うように大阪のホテルを出た。それから八時前まで、森本達子は男が逃げ出さないように監視し、八時前を待って殺した。あの電話は、逢坂雪枝が、アリバイを確実にするためにかけさせたのですよ。今あなたが言ったように、殺人時刻に彼女が現場にいられるはずがないという、その確証のための電話。男性性器を切り取ったのも、森本達子による猟奇殺人に見せかけるための小細工だと思います。性犯罪の復讐だとカモフラージュするためのね」

美智子は二人の顔を見据えた。

「金岡正勝の場合は横山のように油断しなかった。だから彼には睡眠薬を利用しなければならなかった。二人の男性の回りをいくらかぎまわっても、森本達子の姿しか浮かんでこない。二人が森本達子による犯罪だとなれば、原田や久谷の事件とは関連性を考えられなくなる。彼女は周到に、森本達子の犯罪に仕上げていった。同じように、久谷殺しも阿部節子の犯行となるように仕上げていく。全ては原田圭子の腕に、殺された婚約者、竜野晴彦の時計を発見した時から始まっているんです。事実を知ってから計画を実行するまで、二カ月かかった。それが原田事件と横山、金岡の事件の間にある時間の谷なんです」

清水は困ったように美智子を見た。本当に言いにくいことを言うように。

「それなら森本達子は依託殺人を請け負ったということになります。依託殺人にはそれなりの報酬が必要です。おどしやゆすりでもかまわない。しかし森本達子が事件に関与するメリットはないです。それどころか、精神的に不安定な森本達子を事件に巻き込めば、まちがいなく彼女の自白から真相は発覚する。これは森本達子が自殺したからこそ辛うじて成り立った犯罪や、ということになります。しかし逢坂雪枝が、いかに周到に計画したとしても、森本達子の自殺までは計画できなかったはずです。ぼくらが見ていた。あれはまちがいなく自殺です」

美智子は黙っていた。しかしその目は、どこかをはっきりと見定めていた。清水は続けた。

「なんで久谷明久が殺されないといかんかったんですか」

美智子はなおも黙っていた。清水は畳みかけた。

「なんで阿部節子は警察で真実を言わんのですか。なんで現場にさえ行っていないと、見え透いた嘘をつくんですか」

美智子は言った。

「明久が死んだから登が帰ってきた。登の消息さえわかっていれば、明久は死ななくてもよかったんじゃないでしょうか。節子は、明久から、登の消息や連絡先を聞き出そうとしていたんだと思います。おそらくそこには娘の命がかかっていた」

清水は諭すように静かに言う。

「だったらなぜ、警察に言わんのですか。普通なら警察に助けをもとめるんとちがいますか。しかも今、彼女は殺人の容疑をかけられて警察にいるんですよ。普通なら、洗いざらい話すんやないですか」

普通なら。

普通なら警察に話す。そして普通なら、他人の復讐のために人は殺さない。まして自殺まで演じてみせない。

「――人にはそれぞれ、一番大切なものがあります。それが子供であったり、恋人であったり、お金であったり、自分であったり、自尊心であったり」

それが美智子の、精一杯の答えだった。清水がなおも要領を得ない顔をしている。

雪枝の、事件とのかかわりは、原田が持っていた時計を買い戻したということだけだ。

原田が殺された時のアリバイについては、殺された日時が特定できないのでわからない。横山、金岡が殺された時には、清水の言う通りはっきりとしたアリバイがある。

久谷明久については、殺害時刻には、雪枝はうららを含む子供を送る車中にあった。

森本達子が自殺したからこそ辛うじて成り立った犯罪――清水の言う通り、森本達子が生きていれば、雪枝の犯罪はおそらく明るみにでる。この犯罪には、森本達子の自殺は不可欠だった。一連の事件が逢坂雪枝の計画犯罪であることを立証するには、まず森本達子の死に殺人性を証明しなければならない。

「森本達子の死は間違いなく自殺や。その逢坂雪枝という女が達子の自殺までをも見通して計画を立てるなどということは、やっぱり不可能なんやないか」

岡部はそう、つぶやいた。

逢坂雪枝は森本達子の自殺を誘発するなにかを摑《つか》んでいたのではないか。一縷《いちる》の望みをかけて美智子は達子がかつてかかっていた精神科の佐竹医師に電話をした。しかし佐竹は、自殺の気配など感じなかったと言った。森本達子は猜疑心《さいぎしん》が強く、医者を信用していなかった。だから病院を転々としていた。農薬を飲んだ話も森本達子は自分にはしなかったと。

美智子は不審に思った。家族はあの事件を自殺未遂だと認識していなかったのは明らかだ。そして本人が隠していたというのなら、佐竹はどうやってその事実を知り、自殺未遂として警察に証言するにいたったのか。思えば佐竹のその証言が、脆弱《ぜいじゃく》と思われた森本達子の自殺の動機に、病理という大きな裏付けを与えたのだ。

「それではなぜ先生は森本達子の自殺未遂を知ったんですか」

「友人と名乗る女性から電話があったんです。あなたの担当していた患者の森本達子という女性が、農薬を飲んで自殺を図った。家族はあまりにも無頓着《むとんちゃく》だし、本人がそれについて自分から相談するとも思えない。軽症で済んだからいいようなものの、放って置くと自殺未遂を繰り返すような気がする。もしなにかの間違いで本当に死んでしまってはいけないから、なんとかまたもう一度カウンセリングをしてやってくれ。と、そのような内容でした。それで森本さんの自殺を知って、その話を思い出したんです」

佐竹は、名前は忘れたが声の綺麗な人だったと言った。電話があったのは六月半ばだったと聞いた時、美智子は目を瞑《つむ》った。

真鍋は彼女の報告を黙って聞いていた。

十五年経《た》ってですか。

そしてこうも言った。

女はそれほど怨念《おんねん》を抱き続けることができるのですか。

真鍋は指を折り数えた。原田光男——横山明——金岡正勝——森本達子——久谷明久。

五人ですよと真鍋は言った。

美智子は加えた。「もしかしたら久谷登と——阿部春菜も」

真鍋は黙した。そしてポツリと言った。

「致命的な点があります。森本達子は自殺です。これは動かせない。いかに周到な計画の中にも、自殺は組み入れることはできません」

美智子はつぶやいた。

「――できるんです」

自分の声がひどく切ないことを、美智子は知っていた。

「どういうこと?」

真鍋の声が頭の中に響いてくる。

十五年の怨念は、人から感情をそぎ落とし、明快なコンピューターに仕上げる。美智子は、うららを送る雪枝の運転する車の音を思い出すのだ。不安や躊躇《ちゅうちょ》のない、そっけないほど素直な発進。

逢坂雪枝は森本達子に同情をみせなかった。その逢坂雪枝の言葉を聞くうち、美智子は自分が森本達子に寄せている同情は偽善かもしれないと、とまどいを感じた。もしかしたら人は善良であるべきだという強迫観念が、同情を強いているのではないか。そう思いついた時、薄皮が一枚はがれたような気がしたのだ。現実をありのままに見れば、そこにはもっとわかりやすい構図がある。

――森本達子は愚かだった。身勝手で非常識な森本達子の母親は、その人生で必然的に娘を失っただけだ。善良の皮を脱げば、世の中はもっと明快であり、道徳的であろうとするのは、すなわち自分に自信がないからだ。

逢坂雪枝は、美智子にそう思わせた。

それは彼女が強いからだ。強い視線、強い言葉。

しかし美智子は本当に森本達子に同情していたのだ。彼女を哀れに思っていた。欺《ぎ》瞞《まん》ではない。にもかかわらず自らに欺瞞、偽善を感じてしまう。

偽善ではなく美智子は善良であったし、道徳的であろうとしているわけでもなく、自らの感情と理性にそって考えた結果が、世にいう「道徳的」の範疇《はんちゅう》に入ったまでのことだった。ただ、生きる目標を見失い、日常生活の繰り返しに、不安を感じていたことは確かだ。

逢坂雪枝はその不安の正体を知っていた。だから美智子の不安につけこむことができた。逢坂雪枝は、自らの生き方に不安を感じているその心理に分け入って、それがあたかも借り物の衣装であるかのような錯覚を植えつけることができたのだ。

錯覚。

殺人が悪でないというような錯覚。

死は大したイベントでないというような錯覚。

道徳的であることを覆《くつがえ》す爽快感は、生き迷い、息苦しくてたまらない人々にはどれほどに効果的であったことだろう。

現に美智子は感染した。

あの「取り残された性」が真鍋から評価を受けた時の漠然とした不安は、いや、違和感は、あのレポートの存在そのものにあった。森本達子の犯罪の起因を、個人主義の時代における社会と個人の性落差のようなものにすり替え――どこにでも潜む落し穴のように――そしておきまりのコースで、マスコミの姿勢をことさらに批判して、森本達子を一方的被害者とし、事件を女性の性悲劇のようにまとめた。その通俗性――美智子にはあのレポートへの嫌悪感《けんおかん》がある。書き上げた今ではなく、着手するその前から。それでも本筋から離れていく自分を、どうすることもできなかったではないか。

そして真鍋でさえ、錯覚に陥った。

あの電話の興奮した声。弱者論をぶち上げ、二重螺旋《らせん》がどうのこうのと言った。真鍋は文学的、抽象的な言い回しを嫌う。実利、実益がモットーなのだ。それが、書生のような青臭さを放ったではないか。

これこそが欲しかった。だれかにこういうことを言ってほしかったのよ、木部ちゃん。

——彼を陶酔させたものは内容ではない、おそらくはその論法なのだ。弁舌の優れたものにはそういう力がある。聴衆は、その内容にひずみ、もしくは毒を感じたとしても、興奮すること自体を堪能《たんのう》し、そして興奮を与える対象に歓喜する。必要なのは真実、事実なのではなく、ガス抜きと興奮剤——ある種のストレス解消——癒《いや》し——自分を肯定してくれるもの。あるいは迷いを取り去ってくれるもの。

雪枝は巧みに不安を増幅させる。それに強い言葉で解答を与える。

行き詰まった者ほど、それに感染するのではないだろうか。

「なんか思い違いをされてません？」——困惑した清水は美智子にそう言った。

森本達子は、洗脳されたのだ。

酒に溺《おぼ》れた森本達子は、最後まで話し相手になってくれた逢坂雪枝を頼り、性体験がないことに極度なコンプレックスを持っていた彼女は、やがて雪枝に疑似恋愛感情までをも持つようになった。森本達子は逢坂雪枝に胸を触ってくれといった。アダルトＤＶＤに興奮しきった彼女は、逢坂雪枝に、性行為の欲求さえ抱いていたのかもしれない。

森本達子の電話の通話記録は六月で途切れていた。

それは森本達子が電話をかけなくなったのではない。計画を思いついたその日から、逢坂雪枝が電話に出なくなったのだ。拒絶された森本達子は絶望感を抱いた。

森本達子は、喉を掻《か》きむしるように雪枝の声を求めたことだろう。それを見計らって雪枝は電話をかけた。渡辺の調べた通話記録に雪枝の番号がないのは、彼女が公衆電話を使ったからだ。森本達子はその電話に舞い上がり、声を縺い、懸命に、もう一度逢坂雪枝が自分に振り向いてくれることを祈ったことだろう。まるで男に捨てられることを恐れるうらぶれた女のように。

男たちに復讐したい。

逢坂雪枝がそう切り出した時、森本達子がいかに燃え上がったか、美智子には想像に難くない。おそらく雪枝は森本達子にプリペイド式の携帯電話を買い与えた。「これからはこれで連絡をとるように」。そして自分もプリペイド式携帯を用意した。これで二人の交流は六月を境に途切れたように認識される。

こうして、事件は森本達子という単独犯によって引き起こされたものだという図式がととのっていく。

雪枝が森本達子に、殺人の動機である十五年前の事件を語っていたとは思えなかった。雪枝は彼女を軽蔑《けいべつ》していた。だから竜野晴彦のことなど、決して話しはしなかっただろう。おそらくは、架空のストーリーを語って聞かせた。なにか、男への嫌悪を煽《あお》るものを。

しかし森本達子には、所詮理由などなんでもよかったのではないか。彼女にとって大切なことは、「男への復讐」という大義名分ではない。逢坂雪枝との連帯にあった。雪枝と二人だけの秘密を持つこと。それにより取り戻した雪枝とのかかわり。

その先の自殺というシナリオも、もはや森本達子にはなんということもなかったのではないだろうか。

最後の、自殺という終結が、いかにドラマチックであるかを、雪枝は静かに達子の頭の中に流し込んだにちがいない。逢坂雪枝は森本達子に幼稚な自殺願望があることを知っていた。世を拗《す》ね、恨んでいることも、母親を困らせたいと思っていることも知っていた。母親に一矢《いっし》報いる——自分の死は、森本達子自身の中で、その程度にしか認識されていなかった可能性さえあるのだ。その前にご褒美《ほうび》のように与えられた二人の男性への「狩り」といえるような殺人は、森本達子の神経を麻痺《まひ》させ、果てに彼女自身がそのドラマの最後の一幕となることに能動的になっていったとさえ想像できるのではないか。

弾丸のように落ちていった。

あれは自殺ではなく、幕切れ。

森本達子はそれを受け入れた。

他に生きていく道もなかったから。

死が、それほど残酷なものだとは、逢坂雪枝自身が、思っていなかったから。

残酷なのは死ではなく、死を認識することだと逢坂雪枝が思っていたと仮定するなら、確かにその殺され方は、残酷なものと、そうでないものに分かれている。

撲殺された横山明は死の恐怖を四時間にもわたり味わって殺された。おそらくは、原田光男も金岡正勝も、その恐怖は同様だ。それは一瞬で死を迎えた久谷明久や森本達子にはないものだ。横山の妻は、「なんでこんな殺され方をせなんだらいかんかったのか」とつぶやいた。彼は、そんな殺され方をされなければならなかったのだ。

目的別に人を殺す冷徹さを持った女――。

美智子は真鍋に言った。

「森本達子が自殺した時、警察はまだ彼女に接触していなかった。わたしと清水さんを除けば、あの時、森本達子の家に警察の捜査が迫っていることを知っていたのは、唯一《ゆいいつ》逢坂雪枝だけなんです。警察が森本達子の家に照準を合わせた時、わたしは雪枝さんの車に乗っていました。清水さんからその第一報を受け、わたしはそれをそばにいた逢坂雪枝に言ったんです」

　真鍋が黙った。

　たとえ美智子からの情報がなくとも、雪枝は達子の自殺を、警察が彼女の周辺を調べ始めた時と決めていたのだろう。達子は雑誌の占いのアドバイスをかたくなに守ることから知れるように、頑固で片意地だった。だから雪枝との約束は違《たが》えない。達子から、周辺に警察の包囲を感じるとの報告を受けた時が、達子の自殺の時だったのだ。美智子が雪枝に取材を申し込んだのは、彼女には計算外だったはずだから。

　事件の取材にきた美智子と接点を持ってしまった雪枝は、自分と達子の交流がこの先美智子に発覚すると想定し、美智子を取り込むことを選んだ。そして利用することを。事件に気のない振りを装ってハンドルを握りながら、彼女は達子の名が捜査線上に乗るのを待っていたのだ。

　やっぱりかっこいいものですね――雪枝はあの時そう、興奮気味に言ってみせた。

　そして、

「残念ながら、いまから大阪までは送れません。仕事に間に合わなくなっちゃいますから」と言った。

しかし、おそらく雪枝は教室には向かわなかった。

達子の母は、達子が飛び下りる直前、彼女が小一時間、だれかと電話で話し込んでいたと証言している。雪枝は美智子を駅に下ろしたあとすぐに、森本達子の電話を鳴らしたのだ。

雪枝は言葉巧みに酒を飲ませ、そして手筈《てはず》通り、最後のパフォーマンスを指示した。携帯を処分し、遺書を書いて、飛び下りろ。

渡辺の調べた森本家の通話記録には、雪枝との通話履歴はなかった。それは、雪枝がかけたのが、連絡用のプリペイド式携帯だったからだ。これが見つかれば警察は、雪枝と達子の通話の事実をつかめる。しかしプリペイド式携帯は達子のもとから見つかっていない。

美智子は、母親の言葉を思い出すのだ。――ちょっと外へ出て、すぐに戻ってきよったのが飛び下りる三十分ほど前のことやったから。そしてあの家の斜め前には、郵便ポストがある。

達子は、警察が来る前にプリペイド式携帯が入った封筒をポストに投函した。おそらく、戻ってくることがないように差出人は書かれていない。それで二人が連絡を取り合っていたことを証明するものは消えた。

そして森本達子は、なんの迷いもなく飛び下りた。まるでプログラムした機械のように。

親友の名のもとに、自分を死へといざなう雪枝に、森本達子は恨みを抱かなかったのか——それは彼女が死んだ今、わからない。ただ、おそらくはもう、森本達子は雪枝に抗《あらが》う根拠をどこにも見いだせなくなっていたのだろうと思うだけだ。

真鍋は電話口で言っていた。——悲しいかな、彼らは言葉を持たないから。頭の回る編集者がついて、三日も酒を飲ませると、編集者の望む通りの絵柄を、あたかも自分の頭の中から出たことのように錯覚して。

それが雪枝の言葉と重なる。

不幸になるのは自分のせいだという言葉、聞いたことありません？

薄幸な自分に憧れる人間は多い。もしくはシンデレラになるほどの器量もないのにシンデレラを夢みている人間。そういう人間って、その前段階として、自分を不幸にしてみたいんです。自分の不幸に酔っている——。

森本達子は心のどこかでヒロインになりたがっていた。雪枝は達子に、テレビ、新聞、雑誌がこぞって取り上げるような衝撃的なドラマと、そのヒロインの役を与えた。そして最後には、森本達子はその仕上げとして提示された、自らの死をも受け入れざるを得なくなっていた。

事件が大きくなり過ぎて、どうすればいいのかわからなくなっていたのかもしれない。

でも美智子は思うのだ。彼女には、警察で全《すべ》てを告白するという道が残っていた。彼女はそれがわからなくなるほど混乱していたわけではないと思う。彼女は自ら、警察で全てを話してしまうより、雪枝のドラマの完結に付き合うことを選んだのではないか。

なぜなら友人の殺人の手伝いをしたのだと告白すると、ヒロインでなくなるから。

雪枝の望む通りの絵柄を、あたかも自分の頭の中から出たことのように錯覚して――。

自分の不幸に酔って――。

シンデレラになりたくて――。

母親に添い寝してほしいと言った三十六歳の孤独な女は、そうやって身を投げたのだ。

うつろな目を見開いたまま。

6

雪枝の部屋をおとずれた。

雪枝の部屋にはなにもない。

この簡素すぎる部屋を眺めて美智子は今、思うのだ。

一人で生きることを望む人間などいない。

森本達子はこの部屋に泊まった。彼女はここから「みさと」に出勤していたにちがいないのだ。単身者の集合住宅は住民同士の接触がない。だから達子の数日の逗留《とうりゅう》などだれも気付かない。もちろん雪枝はあの八月二日から数日間、この部屋に森本達子がいた痕跡《こんせき》など残していないだろう。

「農薬は死ぬほどの量じゃなかったそうですね」

雪枝はうつむいたまま、ほんのりと笑った。

「専門的なことは知らないもので」

「雪枝さん。あなたがその件を通報したんでしょ、佐竹医師に」

「ええ」と雪枝は顔を上げた。「事実は伝えましたよ。彼女から、農薬を飲んだと電話があったんで」

「飲んだのは去年八月、通報したときより十カ月も前のことです」

「治療の助けになるかと」

「死ぬほどの量じゃなかった。あなたはそれを知っていた」

「自殺願望があったのは確かでしょ。あたしがなにを知っていたというんですか？」

「彼女に、自殺願望なんかなかったことです」

「それが自殺願望であったか、ただ親の気を引く、もしくはあたしの気を引くためのものであったか。それは医者が判断することじゃないんですか」

「なぜ、十カ月もあとに通報したんですか」

「知ったのが十カ月あとだったから」そして怪訝《けげん》な顔をした。

「なぜそんなことを聞くんですか」

美智子はそんな雪枝を見つめた。

「事件後、佐竹医師は警察に、彼女が農薬を飲んだことがあると届け出ました。それは警察に大変描きやすい絵柄を与えた。自殺願望を持つ問題のある女が起こした騒ぎだったから、被害を警察に届けることなく自分で犯人を殺したという話が、真実味をおびたのです。そして現実に自殺を遂げたから。佐竹医師の証言がなければ、実際には被害にあってもいない女性が復讐《ふくしゅう》して自殺するという絵柄は説得力をもたなかったんじゃないでしょうか」

雪枝は黙っていた。まるで美智子の言葉の真意を計りかねるというように。

「あなたは、小さな騒ぎでしかなかった農薬の一件をわざわざ佐竹医師の耳に入れて、捜査を誘導したんじゃないんですか」

「そんな……」と雪枝は言葉を切った。「大それたこと」

「森本達子に男性経験がなかったこともはじめから知っていた」

美智子の言葉を雪枝は遮った。「それははじめからお話ししたじゃありませんか」

「そう。大変正直に話してもらっていました。彼女に暴行の痕《あと》がないことがはっきりした時、あなたはわたしと同じように事件の経緯に驚き、そしてそのうえで答えを用意した。拒絶されたから殺したんだと。あなたはわたしがその解答に揺さぶられるのを計算していた。同じ年ごろの女として、わたしがある種の物語を作るだろうと。妹の結婚に激しい嫉妬《しっと》を持つ男性経験のない女——女としての幸せに嫉妬するのでなく、性行為そのものに激しい嫉妬を持つ。その行為を想像し、身を焦《こ》がす。殺人の事件性は、その女の悲しさを強調することにより、どこか損なわれていく。私たちは点と点を繋《つな》いでそこに一貫性を探し、線を紡《つむ》いでいきます。あなたは巧妙に偽物《にせもの》の点を置いていった。それも、一目では偽物とは気付かないようなよくできた手がかりを。森本達子が連絡用に使っていたプリペイド式携帯は、あなたのもとへ送られたのでしょう？　ただのアルコール依存症の女を、自殺願望のある女に仕立てあげた。遺書を書かせ、自殺させ、そして男性経験がなかったことまで利用して、複雑な犯人像を描きあげて大衆的要求を満足させた。猟奇殺人の背景に普遍的な悲しみを匂《にお》わせれば、読者も、出版社も飛びつきます。餌《えさ》を投げて、真実から離したのです」

雪枝はじっと美智子を見たが、その表情からは何ものをもうかがい知ることはできなかった。呆《あき》れているようにも——その真意を値踏みしているようにも見える。

美智子は思う。自分は彼女に素直に罪を告白してほしかったのだろうか。

「阿部節子。旧姓、内海節子さん。御存じですよね」

死んだ恋人への思いは、年を経て薄れるどころか、次第に増大していった。あの事件がなければ、雪枝は今ごろ春菜くらいの年齢の子供を持ち、夫に愛されて、平穏に暮らしていたことだろう。この簡素な部屋が、知らぬ間に憎しみを増幅させていたとしても、美智子は驚かない。雪枝がこの、人の気配のない部屋を作った。そしてこの部屋が、雪枝の孤独を膨らませた。彼女は原田の妻の腕に竜野晴彦の時計を見つけた。そして彼女は沸き上がる怒りを抑えられなくなった。

森本達子の孤独、逢坂雪枝の孤独。そしてわたしの孤独。

死を受け入れた森本達子は、幸福であったかもしれない。死のカードを切ってやった雪枝は、やはり森本達子の唯一の友であったのかもしれない。

美智子の問いに対して雪枝は驚いた顔を見せた。「ええ。大学時代の友人です」

その表情に、彼女には逃げきるだけの計算があるのだと美智子は確信した。

「久谷明久殺害の容疑で警察から取り調べを受けているのも、御存じですよね」

雪枝は黙っていた。まるで答える術《すべ》がないとでもいうように。美智子は一人で水の中に沈んでいくような気がした。雪枝にとって、自分はいまや、うまくやり過ごさなければならない人間なのだ。美智子はわずかにうつむいたが、やがて顔を上げた。

「お嬢さんが行方不明だそうです」

雪枝は、そうですかというようにわずかにうなずいた。そして、まるで、それでと促しているかのように、美智子から視線を外さなかった。強い目をしていた。

証拠がない。雪枝はそれをよく知っている。

美智子が黙っているのを見て、雪枝がポツリと言葉を継いだ。

「お気の毒ですね。人生、なにがあるかわかりませんものね」

「心配ですか?」

美智子は雪枝の一挙一動を見守った。呼吸の音さえ聞き取ろうとするように。

雪枝は言った。「人のことですから」

「帰ってくるでしょうか」

「とても気になさるんですね」

雪枝が美智子の来訪の目的を察知したのは明らかだった。おそらく、美智子が南条弁護士を訪れたことも、推察している。

ゲームだと美智子は思った。そしてそういうゲームは、雪枝とはしたくないと美智子は思った。

「子供は罪のない存在ですから」

「そうですね」

そうですね——あまりにも簡単なその一言。

彼女は春菜をどうしたのだろうか。

雪枝の犯行を立証するには、時間の壁があった。

四日前の午後十時半ごろ、久谷明久に電話が入っている。明久はそのあと外出した。

しかしその時刻には、逢坂雪枝はいつものように子供を車で送っている。

警察によれば、明久を呼び出したと思われる問題の電話があった時間について、母親は十時半ごろであったと言っている。その電話は、明久本人が受けていたが、その夜、十時から十時半にかけて二回、久谷明久の母は無言電話を受けている。電話は、母親が「もしもし」と言うとすぐに切られている。雪枝は明久が電話に出るまで待っていたにちがいない。使われたのは多分、達子との連絡用に使った、足のつかないプリペイド式携帯だ。

一方雪枝の学習塾は十時半に授業を終えている。生徒が教室を出たあと、雪枝はエアコンを消し、戸締りをし、電灯を消して、いつも生徒から数分遅れて出てくる。そして十時半過ぎ、雪枝の車は子供を乗せて発進する。

十時半に授業が終わり、皆が出たあと、雪枝はすぐに明久を呼び出す電話をかけた。雪枝は黒板を使って授業をするとき、途中たびたび教室を出る。チョークで白くなった指のままだと、触ったものが白く汚れてしまう。そこで鉛筆や問題集や生徒のノートを触ろうとするたび、手を洗いに一旦《いったん》出るのだ。だから授業中、短時間、教室をぬけ出すことは目立つ行為ではない。明久の母が取った二度の電話は、手を洗いにいくと見せかけて廊下に出たときにかけていたのではないのか。久谷の車が燃え上がったのは十時四十五分前後。一方雪枝はその日、いつもと同じく、十時半過ぎに、子供を乗せた車を発進させている。そして最後の子供を送り終えた時、車の時計は十一時三分前だったと、当の子供は記憶している。すなわち久谷の車が炎上した時間、雪枝は子供たちとともに、子供たちを家に送り届ける車中にいたことになる。

しかしうららの話によると、じつは普段とは違うことが一つあった。雪枝はその日、ある子供の家の一つ前の角で車を止めた。その場所は、久谷明久が殺された採石場跡から車で三十秒ほどのところなのだ。

そこで「近くに住む生徒にプリントを渡してくるから」と、雪枝は車を下りた。

うららをはじめ車に乗り合わせた生徒たちは、雪枝が車にいなかった時間について曖昧《あいまい》だった。彼女たちは車の中で話し込む。学校での噂話《うわさばなし》、先生の悪口、好きなタレントの話、テストの話。子供は話し出すと時間を忘れる。だれかが下りると、「バイバイ」と挨拶《あいさつ》をするので話を中断する。だが、先生がプリントを渡しに車を下りたくらいでは、話はやめない。乗っていた四人の子供たちの証言によれば逢坂雪枝が車を離れた時間は三十秒から二分まで幅がある。

五分――いやせめて四分あれば、犯行は可能なのだった。車から現場までは、走れば人間の足でも三分あれば往復できる。現場の状況から、犯行は一瞬の出来事だったのではないかと思われている。だとすれば、ドアを開けてガソリンと石油の混合液を中に投げ入れ、火をつけてドアを閉めるのに五秒だろう。混合液が入っていたであろうと思われる広口のアルミ製のバケツが車の中から発見されている。バケツに入れた混合液を事前に現場に用意しておけば、犯行はすみやかに行える。

時間と場所をあらかじめ設定していたならば、可能ではないか。

プリントは確かに生徒の家に届けられていた。しかしそれは手渡しではなく、郵便受けに入れられたものだった。雪枝は車に戻ったあと車内の生徒たちに、チャイムを押してしばらく待っていたがだれも出てこなかったので、ポストに入れてきたと話している。しかし美智子の取材では、家人は、チャイムの音には気付かなかったと言った。

はじめからチャイムを押すことなどなくポストにプリントを投げ込み、現場まで走ったとすれば。そして用意していたバケツを明久の車のそばに置き、ドアをノックし、開いた瞬間にバケツの中の混合液をぶちまけ、火を投げ込み、ドアを閉め、一目散に駆け戻ったとすれば。

車内でその日かけていたＣＤの音は、格別に大きかったという。プリントはポストに収まり、彼女はいつものように車を発進させた。爆発音は、おそらく彼女の車の発進に重なった。もしくは、カーステレオの音にかき消された。

清水は、美智子の話に対して、こう言った。

「それでも無理です。最後の子供が車から下りたのが十時五十七分ごろです。そこから逆算すると、プリントを置きに車から下りたのは、どう考えても十時四十分前であり、正確には三十五分から四十分の間です。それは、彼女が塾の前を発進した時刻と、子供の家の距離からいっても自然な時間です。

もし犯行を行うために雪枝が四十五分に採石場跡にいたとすれば、車に戻るのはどうしても四十七分にはなります。そうなると、停車時間は、短くても、四十分から四十七分の七分間。それだけ車を離れていれば、いくら子供でも不審に思う。最後の子供を送り出した時間から逆算しても、逢坂雪枝が十時四十五分にあの採石場跡にいたというのは、無理です。車が炎上した四十五分という時刻は、爆発音を聞いた人たちは複数いて、間違いありません。彼女に犯行を行う時間はありません」

「いつもは逢坂雪枝はＦＭラジオをかけていた。でも、その日に限ってＣＤだったと、うららさんは言いました」

「どういう意味ですか」

時計を狂わせていたのだ。

母親たちは、いつも家の前まで送られることから、生徒が帰ってくる時間に無頓着だった。子供たちは大半は腕時計をつけてこないし、また、つけてきても見る習慣がない。教室内には時計が二つ掛けてある。車の中にもデジタル時計がある。子供たちにはそれで十分なのだ。

「五分、車の中と教室の時計を同時に遅らせておけば可能なんです。十分なら子供か、保護者か、だれかに気付かれるおそれもある。でもほんの五分、彼女は時計を遅らせていたのです。おそらく、プリントを届けるため車を止めたとき、車内の時計は十時三十七分を示していたはず。でも、実際の時刻は十時四十二分だった。そこから現場に向かい、犯行を終え、十時四十五分には車に戻っていた。そして、炎上した明久の車が爆発した」

美智子は清水の顔を見つめて、言ったものだ。

「ぴったりじゃありませんか」

最後の子供を送り終えたのは、十時五十七分でなく、十一時二分だったのだ。だから雪枝はラジオをかけなかった。ラジオをかけていては、番組の切れ目で時間に気付かれるおそれがあったから。その日、逢坂雪枝が、プリントを渡す家の前でなく、その一つ手前の角で車を止めたのは、子供たちに、走っていく自分の姿を見られないためだ。

安っぽいトリックだ。しかし有効なトリックだ。証拠がない。彼女はそんなことはしていないと言うだろう。

美智子は目の前にいる雪枝を見定めた——彼女は春菜をどうしたのだろうか。心のどこかで、自分の仮定が崩れることを願っている。全てが取り越し苦労であり、逢坂雪枝は今度の事件になんのかかわりもないという結末を。

しかし雪枝は今、静かに美智子を眺めていた。彼女は否定も肯定もしようとはしない。

「ショパールの腕時計、原田圭子さんから買い戻しましたね」

雪枝の目が一瞬笑った。

「ええ。古い知人のものでしたから」

「殺された婚約者のものでしょう」

「ええ。そうです。十五年前の事故のときになくしたものです」

「原田さんが行方不明になったのは、あなたが時計を買った翌日ですね」

「そうですか」

みごとなほど感情を伴わない言葉だった。警戒も、気負いもない。

彼女は咲き誇る花のように毅然《きぜん》としていた。気がつかなければそれまでなのに、それと気付くと、ひたひたと忍び寄るような気迫がある。美智子が、見つめられるのを恐ろしいと思うような。

「殺された原田さんと金岡さんと横山さんは、高校時代、一つの不良グループを作っていた。そのリーダーが、今度殺された久谷明久の兄、登でした」

「はい」

雪枝は、はじめて聞く話のように、美智子の話を促した。戦闘的な気配はない。目が、怖かった。今にもなにか邪悪な光が瞬《また》くのではないかと見つめてしまう、おだやかな目が、怖かった。

「久谷登は十五年前、白いセダンを乗り回していたそうです。あなたと竜野晴彦さんが事故にあった直後、その車はほとんど新車の状態のまま、廃車にされました。車の持ち主はあなたの大学時代の親友、内海節子。今の阿部節子さんです。そして阿部節子さんの娘さんも、原田さんが行方不明になった数日後に行方がわからなくなっている。こうして並べた事柄に筋道をつけて考えてみるのは、こじつけでしょうか」

「いえ。面白い試みだと思います。いかにも真犯人が見えてきそうな。まるで竜野が自分の時計を見つけて当時の怨念を思い出し、蘇《よみがえ》って復讐して回っているみたいですものね」

竜野が蘇って——。

美智子は雪枝を見つめた。彼女は平然と美智子を見返している。

社会的に成功している人間が、十五年前の復讐のために殺人など犯すでしょうか。

警察に届ければ済むことですと、清水は言った。

しかし警察にショパールの時計を届けたところで、だれも真実を話しはしなかっただろう。

原田は質流れだと言い張り、全てはそれで終わりだったのだ。

「——竜野さんは、車が走り去った後もしばらく生きていたそうですね」

「ええ。そうですよ。生きていました」

雪枝は美智子を見つめ続けた。

「よく覚えていますよ、あの日のことは。竜野はあたしを励まし続けました。うわ言のように『来るから。来るから』と。救急車のことだったと思います。二十分だったでしょうか、それとも三十分かしら。生きていました。そして待っていました。私たちは自分たちが今を乗り越えて明日という日常に戻っていくことを信じていました」

原田光男は結婚して子供をもうけ、横山明はこの町に住み、金岡正勝は京都に自分の鍼灸院《しんきゅういん》を開き、節子は結婚した。久谷登はアメリカに留学し、そして久谷医院は弟が継いで、医院を続けていた。

自分たちにだけ来なかった明日。

雪枝は静かに話した。ただ、その日は美智子を見据えていた。

「『来るから』ってね。あの人はあたしを励ました。そして死んでいったのにも、あたしは気付かなかった。だれにも看取《みと》られず、あの人は道の上で冷たくなった。死んだろうか、生きているんだろうか。あの人が人形のように殴られたのは夢にちがいない――あたしはあの人が死んだのを、一週間知らされませんでした。あたしが覚えているのは男が履いていた靴だけでした。どこにでもあるスニーカー。白に黄色の線の入ったもの。それと金属バットの頭。そしてあの人の腕から時計を外した男の手。指輪でもしていてくれれば、手掛りになったんですが、残念ながら、それはただの男の手でした。車の色も正確にはわからなかった。男たちの顔も、見えなかった。だからガソリンスタンドであのショパールの時計を見つけた時、あの人にめぐり合ったような気がしました。自分の人生を歩めと言ってくれるあの人の声が聞こえた。でもあの時匿名《とくめい》でいいから、犯人のうちだれかが救急車を呼んでいてくれれば」

雪枝の言葉が切れた。彼女がじっと美智子を見つめている。

その視線の強さをなんと解すればよいのか、美智子にはわからなかった。

雪枝は淡々としていた。しかし美智子には、雪枝が微笑《ほほえ》んでいるように見えた。

「あの時金属バットがあの人の上に振り下ろされるのは見ませんでした。ただ、頭の上で鈍い音がして、あの人がうめくのが体の傍らでわかりました。何度も何度も振り下ろされ、そのたびに苦しげにうめくのが聞こえた。それでも車が走り去ったあと、あの人にはまだ息があったんです。あたしはあの人が嘔吐《おうと》するのを聞いた。とても苦しそうだった。それでもあたしのために、気弱なことは言わなかった。『来るから』」

そしてそっと、ほんとうにそっと、微笑んだ。

「でもだれも来ませんでした」

時計がコチコチと鳴っていた。時計が時を刻めば時が流れると思っているなら、それは間違いだ。今、時はこの小さな部屋の中で回っている。コチコチと音だけを響かせて。

息が詰まると美智子は思った。

「あなたは復讐をした」

美智子はそう言った。しかし雪枝はその笑みを絶やさなかった。

「わたしは竜野の時計を買い戻しただけ」

りと、そう言った。

たってなにかを抱えて生きている。取り出して比べることはできない。そ込みで、その人間が形成されている。

十年前、キャンパスの片隅で、コーヒーの缶で掌《てのひら》を温めながら寄り添っていた男と女がいた。その二人の人生の一点に、原田光男、横山明、金岡正勝、久谷登と阿部節子の人生が重なった瞬間。

その後五人の人生はそれぞれゆっくりと離れていった。そこに、自分たちが断ち切った人生があったという自覚さえ失って。しかし逢坂雪枝はあの時から、その先の時間を失った。逢坂雪枝という人間は、あの日、竜野晴彦とともに殺されたのだ。

逢坂雪枝は人の姿に見えるが、実際はもう、人ではないのかもしれない。取り残された魂が世間を逃れてこの小さな部屋で生き続け、ある日復讐という行為に取りかかった。渇ききった喉《のど》が水を求めるように。

美智子は、雪枝を見つめるうちに過激な思いにとらわれた。

喉の渇いた人間が水を求めるのは当然の行為だ。十五年経ってしまった今、彼らを罰する手だてはない。法が彼女の渇きを癒さないのなら、彼女自身が自らの手で癒しを求めてなぜ悪いのか。

雪枝は、生きることに貪欲《どんよく》であるべきだと言った。

なにものにも足を取られてはならないと。

なにものにも――社会が作った正義という言葉にも。原田の妻の悲しみ、金岡正勝の母の嘆き。そのなにものにも、足を取られてはならないと、雪枝は言ったのだ。

美智子は思うのだ。雪枝は、自分の身に降りかかった不運を甘んじて受け入れ、耐えて生きていこうとしていたのだろうと。事件の傷跡を抱えたまま、それでもその傷ついた自分と二人きりで生きていく覚悟をしていた。それは幸せを見限る覚悟だ。だから雪枝は、最後まで森本達子の電話にも付き合ったのだ。ちまたの幸せから取り残される孤独を知っていたから。森本達子を哀れに思う気持ちがあったから。

彼女は世間の華やぎと幸せに背を向けて、この小さな部屋で暮らした。

しかし十五年の月日はあまりに長かった。

魂は渇き、心は窒息しそうになっていく。彼女には自分の魂の渇きに応《こた》える術がなかった。彼女はこの小さな部屋に逃げ込み、暴れる本能をなだめ、封じた。他にどうすることもできなかったから。しかしこの小さな部屋は孤独を増幅させ、孤立感はます

　彼女の魂を渇かせる。それでも彼女はそんな自分を抱えて生きていた。不幸にらないと、何度も言い聞かせながら、懸命に彼女は社会的成功を得た。

そして気付くのだ。それでも癒されない自分に。——そう。気付くのだ。自らの深い不幸に。

満たされることのない飢餓感。

雪枝は考え続けたことだろう。なにが間違っていたのか。なぜこれほど生き苦しいのか。

しかし答えが与えられることはない。答えの出ない自問の中で、雪枝は、自分の苦しみと無関係にある社会に、知らず憎しみを募らせていったのではないだろうか。

原田圭子の腕に時計を見つけたあの日、雪枝は攻撃すべき敵を与えられた。

時計を売ることを渋る圭子に、雪枝はにっこり笑って言った。

「大丈夫。もう忘れていますよ」

殺された竜野晴彦と自分の悲しみは顧みられない。そして殺した五人は何事もなく暮らしている。殺人の事実さえ忘れて。

その瞬間、雪枝は、守るべき正義を見いだせなくなったのではないか。

雪枝の憎しみは、あの日晴彦を殺した五人だけでなく、その五人を受け入れた社会そのものに向けられた。

単に竜野晴彦の復讐劇ではない。逢坂雪枝は自分と晴彦の無念を黙殺した社会に報復したのだ。そうしなければ自分が窒息するから。

ならばそれは罪だろうか。

人一人の命は地球より重いというのなら、一人の死はその代償に百人殺しても——いや、地球丸ごと消滅させても罪ではない——そして、人一人の命が地球より重いというのは、美智子たちがあるべき世界として発信してきたものではなかったか。あるものには醜く見え、あるものは陶酔するその倒錯した世界。

美智子は確信する。雪枝には罪悪感はない。彼女が殺したのは人ではない。社会を構成する細胞なのだ。

だから彼女は犯罪を自白することはないし、手にかけた人々の死を悼《いた》むこともない。

雪枝の中で、それらは、社会が払うべき竜野晴彦の死の代償であり、そこに悲劇が生まれたとしても、それはささやかな犠牲に過ぎない。

——いつでも青天だと思っているほうが、どうかしているんじゃありません？

雪枝の言葉が蘇る。

独りぼっちで十五年を生きた雪枝の孤独が今、美智子をおののかせる。

「ある女性が十五年前に殺された婚約者の腕時計を見つけた」

美智子は、雪枝を見つめた。

「その女性は時計の持ち主から事件関係者を聞き出し、次々に復讐していった。自分を慕っていた森本達子を利用して、横山明、金岡正勝を殺し、森本達子に警察の手が伸びたことを察知すると、計画通り彼女を自殺させた。そして久谷登をおびき出すために弟の明久をも殺した。阿部節子の娘、春菜はおそらく原田光男が殺された数日後には殺されているのでしょう。久谷登は所在不明です」

もし十五年前に事件の真相が明らかになっていたなら、阿部春菜はこの世に生を受けてはいなかった。だから雪枝は春菜を殺害するのを躊躇しなかったにちがいない。そして登の弟の明久を殺したのは、久谷登をおびき出すためだけではない。事件の犯人を知りながら黙殺した久谷浜一への復讐でもあったにちがいない。

雪枝は静かに美智子を見つめていた。学生の研究発表を聞く教師のように。「わたしは――」と美智子は、その瞳《ひとみ》を見返しながら言葉を続けた。

「あなたが一連の殺人行為を行ったと確信しています」

雪枝は冷笑さえ浮かべなかった。美智子の言葉は無感動に吸収されているかのようだった。

「森本達子は死によって長い悪夢から解放されたかもしれない。生きるという悪夢から。でもあなたの魂は七人の死を得て安息したのですか。七人の血が十五年の渇きを癒したのですか。これであなたは十五年前の悪夢から解放されたのですか。あなたが殺人行為を行った本当の理由は、死んだ婚約者への愛情や、事件に対する憎しみではない。十五年の渇きです。十五年の間に膨らんだ社会に対する憎悪です。孤独は人を哲学者にします。そしてあなたは殺人を選んだ。しかしそれによっては、あなたの魂が癒されることはないんです。あなたが憎悪したのは、自分と婚約者の無念を顧みなかった社会です。久谷の窃盗《せっとう》被害にあった男性が言いました。晒《さら》しものにさせてくれるのなら、金なんかいらない——社会が制裁を与えぬかぎり、その憎しみは消えない。あなたの渇きも消えない。

わたしはあなたの行為を告発します。わたしが調べたことを、わたしの立てた仮説とともに担当刑事に話し、記事にします。それがあなたの魂を救うことになるなどと、恰好《かっこう》の良いことは言いません。それによってあなたの罪が立証されるということはないかもしれない。それでもわたしは突き止めたことを記事にします。わたしは記者です。私たちにできることは、真実を明らかにして問題を提起することだけなのです。社会というのは、それがいかに残酷であろうとも、原因と責任の所在を明らかにしなければならないのです」

雪枝は、美智子をじっと見ていた。

雪枝は立ち上がると、机の引出しを開けてなにかを取り出した。そして戻ってくると美智子の前にことりと置いた。

それはあのショパールの腕時計だった。

黒い時計バンド、そして美しい丸形のフレーム。その中の青白い透かし模様の地に金色の十二の楔《くさび》。机の上に三十度に傾いて置かれたその時計のサファイアグラスは午後三時の光を照り返し、いまも穏やかに美しく輝いている。

美智子は手に取った。

時計の裏にヤスリで削ったあとがあった。その最後にかすかに字が読み取れる。

「彦」と。

その瞬間、美智子の指先がピクリと震え、彼女は恐れるようにそれを机の上に置いた。

再びことりと音がした。

そして静寂が続く。

午後の日差しが卓上を包み込んでいた。

「あなたの正義は、本当に美しい」

雪枝はそう言った。

その声には慈悲と哀れみがあった。美智子はその言葉を一生忘れないだろうと思った。

雪枝は一人、部屋に座る。

彼女の前には湯気の立つコーヒーがあった。夕暮れの黄色い光が、カーテンの隙間《すきま》から射《さ》している。

彼女の前には一台のCDプレーヤーが置いてあった。

外から幼い子供たちの声がする。一人がもう帰るといい、もう一人が、もうちょっとあそぼと抗議の声をあげている。

雪枝はテーブルに頬杖《ほおづえ》をつき、その声に耳を傾け、微笑んだ。

あそぼ。もうちょっとあそぼ。

声が途切れる。雪枝は頬杖をついたままの姿勢で、卓上のプレーヤーに手を伸ばし、再生ボタンを押した。

ザーザーと雑音のような音にまぎれて、少女の高い笑い声が聞こえた。節子が自分の娘の声だと思いこんだあの声。夏のプールで録音した子供の騒ぎ声だ。水とたわむれるその声は楽しげだった。雪枝はそれに、自宅のシャワーの音をかぶせて録音し直したのだ。
バタンとドアのしまる音がして、シャワーの音がたち消える。
雪枝は停止ボタンを押した。
部屋に風が通った。秋の夕暮れがすぐそこに来ている。
雪枝はCDを抜き取ると、ディスクを割って、皿の中で火をつけた。

中川は、それを書けば人権侵害で訴えられると恐れた。しかし真鍋は、女性教師を匿名にしたうえで、事実と推測を明確に分けて書くならば、枚数に制限は設けないと美智子に告げた。
おそらく、優れたフィクションとして評価されるでしょう。森本達子の自殺もさることながら、事情を知るはずの阿部節子がなぜ警察に真実を話さないのかが、読者の不満の焦点になる。現実には男ができると子供を捨てる母親、さしたる理由もなく子供に熱湯をかける母親がいるわけだから、発想としては不可能ではない。世の中には娘をレイプする実父もいる。それを見て見ぬ振りをする母親もいる。そういえば、禁酒している娘の前で酒を飲み続けた森本達子の母親も似たようなものですが。だから娘の安否より自分の体面を優先させる阿部節子という母親がいたって不思議じゃない。

しかしノンフィクションとしては現実感を持たないでしょう。親は子をなにより愛するものだというのが世間ではまだまだ支配的ですから。

しかしそれはそれでいいではありませんか。事件には常に死角があって、まあ簡単に言えば、いつも余りの出る割り算のようなものです。我々ジャーナリズムはある意味でその死角をのぞいてみようとする仕事かもしれない。しかし所詮《しょせん》、見えないんです。その死角の中になにがあるかなんてことは、永遠にわからない。わからないからこそ、人の興味をかきたてる。そして雑誌が売れる。

美智子は問うた。真鍋さんは、逢坂雪枝が犯人だとは思わないということですか。

真鍋は静かに答えた。真実などには興味がないということです。

その美智子の記事を読んで、渡辺刑事は笑った。

えらいものを書きましたな。

そして捜査の状況を語ってくれた。

今の状況で逢坂雪枝を犯人とするのは無理です。雪枝の犯行を裏付ける物証が一つもない。阿部節子はしゃべりません。仮に阿部節子がしゃべったとしても、はっきりするのは十五年前の殺人事件だけです。脅迫電話の相手が逢坂雪枝だったという証拠はどこにもありません。任意で逢坂雪枝の部屋も調べましたが、森本達子が泊まったという痕跡は発見できませんでした。事件と逢坂雪枝のかかわりの立証は、やっぱり難しい。それやったらいっそ最後まで黙り通して、事件に巻き込まれた哀れな母親になるほうが得やと、阿部節子は思っとるんです。

警察は阿部節子のところに脅迫電話があったということを信用していません。本当にあったんなら、その時点で警察に届けるはずやというわけです。一人でのこのこ出かけること自体が不自然やと。皮肉ですな。今となれば、仮に阿部節子が、電話の相手が逢坂雪枝だったと思うと言ったところで、それは木部さんの記事を知って便乗したと言われるでしょう。結局阿部節子にしてみれば、強引にでも無関係を主張し続けるほうが身のためやと考えている。

阿部春菜と久谷登はいまだ所在が不明です。久谷登がいなくなる前に行き先を書いたメモを残していますが、そこには登の車が乗り捨てられていました。その時かかった電話が事件とかかわりがあったのかどうかも、いまとなってはわからない。

とにかく今は、久谷登の証言が鍵《かぎ》になります。警察も登の所在を摑《つか》むのに必死です。なにかの事情で東京に逃げて帰ったんやないかと、東京の彼の交流関係の捜査も始まっています。登の証言さえ取れれば、真相は一気に明らかになるんやが。

原田光男、横山明、金岡正勝の殺害は森本達子の犯行。森本達子は自殺。久谷明久は阿部節子の手により殺された。それが警察の見解だった。

「逢坂雪枝さんは、どうしていますか」

渡辺はハイと答えた。

地元では雪枝犯人説を支持するものはいないという。十三年の信頼と実績は揺るぎないものだった。そして雪枝は渡辺に、「フロンティア」を訴える意志のないことを明らかにしたうえで、美智子にメッセージを託していた。

――むしろ満足している。残念ながらわたしは事件にかかわりはなかったが、もしあの記事を事実だと思う人がいれば、それはわたしにとって誇らしいことだ。木部記者が今度の事件と十五年前のあの事件を結びつけて、事件を白日の下に晒してくれたことに、竜野ともども心から感謝します。

それを聞いた時、美智子は確信した。

もう、久谷登も、阿部春菜も、警察の事情聴取に答えるということはあり得ないのだ。それが雪枝の回答なのだ。

久谷登はその女のことを全く覚えていなかった。

女に呼び出されて、指定された場所に車を止めると、止まって待っていた車から女が下りてきて、自分の車に乗れという。

久谷登を乗せた車は、三十分近く走った。山を登り、行き止まりで車が止まった。

「お話しする前に会っていただきたい人がいるんです」

女は先に立ち、山道を昇った。竹林を抜けて畑道に入ってまた山に入る。夕暮れ間近で、竹林の青臭い空気と、西日に黄色く輝く竹林の情景は、不思議と心を落ち着かせた。汗をかきながら早足で歩くのに、前を行く女にはちっとも追いつけない。女の名前も身元も、自分がどこに向かっているのかもわからないのにと思いながら、無心に女を追って歩いていた。

女が立ち止まったのは、廃屋になった農家の前だった。茅葺《かやぶ》きの屋根は腐って、傾いていた。農機具が放置されて、茶色く錆《さ》びついている。それでも庭は広くて、端には離れのように小さな物置小屋があり、古い井戸もあった。

女は「あなたに会わせたい人を呼んできます」と一言いって、廃屋の裏に消えた。

それからしばらくして戻ってくると、困った顔をした。

「ここで落ち合いましょうと言われたのですけれど、場所を間違えたのかもしれない。携帯電話を車の中に忘れてきたようなんです。貸してもらえませんか」

女はあたりを見回して「暗くなってしまう」と怯《おび》えたようにつぶやいた。

街灯もない。道らしい道もない。小柄でいい女だと思った。登はポケットから携帯電話を取り出すと、渡そうと女に近づいた。女は登の電話を受け取る前に、「書き留めるもの、持っていませんか」と聞いた。登はズボンの後ろのポケットを叩《たた》いてみて、「ないようだ」と言い、電話を女に向かって突き出した。

登は、女に井戸に突き落とされた瞬間のことを覚えていない。背後に強い衝撃を感じて——背中を押されたのだと思う——手をつこうとしたそこには、蓋《ふた》のない井戸の口があったのだ。

井戸の囲いは低かった。直径は大きかった。次の瞬間には、井戸の底で水に浸《つ》かっていた。

井戸の口は五メートルは上にあった。

女は登を見下ろした。

彼女は無表情に、井戸の蓋をした。

女はその日から、毎日井戸にやってきて、蓋を開けた。ものは言わなかった。

登が助けてくれと懇願しても、大声で悪態をついても、ただ黙って、井戸の縁から登を見ていた。お前はだれだと聞いても、なぜこんなことをするんだと聞いても、なにも答えなかった。そして蓋をして帰っていく。

井戸は登の身長の二倍よりまだ深かった。直径は二メートルもあった。古い石の表面は磨き上げられたように滑らかで、摑み所はなかった。

水は濁っていた。水苔《みずごけ》が石にこびりついて生えている。

水の深さは七十センチほど。座ると鼻が水に沈んだ。登は立ち続けていなければならなかった。叫ぼうにも、声はとっくに出なくなっていた。体は冷えきって、溺《おぼ》れてもいいから座りたいと思う。しかし座って溺れそうになると、懸命に立ち上がった。

三日めに登は女に涙を流して命乞《いのちご》いした。小さな声でただひたすらに助けを乞うた。

女は登の顔を見ていた。

「――あんた、だれだ」登は子供のように泣きじゃくりながら、言った。

「あんた、だれなんだ」

女は毎日やってきて、登を見て、井戸の蓋を閉め、帰っていった。光が遮断された井戸の中で、登は、なぜこんなことになったのだろう、あの女はだれだろう、と考えた。だが、なにも思いつかなかった。

その二、三日後、登は息絶えた。

腹をすかせて息絶えた。

逢坂雪枝はその後も三日間毎日井戸を訪れて、井戸の中の男が死亡していることを確認した。

雪枝は林の奥へと入っていった。

五百メートルほど入った所で、立ち止まると、しゃがみこむ。雪枝が座った部分の前の土はわずかに、周りより柔らかい。彼女はその土の中に手を突っ込むと、まさぐり、やがて摑んだ。彼女の摑んだものは工事用の青いビニールシートの端だった。

ビニールシートを引っぱって剝《は》がしていく。上を覆《おお》っていた土が、ざらざらと両端に流れていく。

シートの下から現れたのは、少女の全裸死体だった。一夏をビニールシートの下で過ごして、すっかり腐敗していた。はぎ取られた衣服が脇《わき》にそのままにまとめられている。雪枝は死体のそばに置いてあった衣服と、そのビニールシートを、登が死亡している井戸のそばの廃屋の離れに持ってきて、置いた。

それから井戸の蓋をはずす。

井戸のそばに登の携帯電話を置いた。九月二十九日のことだった。

渡辺が、平山町裏手にある山中で、久谷登の死体を発見したとの報を受けたのは、久谷登が自宅から所在不明になってから約一カ月後の、十月十九日だった。

発見された場所は、久谷家の電話の横のメモに残っていた場所から、十二キロ離れた、山中の荒れた田畑の真ん中にある、廃屋の、井戸の中だった。

餓死だった。

発端はその廃屋の近くの竹林で、少女の死体が発見されたことだった。

死体は衣服を身に着けておらず、絞殺。推定年齢、十歳から十五歳。性的暴行を受けた跡はない。家出人捜索願が出ている、大阪在住、阿部春菜と断定された。

その捜査の過程で、発見現場から五百メートルしか離れていない廃屋の離れで、土の付いた青いビニールシートと、阿部春菜のものと思われる衣服が発見された。その敷地の中にある井戸のそばに、携帯電話が落ちているのを捜査員の一人が見つけ、わずかな腐敗臭に気付いた捜査員が井戸をのぞいたところ、中に男の死体が発見され、久谷登であると、断定された。

久谷登には打撲痕が一カ所。その他には特に大きな外傷はない。転落後、数日は生存していたものと断定された。遺体からは爪《つめ》がはがれ落ち、被害者が壁を懸命によじのぼろうとした痕跡が見られた。司法解剖により、胃の中からは苔が発見された。飢えをしのぐために井戸の中の水苔を食べたものと思われた。

久谷登と阿部春菜――。二人の遺体が五百メートルしか離れていない場所で発見されたことで、二者の身に起きた事件、事故にはかかわりがあるものと思われた。

しかし少女の死体は死後四カ月以上たっているにもかかわらず、一カ月前にそこを通った山の持ち主は、そこに死体などなかったと言った。

助けを求める久谷登の声が聞こえなかったかという警察の聞き込みに対して、周辺住民は首を振った。あんな山の中の一軒家、だれがなにを叫んだってどこに聞こえるか。最後に残った与田の爺《じい》さんが死んで三十年、家の持ち主だって寄りつかん。声が聞こえても、野良犬《のらいぬ》の遠吠《とおぼ》えじゃと思うのが関の山じゃ。あの家の場所を見なんさい。あんな山の高いところ。家の前まで車を乗り付けるのが当たり前の今の時代に、野良道を二十分も上がっていかにゃならんあんな家、もうだれも家とも思とらん。ためしに上がって叫んでみなんさい。聞こえたら手ぇ振ってやるわ。ま、手を振るのが見えるともおもわんがね。

死体は死後運ばれたものではなく、現場で絞殺《こうさつ》の末、放置されたものと断定され、捜査本部は混乱した。

なぜ四カ月前に殺され、捨ておかれた死体が、一カ月前にそこになかったのか。

捜査員の一人が、久谷登が死亡していた井戸のそばの廃屋の離れにあった青いビニールシートのことを思い出した。

死体にビニールシートをかぶせて上から土をかけ、隠していたのではないか。それでも皆、首をひねった。——ではなんのために、その土とビニールシートを外しにきたのだろうかと。

秋を前にして、山の中に人が入ることを警戒した犯人が、改めて証拠隠滅のために死体を移動させようとしたのではないか。

では、わざわざ証拠隠滅のための死体移動を目的とした犯人が、なぜ全裸死体を放置する愚行に至ったのか。

捜査員たちはつぶやいた。——それは多分、犯人が死体を移動させることができない状況に陥ったからだろう。

久谷登は阿部春菜を殺害し、一旦はビニールシートでその死体を隠したものの、春菜の母である阿部節子が警察に勾留《こうりゅう》されていることを知り、改めて証拠隠滅に山中に入った。そしてビニールシートを剝いだものの、なにかの間違いで自らが井戸に転落した。よって阿部春菜の死体はそこに取り残されたのだ。

打撲痕は井戸に落ちた際に付いたものだ。

そう仮定すれば、阿部節子が久谷明久に、兄、登の居場所を懸命に聞いたというのも、つじつまが合うのだ。

原田光男、横山明、金岡正勝の殺害は森本達子の犯行であり、森本達子は精神錯乱で自殺。

阿部春菜殺害は久谷登を犯人とする別件であり、娘を拉致《らち》された母、節子が、娘を救うために明久に接触。

久谷登は阿部春菜殺害後、一旦は東京に戻っていたが、明久の死に際し、春菜殺害の発覚を恐れ、死体移動を試み、その行為の途中で、誤って井戸に転落、死亡した。

――それが警察の見解だった。

しかし、娘、春菜死亡の確認後も、阿部節子は明久殺害を否認し続けた。

事件にかかわる唯一《ゆいいつ》の生存者となった彼女は、自らの犯行についてこう語った。

突然、知らない女から電話がかかってきた。娘を返してほしければあの採石場跡に来いと。現場で待っていると、背後で車が燃え出したのに気がついて、あわてて逃げた。久谷医院に電話をしたのは、――節子はやつれた顔をして、焦点の合わないぼんやりとした目をして、そこまで語るとふと言葉に詰まった。

「――電話をしたのは？」と捜査員は優しい声音でたずねた。

阿部節子は捜査官に顔を上げなかった。

そして再び語り始めた時には、その声はざらざらとして、言葉は途切れることなく、物言いは平板だった。

春菜から、久谷登と一緒にいると電話があったからです。わたしは明久に、登と連絡がとれないかと懸命に頼みました。その電話をしていたのです。

――あとはわかりません。なにもわかりません。

検死により、節子の言う、春菜から電話のあった日には、阿部春菜はすでに死亡していた。捜査官が問いなおすたび、節子はその日付を変えた。

追及されて、節子はどんよりとしたその目を取り調べ刑事に上げた。

――十五年前の事件とは、わたしはなんのかかわりもありません。

わたしはただの被害者です。

信号が変わった。

車が止まる。

人が動きだす。

みな同じ方向を見て、信号機から流れてくる視覚障害者用の単調な音楽に追い立てられるように歩いていた。美智子がビルの窓から見下ろすと、それは鎖で足をつながれた集団の歩みを思わせた。

道路に信号待ちの車が止まっている。美智子はふいに、その先頭に雪枝の車が止まっているような気がした。

運転席で、雪枝が顎を上げ真《ま》っ直《す》ぐに前を見据えている。

そして走り去るのだ。

跡形もなく消えていく。

弱さも迷いもない、あの発進音を響かせて。

交差点には、ただ集まり、散っていく人がいた。

——人の心の中なんて、理解する必要があるんでしょうか。

雪枝の優しげな声が聞こえる。

空虚な心がとらえた人間ドラマ

重里徹也

私が警察担当の新聞記者をしていたのは一九八〇年代のことだ。大学を卒業して全国紙に就職し、初任地の山口県下関市と、二つ目の勤務地の福岡市で経験した。大阪人の私にとって、全くなじみのない土地で、地理もよくわからないし、知り合いも一人もいない。そんな中で、慣れない自動車の運転をしながら、込み入った市街地や緑がいっぱいの田園地帯を文字通り駆けずり回っていた。主に地方版に載せる、いわゆる町ネタを拾っていたわけだ。

もちろん、警察担当記者の本分は事件や事故の取材である。警察署（所轄署《しょかつしょ》という）の担当と、県警本部の担当で少し違うが、毎朝、警察へ行き、朝と夕にグルグルと警察の中の各セクションを歩き回るのは共通している。所轄署の場合、広報担当の副署長とは一日に何度も話をした。支局長からは「彼は君と話すために給料をもらっているのだから、いくら時間をとってもらってもかまわない」と指導を受けていた。

他社の記者が話している時はそばにすわって、じっと耳をそばだて、他社の記者が誰もいない時には、ひそかにとっておきのネタをぶつける。「とっておきのネタ」があることなど、あまりないのだが。

私は、ある副署長がその日、どんなパンツをはいているのかも知っていた。その人は女性署員のいない時を見計らって、席でズボンをはきかえるのを習慣にしていたからだ。副署長の奥さんがどういう人か、息子がどこの高校に合格したか、行きつけの焼鳥屋はどこか、すべて熟知していた。

警察担当記者（サツ回り記者）にとって、事件や事故の発生をいち早くキャッチして原稿を支局や本社に送るのはもちろん大切に違いないのだが、ほんとうに大切な仕事は夜に警察官の自宅を訪れることだった。私はそれを自社の上司だけではなく、ライバルである他紙の先輩記者からも学んだ。私は至って能力の低いサツ回り記者だったが、それにもかかわらず（それゆえにか）、その先輩記者からいろいろと教えてもらうことが多かった。自宅に招いてくださって、奥様の手料理をごちそうになったこともあった。

その先輩記者が「サツ回りというのは昼間は寝ていて、夜、警察官の家に行くのが仕事だ」と常々、言っていたのだ。マスコミには知らせないで捜査を進めている事件はないか。捜査中の事件はどこまで進んでいるのか。容疑者の逮捕状はいつ、何通、取るのか。発表していない警察官の不祥事はないか。昼間は幹部たち（副署長や各課の課長など）に署で大まかなことや捜査のニュアンスを聴いておく。それをもとに夜になってから、幹部だけでなく、係長以下の人たちの自宅に行って尋ねるのだ。玄関払いされることも少なくない。相手がドアを閉めそうになったら、急いで自分の足をはさめ、と先輩から教えられたものだ。自社の先輩から、少しは相手をしてくれる警察官の名前や住所を引き継ぐこともあった。

無我夢中の数年間だった。何者かに追われながら、泥の中をはい回るような日々だった。自分は新聞記者に向いていないな、と思いながら、ある程度、まじめに仕事をした。ただ、自分が無能なゆえに、困ることがいくつもあった。たくさんあるのだが、ここでは二つ挙げておこう。

一つはニュースの価値判断だ。入れ込んで取材をしていると、どれもこれも、一面で掲載するような、あるいは、社会面トップになるような事件に思えてくる。どの事件にもさまざまな人間模様がうかがわれ、それが世界の深淵《しんえん》をのぞき込むように面白いのだ。距離を置いて冷静に見れば、どこにでもある、ありふれた事件なのに、詳しく取材すればするほど、事件自体がいとおしくなってきて、全国的にもきわめて異例なものに思えてくる。

難しかったことの二つ目は、一つ目とも関係しているが、事件の見立てだ。今、取材している事件は結局、ざっくりいえば、どういうものなのか。この殺人はなぜ、起こったのか。なぜ、あの女性は金貸しの老女を殺したのか。かっとなったというのは本当か。何か、裏の事情があるのではないか。取材していると迷路のような場所に迷い込む。掘れば掘るほど、新しい事実が出てくるような予感に襲われる。もちろん、時間は限られている。警察が容疑者を送検して、検察庁が起訴すれば、その事件はいったん終わりだ。大きな事件なら、裁判の取材をすることもあるのだが。どこまで続いているかわからない深い迷路は、いつも途中で放棄される。

警察を担当していた数年間は、要するに迷いの中をあてどなくさまようような日々だった。そこで、自分は現実というものの感触をどれだけ、つかめたのか。何か、同じような場所で空転していた思いにも襲われる。下関の深みのある味わいの焼肉や博多の安くておいしい魚はよく覚えているのだけれど。

東京の出版社から派遣されたライターや契約社員やカメラマンにはときどき会った。大きな事件が起きると、彼らがやってきて、私たちにも取材するのだ。潤沢な予算があるのか、中洲（福岡市の繁華街）で酒を飲ませてもらうこともあった。後日、高価なウイスキーが送られてくることもあった。彼らは決まって丁寧で礼儀正しくて頭の回転が速かった。

彼らに事件について教えるのだが、全《すべ》て、すでに新聞の地元版に掲載されたか、知っていて上司と相談して記事にしなかったことだ。彼らが書いた記事を読むと、なるほど、全国的にはこの事件はこういう位置づけになるのか、と勉強になることもあった。

この望月諒子の長編小説『殺人者』を読みながら、そんな数十年前の日々を思い出していた。大阪で発生した生々しい殺人事件が、東京から派遣されたライターの視点を中心に描かれている。それにときどき、犯人をめぐる登場人物たちや地元の新聞記者の視点からの描写が混じる。

つまり、この小説は捜査する者（この小説の場合では警察官）でもなく、犯人でもなく、もっぱら事件を報じる立場の人間の側から、事件を見据えているのだ。自分で容疑者を尋問するのでもないし、自ら手を汚して殺人を犯すのでもない。少し距離を置いて、それを読者に伝える立場の人間の視点から事件を描いている。それが独特な視野の広さや風通しのよさを作品世界にもたらしているように思う。

事件は猟奇的なものだった。大阪市内のホテルで三十二歳の男が全裸で部屋の便器に縛りつけられて殺されるという事件が起こった。続けて、やはり大阪のホテルで、これも三十二歳の男が素っ裸でぐるぐる巻きにされ、部屋の浴槽の中で殺されていた。二人はいずれも、性器を切り取られていた。この二人は神戸市の同じ高校に通っていた。

我らが主人公のフリージャーナリスト、木部美智子はこの事件の取材依頼を週刊誌の編集長から受ける。そして、神戸へ向かう。彼女は事件に関係するさまざまな人間の話を聴く。事件関係者の周辺にいた人々は当然だが、地元の新聞記者から事情を聴くこともあれば、ライター仲間に情報を教えてもらうこともある。そんなふうにして少しずつ事件の核心に迫っていく。

望月諒子の筆はじっくりと物語を動かしていく。文章は読みやすくてさっぱりしているのに、描写は丹念で粘り強い。それがいい。読者もゆっくりと事件と付き合うことになる。その間に、木部と共にさまざまなことを考えるのだ。

読者には、この猟奇事件の背景にある事情も、犯人の動機も、最初にある程度、予想がつくように書かれている。しかし、何も知らないで謎《なぞ》の中をひたすら生きている木部の姿から、ついつい目を離せなくなってしまう。それは木部という人物像が作品の中でくっきりと立ち現れているからだろう。

木部美智子は四十歳。新聞記者を皮切りにキャリアを積んできた。通信社などを経て、フリーのライターになったところをみると、かなり有能なジャーナリストなのだろう。気が強くて、独立心が旺盛《おうせい》なのだろう。関係者にも被害者にも真摯《しんし》に向き合ってきたことは、たとえば、医療過誤事件の取材を振り返る場面からもうかがえる。そして、この作品で描かれた事件でも、木部の抜群の取材力や犯罪に対する洞察力は伝わってくる。

なぜ、彼女は有能なジャーナリストなのか。それを考えるには、魅力的な主人公の多くがそうであるように、彼女も内面に空虚を抱えていることを思い出せばいい。フリージャーナリストという自分の仕事にも疑問を覚えている。この仕事をいくらやっても、自分の心の中にある空洞は埋まらないと思っているからだ。

それはなぜなのだろう。ここのところがとても面白かった。小説の中では、こんなふうに説明されている。木部が事件被害者の妻を対面で取材している場面。

〈わたしはケアカウンセラーではない。わたしは記者なのだ。美智子はそう自分に言い聞かせている。心のどこかを悪魔に売ったような自分。毎日どこかを悪魔に売

っている自分。〉

　事件被害者の妻が、恥ずかしい無残な死に方をした夫に対して冷酷なように、木部も取材対象のこの女性に対して冷ややかだ。観察をするように取材対象を見ている。文章に書ける情報が取れないか、客観的に眺めている。相手の感情に配慮せず、その孤独に目をつむり、一片の同情もなく、取材をしているのだ。ただ、美智子はそんな自分を〈最低の人間〉と思う自意識は持ち合わせている。それでも、この女性に優しい言葉をかけたりはしない。木部はそんな自分を〈心のどこかを悪魔に売った〉と自嘲《ちょうじ》しているのだ。

　冒頭近くで、木部は小説を書こうと試みたことが明らかにされている。取材を続けて、早くも四十歳になった自分。そんな自分の心の空虚を埋めるには、もっと求心的に文章を書くしかないのではないか。自身の外から与えられる事件ではなく、自分が紡《つむ》ぐ物語で、世界をとらえてみたい。そんな思いが彼女を小説に向かわせたのだろう。

　しかし、結果は無残だった。いくら小説を書こうとしても、空洞が広がる自分の内側からは、物語は生まれてこない。それで、今回の事件の取材をするために神戸へ向かったのだった。

ただ、ここで見逃せないのは、その空虚な心が木部を有能なジャーナストにしていることだ。木部の獰猛《どうもう》なまでに事件に迫る姿は、この空虚な心がつくりだしているのではないだろうか。心の中の渇きが、旺盛な取材と深い推理の背景にあるのではないか。彼女はいわば捨て身で事件と向かい合っているのだ。

新聞社という組織に属して、警察署の中をある程度、自由に歩き回れる境遇で事件を追っていた私から見て、取材が困難なフリーの立場で、しかしだからこそ、その有能ぶりを発揮する木部の姿はとても魅力的だ。情報を取りにくい条件を背負っていることが逆に、彼女の取材と推理に磨きをかけていることに注目してほしい。

木部の空虚な心がとらえた事件は、どのような真の姿を見せていくか。一見、複雑な人間模様は、どんな物語に収斂《しゅうれん》していくのか。読者の皆さんには、それを楽しんでいただきたいと思う。

（二〇二二年九月、文芸評論家・聖徳大学教授）

この作品は二〇〇四年六月に集英社より刊行された。
新潮文庫化にさいして、大幅に加筆修正を行った。

望月諒子著
蟻の棲み家
売春をしていた二人の女性が殺された。三人目の殺害予告をした犯人からは、「身代金」が要求され……木部美智子の謎解きが始まる。

芦沢央著
許されようとは思いません
入社三年目、いつも最下位だった営業成績が大きく上がった修哉。だが、何かがおかしい。どんでん返し100％のミステリー短編集。

中山七里著
死にゆく者の祈り
何故、お前が死刑囚に――。無実の友を救えるか。人気沸騰中〝どんでん返しの帝王〟による、究極のタイムリミット・サスペンス。

本城雅人著
傍流の記者
組織の中で権力と闘え‼ 大手新聞社社会部を舞台に、鎬を削る黄金世代同期六人の男たちの熱い闘いを描く、痛快無比な企業小説。

宿野かほる著
ルビンの壺が割れた
SNSで偶然再会した男女。ぎこちないやりとりは、徐々に変容を見せ始め……。前代未聞の読書体験を味わえる、衝撃の問題作！

矢樹純著
妻は忘れない
私はいずれ、夫に殺されるかもしれない。配偶者、息子、姉。家族が抱える秘密が白日のもとにさらされるとき。オリジナル・ミステリ集。

殺《さつ》人《じん》者《しゃ》

新潮文庫　も-47-2

令和四年十一月一日発行
令和四年十一月二十五日三刷

著者　望《もち》月《づき》諒《りょう》子《こ》

発行者　佐藤隆信
発行所　株式会社 新潮社
郵便番号　一六二―八七一一
東京都新宿区矢来町七一
電話 編集部(〇三)三二六六―五四四〇
読者係(〇三)三二六六―五一一一
https://www.shinchosha.co.jp

印刷・三晃印刷株式会社　製本・株式会社植木製本所

ISBN978-4-10-103342-6 C0193